Les enfants perdus

Peter Straub

Les enfants perdus

Roman

Traduit de l'anglais (Etats-Unis)
par
Michel Pagel

PLON

Titre original :
Lost boy lost girl

ISBN édition originale : 1-4000-6092-3, Random House, New York
ISBN : 2-259-20028-1

Pour Charles Bernstein et Susan Bee.

Une puissante colline devant moi se dressait
Et de longs jours durant, j'escaladai
Des régions enneigées.
Quand le sommet devant moi fut en vue,
Il sembla que tous mes efforts
M'avaient permis d'observer des jardins
S'étendant à d'impossibles distances.

Stephen CRANE.

Ce qui était en jeu, ici, songea-t-il,
C'était la solidité du monde.

Timothy UNDERHILL,
L'Homme divisé.

Mort d'une mère

1

La mort de Nancy Underhill avait été aussi soudaine qu'inattendue – comme une gifle en plein visage. Tim, le frère aîné de son mari, n'en savait pas plus. On pouvait à peine dire qu'il avait connu Nancy. À y bien regarder, les souvenirs que conservait de sa belle-sœur Timothy Underhill se résumaient à une minuscule collection d'instantanés. Il revoyait son sourire sombre et fragile, alors qu'elle était agenouillée près de son fils de deux ans, Mark, en 1990 ; il la revoyait, à un autre moment de la même visite, arracher à sa chaise de bébé le petit Mark, comme elle en larmes, et sortir en courant de la salle à manger austère, mal éclairée. Philip, dont les ronchonnements avaient chassé son épouse de la pièce, continuait de contempler avec colère le rôti desséché dans sa cocotte, ignorant délibérément la présence de son frère. Quand il levait enfin les yeux, c'était pour aboyer : « Quoi ? »

Ah, Philip, tu as toujours été stupéfiant. *Le gamin ne peut pas s'empêcher d'être odieux,* avait dit Pa, un jour. *On dirait que c'est une des rares choses qui lui fassent plaisir.*

Encore un instantané de souvenirs cruels, celui-là remontant à une visite étrange et mouvementée de Tim à Millhaven, en 1993 – il avait effectué les deux heures et demie de vol depuis La Guardia grâce à la même compagnie et, pour autant qu'il pût en juger, sur le même appareil qu'aujourd'hui. Nancy, vue à travers la contre-porte à moustiquaire de la petite maison de Superior Street, se hâtant vers lui dans le couloir obscur, rayonnant de la surprise et du plaisir que lui procurait l'arrivée inattendue de son beau-frère (son « célèbre » beau-frère, aurait-elle dit). Elle l'appréciait, elle l'appréciait *vraiment*, et il n'avait compris à quel point qu'en cet instant précis.

Nancy était une petite femme paisible et stressée, souvent (selon Tim) rendue malheureuse par son mari et ancrée dans ce mariage par ce qui ressemblait plus à de la volonté qu'à de l'amour, comme si la confection de milliers de repas, jour après jour, et une succession de « projets » domestiques lui avaient apporté l'essentiel du contentement dont elle avait besoin pour demeurer en place. Mark, bien entendu, avait dû jouer un rôle essentiel. Et peut-être cette union avait-elle été plus heureuse que Tim ne l'imaginait. Pour elle et pour son frère, il l'espérait.

Le comportement de Philip durant les prochains jours lui donnerait toutes les réponses qu'il pouvait espérer obtenir. Avec Philip, au demeurant, il était toujours nécessaire d'*interpréter* : il cultivait une attitude mécontente depuis qu'il avait conclu que son aîné, dont les défauts luisaient d'un éclat malsain, s'était emparé à la naissance de la plupart des avantages réservés aux membres du clan Underhill. Dès son plus jeune âge, tout ce qu'il avait obtenu ou accompli s'était vu en partie gâché par la présence moqueuse et supérieure de son grand frère. (En toute honnêteté, Tim ne doutait pas qu'il avait eu tendance à prendre des airs supérieurs. Les frères aînés ne se conduisaient-ils pas toujours ainsi ?) Durant sa vie d'adulte, cette insatisfaction, ce ressentiment avaient évoqué la magnifique composition d'un acteur fait pour le rôle : tout au fond, Tim voulait le croire, résidait le véritable Philip, capable de joie, de chaleur, de générosité, d'altruisme. C'était cette personnalité enfouie mais plus authentique dont il aurait besoin après la mort mystérieuse de Nancy. Il en aurait besoin pour lui-même s'il devait affronter son chagrin de front, comme c'était nécessaire ; mais plus que tout, il en aurait besoin pour son fils. Pour Mark, il serait terrible que son père tente plus ou moins de traiter la mort de sa mère comme une nouvelle contrariété typique, ne différant des autres que par sa gravité.

D'après ce qu'avait observé Tim lors de ses rares retours à Millhaven, Mark paraissait un peu déséquilibré – quoique son oncle n'eût pas envie de songer à lui dans les termes que suggérait le mot « déséquilibré ». Malheureux, oui ; turbulent, désorienté ; affligé à la fois d'une arrogance naissante et de ce que Tim avait perçu comme un cœur tendre et généreux. Une combinaison aussi conflictuelle ne pouvait que mener à la turbulence et à la désorientation. Et, autant qu'il s'en souvînt, avoir quinze ans produisait les mêmes symptômes. Le garçon, mince et trapu, tenait physiquement plus de sa mère que de son père. Il avait les yeux et les cheveux sombres – quoique sa chevelure fût à l'heure actuelle coupée si court que la couleur n'en était qu'une ombre indéterminée – le front large, le menton étroit et décidé. Deux anneaux d'acier marquaient le bord de son oreille droite. Il se traînait paresseusement, vêtu de T-shirts larges et de jeans trop grands, souriant et grimaçant tour à tour au son de la musique que déversaient dans ses oreilles les écouteurs d'un appareil improbablement minuscule, un iPod ou un baladeur mp3. Mark se passionnait pour une étrange fraction de la musique contemporaine : Wilco, les Magnetic Fields, les White Stripes, les Strokes, Yo La Tengo, Spiritualizes et les Shins, mais aussi Bruce Springsteen, Jimmy LaFave et Eminem, qu'il semblait apprécier dans un esprit ironique.

Sa « pin-up », avait-il informé Tim dans un e-mail, était Karen O des Yeah Yeah Yeahs.

Durant les seize derniers mois, Mark avait ainsi écrit quatre fois à son oncle, pas assez brièvement pour dissimuler un ton que ce dernier avait trouvé rafraîchissant, car complice, doux et dépourvu d'exagération rhétorique. Dans le premier et le plus long de ses messages, le garçon avait, selon Tim, prétexté une demande de conseil pour nouer entre eux la communication.

De : munderhill697@aol.com
À : tunderhill@nyc.rr.com
Envoyé : Dimanche 3 février 2002, 16 :06
Objet : parle, ô grand sage

Yo

O k où tu pourrais pas déchiffrer l'adresse o dessus, ici, c ton neveu Mark. Bon, j'ai u un p'tit désaccord avec mon père, é je voudrais te demander conseil. Après tout, tu t démerdé pour te tirer de ce bled & voyager & tu écris d bouquins & tu habites nyc & avec tout ça, tu dois avoir l'esprit bien ouvert. J'espère que c'est le k.

Prcque c toi et seulement toi qui vas décider 2 ce que je vais faire. mon père dit qu'y suivra ton avis. Je c pas, peut-être qu'y veut pas avoir à décider. (Maman dit, je cite, me demande pas, je veux pas en entendre parler, fin de citation, c ce que dit maman.)

g 14 ans le mois prochain, et pour fêter mon anniversaire, je voudrais un piercing sur la langue. 1 de mes potes en a 1 et il dit que ça fait pas trop mal du tout et que c fini en 2 scdes. G vraiment envie 2 le faire. Tu crois pas que 14 ans, c'est le bon âge pour faire un truc con, si on trouve ça con de se faire percer la langue, moi je trouve pas, évdmment ? d'ici 1 an ou 2, je le virerai & je redviendrai chiant & normal. ou alors, je me ferai faire 1 super tatouage, va savoir.

En attendant la réponse du célèbre tonton

m

De : tunderhill@nyc.rr.com
À : munderhill697@aol.com
Envoyé : Dimanche 3 février 2002, 18 :32
Objet : Re : parle, ô grand sage

Cher Mark,

Tout d'abord, je suis enchanté d'avoir de tes nouvelles ! Et si on faisait ça plus souvent ? J'aime bien l'idée qu'on garde le contact.

J'ai réfléchi à ta question. Pour commencer, je suis flatté que tu songes à me demander mon avis pour une question aussi personnelle. Je suis aussi flatté que ton père place la décision entre mes mains, mais je suppose qu'il n'avait *vraiment* pas envie d'imaginer son fils en train de se faire percer la langue. Si j'avais un fils, je n'aurais pas envie d'imaginer ça non plus.

Prcque, comme tu dirais, l'idée des piercings sur la langue me met un peu mal à l'aise. J'aime bien tes boucles d'oreilles, je trouve qu'elles te vont bien, mais chaque fois que je vois un jeune avec une boule métallique au bout de la langue, j'ai l'impression que ça doit être très inconfortable. Est-ce que ça n'est pas très gênant pour manger ? Ça m'ennuie vraiment de te le dire, mais moi, les piercings sur la langue m'évoquent de l'automutilation malsaine. Donc, tu es nettement plus moderne que moi en la matière.

Je suis sûr que ça n'est pas la réponse que tu attendais. Je suis désolé de t'empêcher d'obtenir ce que tu veux, mais tu m'as posé une question et je me devais de te répondre franchement. Je préfère t'imaginer sans boule métallique dans la bouche qu'avec. Désolé, mon coco, mais je t'aime quand même.

Y a-t-il quelque chose en particulier que je puisse t'offrir pour ton anniversaire ? Je peux peut-être compenser mes ennuyeux préjugés bourgeois.

Oncle Tim

Le lendemain, deux messages étaient arrivés dans sa boîte de réception.

De : munderhill697@aol.com
À : tunderhill@nyc.rr.com

Envoyé : Lundi 4 février 2002, 7 :32
Objet : Re : Re : parle, ô grand sage

Tyim, ici c'est nmoi Philip, sur l'ordinatyeur de Mark. Iol m'a monté ce que tu lui as écrit. Je sentaisd bien que tu ferais le bon choix, pour une fois. Donc... merci. PMoi aussi, j'ai horreur de ces merdes.

De : munderhill697@aol.com
À : tunderhill@nyc.rr.com
Envoyé : Lundi 4 février 2002, 17 :31
Objet : Re : Re : parle, ô grand sage

> Est-ce qu'il y a quelque chose en particulier que je pourrais t'offrir pour ton anniversaire ?
Maintenant que t'en causes, ouaip. Un flingue. :)
m

Pour une fois, ainsi que l'aurait dit son frère, Tim s'était réjoui du fait que l'Internet suppose ses utilisateurs incapables de percevoir une plaisanterie si elle n'était pas accompagnée d'un coup de coude dans les côtes. Le message infesté de coquilles de Philip était rassurant d'une autre manière – du simple fait qu'il avait été envoyé.

Du vivant de Pa, les frères s'étaient retrouvés – ce qui signifiait que Tim prenait l'avion de New York à Millhaven – une à deux fois par an ; durant les cinq ans qui avaient suivi sa mort, ils s'étaient à peine parlé. Pa, à presque quatre-vingts ans, veuf depuis deux, était venu une fois à New York, disant qu'il voulait voir pourquoi on en faisait tout un plat, et Tim l'avait hébergé dans son loft, au 55 Grand Street, que le vieillard avait jugé peu pratique et décevant. Ses genoux lui rendaient pénibles montée et descente de trois escaliers, et Tim l'avait entendu déclarer à son cher Michael Poole – lequel occupait l'étage au-dessus en compagnie de la fantastique et non moins chère Maggie Lah – qu'il aurait imaginé son fils au moins assez riche pour faire installer un ascenseur. (« Moi, j'étais liftier, autrefois, vous savez, avait-il ajouté. Au célèbre hôtel St. Alwyn, là-bas, dans Pigtown. Tous les grands musiciens y descendaient, même les nègres. ») Le lendemain, lors d'un petit dîner informel organisé par Tim avec Maggie Lah, Michael Poole et Vinh Tran, qui tenait avec Maggie le restaurant vietnamien occupant le rez-de-chaussée du 55 Grand Street, Le Saigon, Pa s'était tourné vers Michael et lui avait dit : « Vous savez quoi, docteur ? En ce qui me concerne, le monde peut bien exploser juste après ma mort, je n'en aurai vraiment rien à foutre. Y a pas de raison.

– Est-ce que le frère de Tim n'a pas un fils ? avait demandé Michael. Vous ne vous inquiétez pas de ce qui arrivera à votre petit-fils ?

– Pas des masses.

– Vous êtes un vieux dur à cuire, hein ? » avait dit Maggie.

Pa lui avait souri. La vodka lui avait ôté ses inhibitions au point de lui faire supposer que cette superbe Chinoise pouvait discerner le séduisant voyou qu'il était en réalité, sous les toiles d'araignées de la vieillesse.

« Je suis ravi qu'il y ait à New York City quelqu'un d'assez malin pour me comprendre », avait-il répondu.

Tim réalisa qu'il venait de lire trois pages du nouveau roman de George Pelecanos sans en retenir plus qu'un mot par-ci par-là. Relevant les yeux, il constata que les hôtesses distribuant les repas emballés n'étaient plus qu'à deux rangées de sièges de lui. Sur un vol Midwest Air, une compagnie unique, remarquable par la largeur de ses sièges et la qualité de son service, l'approche du repas pouvait encore susciter un certain intérêt.

Une blonde à l'accent de Millhaven mâtiné de celui de Washington lui tendit une salade au poulet sous cellophane, plus qu'acceptable selon les critères des compagnies aériennes. Une minute plus tard, sa jumelle remplissait son verre Midwest Air d'un fort bon cabernet, jusqu'à un demi-centimètre au-dessus de la ligne. Lorsqu'il eut bu une gorgée et l'eut laissée descendre le long de sa gorge, il apparut à Tim Underhill que durant les vingt dernières minutes, alors qu'il était censé utiliser George Pelecanos pour, en quelque sorte, se nettoyer le palais avant de prendre des notes concernant un projet personnel, peu caractéristique, il s'était perdu en vaines réflexions obsessionnelles au sujet de son frère.

S'il voulait bel et bien travailler un peu durant le trajet, et il l'espérait encore malgré tout, il devait cesser de ruminer ces sombres pensées et consacrer au moins une partie de son attention à une personnalité étonnamment obscure de l'histoire américaine, le Dr Herman Mudgett, alias H. H. Holmes. Mudgett, probablement le premier tueur en série du pays, et sans conteste l'un des plus prolifiques, avait adopté le patronyme d'un célèbre détective fictif et bâti à Chicago un monstrueux palais du meurtre, sous la forme d'un hôtel, juste à temps pour y attirer toutes les jeunes femmes venues en ville pour l'Exposition universelle « Christophe Colomb » de 1893. Au sein de son gigantesque établissement, il avait tué presque toutes les femmes l'ayant approché plus longtemps que pour lui servir le petit déjeuner au restaurant ou lui vendre cols et cravates au magasin de confection pour hommes. L.D. Bechtel, un jeune musicien, avait suggéré à Tim une collaboration sur un opéra de chambre inspiré des agissements de Holmes, et ce projet occupait depuis deux mois une partie des pensées de l'écrivain.

Ce dernier savait fort bien à quel moment il avait entrevu la manière de le traiter : divers facteurs indépendants, une fois mis en présence par hasard, avaient produit une pulsation électrique légère mais vitale. Alors qu'il s'en allait fouiner à la librairie St. Mark et prendre un café au Starbucks voisin, il avait trouvé le premier élément de son inspiration dans un étrange slogan peint au pochoir sur un haut trottoir incurvé de Spring Street. L'inscription était récente, l'encre encore luisante. Elle consistait en quatre mots, tout en minuscules : *garçon perdu fille perdue*. Il arrivait que les groupes de rock indépendants de la ville fassent leur publicité en peignant ainsi leur nom sur les trottoirs, et Tim avait connu un ou deux petits éditeurs qui agissaient de même pour les livres qu'ils n'avaient pas les moyens de promouvoir autrement. Sans doute certaines personnes utilisaient-elles la même méthode pour des titres de films. Quoi que représentât cette phrase, elle lui avait plu, et il s'était promis de garder l'œil ouvert pour la repérer en d'autres lieux.

À la librairie St. Mark, en examinant les tables réservées aux nouveautés, il avait pris en main un exemplaire du *Chinese Whispers*, « Murmures chinois », de John Ashbery, qui figurait au rayon poésie. Par principe, il achetait toute nouvelle œuvre de John Ashbery. Sur une grande table où s'empilaient d'énormes livres d'art, il avait ouvert au hasard une immense compilation de tableaux de Magritte, et s'était retrouvé à contempler, peut-être pour la centième fois, un tableau intitulé *La Reproduction interdite*, sur lequel un jeune homme à la belle chevelure, le dos au peintre et à l'observateur, se regarde dans un miroir qui, au lieu de ses traits, reflète l'arrière de son crâne. Il observe une image de lui-même regardant de l'autre côté. Puisque son visage n'est pas visible, le jeune homme n'a pas de visage.

C'était alors que le déclic avait eu lieu : Tim avait ressenti l'immanquable picotement de la pulsation électrique et songé qu'il contemplait un portrait de H. H. Holmes. Son traitement du sujet, son angle d'attaque, consisterait en une ambiance, un ton – la sensation que faisait naître en lui le tableau de Magritte. Cette peinture était un authentique murmure chinois, on pouvait du moins la voir ainsi, penchant toujours vers une nouvelle non-dénonciation de crime. C'était l'un des plus *effrayants* de tous les tableaux surréalistes, et les sentiments qu'il inspirait à l'écrivain se rapportaient tous à l'angoisse. Tim avait vu leur H. H. Holmes, à lui et à L.D., devant le four où il avait incinéré ses victimes, le dos au public, chantant à pleine voix et évoquant une icône plus qu'un homme. L'image renfermait une sorte de splendeur qui rendait la musique quasi audible. Tim avait entendu leur petit orchestre battre, marteler ses notes dans son oreille interne, et le résultat était magnifique. *On va y arriver,* s'était-il dit.

Quand il était repassé par Spring Street, en rentrant chez lui, il avait baissé les yeux pour revoir l'énigmatique *garçon perdu fille perdue,* mais le slogan avait disparu, comme si l'encre toute fraîche avait été absorbée par le béton lissé. *Impossible,* avait-il songé, *je dois me tromper de virage.* Il ne se trompait pas, il le savait, mais il n'en avait pas moins continué d'observer le trottoir le long de trois ou quatre blocs, n'abandonnant ses recherches que lorsqu'il avait commencé à se sentir un peu bête.

Il lui semblait à présent retourner dans une ville parfaitement en phase avec son projet. Millhaven, depuis qu'il l'avait quittée pour la première fois, lui faisait l'effet d'être en grande partie surréaliste. Nancy Underhill, elle, n'avait sans doute eu aucun goût pour le surréalisme. Elle avait dû soutenir son mari quinze ans durant, tandis qu'ils rôdaient de quartier en quartier, avant de venir s'installer à moins de deux blocs de la maison d'Auer Avenue où étaient nés Timothy et Philip, de Ma et Pa Underhill. Une chose qui sortait du vieux quartier délabré naguère connu sous le nom de Pigtown[1], avec ses maisons à un étage, alourdies de sombres et louches vérandas, ses minuscules pelouses en pente et ses ruelles étroites, ses avenues que bordaient de hideuses enfilades de marchands de vin, de petits restaurants et de magasins de vêtements bon marché, cette chose avait-elle touché la petite et rigolote Nancy Underhill, emporté sa vie ? *Quelqu'un* de ce monde-là l'avait-il tuée ?

La pensée suivante de Tim lui fit honte alors même qu'elle prenait corps en lui : la femme de son frère semblait presque trop effacée – on pouvait dire : trop insignifiante – pour être assassinée.

Quarante minutes avant l'atterrissage, un riche et délicieux parfum de cookies aux pépites de chocolat dorés au four emplit la cabine. Midwest Air servait des cookies tout frais sur les vols assez longs pour justifier un repas. Dix minutes plus tard, l'hôtesse se penchait vers Tim et, avec un clin d'œil, lui tendait une serviette en papier renfermant trois biscuits encore chauds, un de plus que la ration normale. Elle lui sourit.

« Vous savez qui occupait votre place, lors du vol d'hier ? » Il secoua la tête. « L'acteur qui jouait dans *Sacrée famille*.

– Michael J. Fox ?

– Non, celui qui faisait son père. » Elle détourna le regard un instant. « Il doit être vraiment vieux, maintenant. Mais il présente toujours bien. »

Tim porta à sa bouche le premier cookie dont le capiteux arôme parut lui monter tout droit au centre du crâne, lui donnant une faim de loup. Comment

1. La « Ville des Cochons » ou La « Ville Porcherie ». *(N.d.T.)*

s'appelait cet acteur, déjà ? Michael quelque chose : une personnalité agréable, un peu dans le genre d'Alan Alda, l'obséquiosité en moins. La phrase cryptique peinte au pochoir sur un trottoir de Spring Street lui revint en mémoire. *Garçon perdu fille perdue.*

Comment diable Nancy était-elle morte ? se demanda-t-il.

2

La rubrique nécrologique du *Ledger* sorti le matin même ne lui apprit que l'âge de Nancy, sa situation de famille ainsi que les date et lieu de ses obsèques. Pas de photographie. Il en fut heureux pour elle : sa belle-sœur aurait détesté que la seule photo d'elle jamais publiée par le journal municipal le soit après sa mort, il l'avait assez bien connue pour en être persuadé. Tim, examinant à nouveau la brève colonne nécrologique, se rendit compte qu'elle arrivait quatre jours après le décès. Était-ce plus tard qu'à l'ordinaire ? Peut-être pas. Elle ne renfermait aucune information sur la cause de la mort, sinon le mot « subitement ». *Subitement*, Nancy Kalendar Underhill, femme de Philip, mère de Mark, habitant au 3324 North Superior Street dans le quartier de Sherman Park, à Millhaven, avait été arrachée à sa famille aimante et à ses amis chers. Subitement, elle avait posé sa spatule et son saladier, ôté son joli tablier, plaqué les bras sur les flancs et décollé, s'éloignant de la planète selon un bel angle bien net de quarante-cinq degrés.

Tim ressentit un étrange tumulte dans les environs du cœur. Oui, c'était exactement ce qu'elle avait fait.

Le choc de la révélation le contraignit à gagner le bord du lit et à s'y laisser tomber. De son propre chef, Nancy avait quitté la planète telle une fusée. La femme de Philip, la mère de Mark, s'était suicidée. À présent, il comprenait pourquoi il n'avait pas saisi la situation dès le début. Le timbre de son frère, ses paroles l'avaient induit en erreur. La voix avait paru comprimée, écrasée pour étouffer l'émotion qui aurait pu y percer, comme si quelqu'un s'était tenu debout sur la gorge de Philip. Mais ç'avait été Philip lui-même, debout sur sa propre gorge. Il aurait été ravi de laisser Tim ignorer à jamais que Nancy ne s'était pas éteinte durant son sommeil. Sans doute estimait-il que révéler la vérité représentait une perte personnelle, le transfert d'une certaine quantité de pouvoir entre les mains de son frère. Sa voix serrée, compressée, avait donc divulgué aussi peu d'informations que possible. *Je dois t'apprendre que Nancy nous a quittés hier après-midi. C'est arrivé très subitement, et je crois qu'on peut dire que je suis sous le choc. Sous le choc. Je risque de l'être un moment, hein ? Tu n'as pas besoin de me répondre tout de suite, mais fais-moi savoir si tu veux venir pour la veillée, vendredi, et pour l'enterrement et tout ça, samedi après-midi.*

Philip aurait aussi bien pu s'adresser à un répondeur.

Je suppose que tu n'auras pas envie de dormir à la maison, hein ? Tu n'en as jamais eu envie, de toute façon.

Tim sentit son cœur trembler à l'idée de ce que Mark devait traverser.

Il se rendit compte qu'il avait crispé les mains au sommet de son crâne, comme pour empêcher cette information nouvelle de rebondir à travers la chambre d'hôtel en répandant du sang partout. Se sentant aussi mal que Philip, il baissa les mains et se concentra un instant sur sa respiration. Qu'allait-il bien pouvoir dire à son frère ?

Avec cette question, arriva une grande marée sale de chagrin et de désespoir qui renfermait en son centre une flèche de douleur aiguë pour Nancy Underhill, pour ce qu'elle avait dû ressentir durant les semaines, les jours précédents. C'était monstrueux, obscène. Tim prit sa décision sur-le-champ : il ne quitterait pas Millhaven avant de savoir pourquoi Nancy s'était tuée. C'était comme si elle-même l'avait chargé de cette tâche.

Extrait du journal de Timothy Underhill, 12 juin 2003

Je suis descendu au Pforzheimer et, juste pour que je me rende bien compte d'être une nouvelle fois rentré dans ma ville natale, des voix de Millhaven tournent dans ma tête. Celle qu'adoptait mon neveu Mark dans ses e-mails, charmante ; les grondements renfrognés de Philip. Même le timbre rauque de Pa. Au milieu de toutes ces voix, pourquoi ne pas écouter aussi celle de Nancy ?

Celle de Nancy était douce, feutrée comme une balle de tennis. Un jour, ma belle-sœur m'a demandé : *Comment on fait pour écrire un roman, finalement ?* J'ai répondu : avec le cœur dans la bouche. Elle a eu un rire adorable, les yeux mi-clos. Nancy travaillait pour la compagnie du gaz de Millhaven, dont elle recevait les réclamations des usagers. Philip, vice-principal du collège et lycée John Quincy Adams (« Quincy ») voulait qu'elle démissionne. Il estimait indigne de lui que des gens engueulent sa femme à longueur de journée, quoique, à y bien réfléchir, ce qu'il subissait dans son propre travail ne fût pas si différent. Que Nancy puisse plaisanter à propos de son emploi le dérangeait. Quitte à insister pour aller au bureau tous les jours, elle aurait au moins pu avoir la décence de montrer que cela lui coûtait. C'était là le point de vue de Philip. *Ces connards de Noirs ignorants la traitent d'enculée toute la journée,* m'a-t-il une fois susurré. *Tu supporterais ça au quotidien, toi ?*

Ils ne sont pas ignorants, Philip, a-t-elle répondu, *ce ne sont pas des connards et, en tout cas, ils ne sont pas tous noirs. Ils ont juste peur de mourir frigorifiés s'ils n'ont plus de gaz. On s'arrange avec eux, voilà tout.*

Est-ce qu'il arrive que les Blancs aient droit à ce genre d'arrangement ? a rétorqué Philip.

Ce job à la compagnie du gaz n'a pas toujours dû être facile mais elle a continué de l'exercer. Le soir, elle cuisinait pour Philip et Mark. À l'évidence, elle se chargeait aussi de tous les travaux domestiques. Elle avait donc deux emplois, et je gage qu'elle se plaignait rarement. Pour une fille de Pigtown, Philip avait semblé constituer une assez bonne prise. Éducateur en devenir, il portait déjà costume et cravate tous les jours. Au début, il s'est sans doute un peu ouvert à elle, lui a sans doute dévoilé un petit éclair, un peu de son âme, assez pour la convaincre qu'il serait encore là durant les années à venir. Mais quand je pense au long mariage qui a suivi, à la manière dont Nancy a supporté l'être qu'est devenu Philip ! Je me rappelle l'éclat de ses yeux tandis qu'elle se hâtait de remonter le couloir pour venir à ma rencontre, éclat que je discernais parfaitement à travers la contre-porte. Une grande capacité d'amour, affamée, inutilisée, hormis pour son fils.

Je veux savoir pourquoi tu t'es suicidée.

Une maladie incurable ? Philip m'en aurait parlé. Une liaison qui aurait mal tourné ? Nancy n'était ni si romantique ni si écervelée. Quelque honte dévastatrice ? Et sinon de la honte, de la culpabilité ? Culpabilité de quoi ? De quelque chose qu'elle n'avait pas fait, d'une action qu'elle n'avait pas accomplie – voilà le genre de culpabilité qu'on la sentait bien capable d'éprouver.

Brave, dévouée, résignée, déçue, droite de cœur, elle était tout cela. Empoisonnée par un vieux remords – elle avait reculé alors qu'elle aurait pu intervenir, alors qu'on avait besoin d'elle, et une catastrophe s'était ensuivie. Quoi d'autre ? Je crois que se niche quelque part énormément de peur, une peur colossale et *ancienne*. Nancy craignait la cause de sa culpabilité ; craignait ce qui avait eu besoin d'elle. Une personne, un homme, se dressait tout au fond de sa vie, menaçant. Terrifiant.

C'est là que nous localisons l'histoire de Nancy : je la sens se mettre en branle.

Je me rappelle ce qui m'arrivait parfois à Bangkok, à la fin des années 1970 – je sentais la mort, la Mort en personne, gambader derrière moi dans la rue noire de monde, chasser devant elle, tel un signe ou un sceau, une jeune Vietnamienne nue qui courait à travers le cirque de Patpong en montrant au monde ses paumes ensanglantées.

Il est si tentant d'attribuer à ma belle-sœur une histoire similaire à la mienne. Une créature sinistre contemplant la scène au bord des coulisses ; et avec Nancy, la personne qu'elle n'a pas réussi à sauver de cette hideuse silhouette de Mort... Pour moi, la jeune Vietnamienne nue avait représenté une sorte de salut, le réveil de mon imagination ; pour Nancy, il n'y avait que l'angoisse.

Je ne sais trop que penser. Quoique cela me paraisse juste, l'objectivité me souffle que cela ressemble trop à un sous-produit de ma propre histoire. Sans parler de mon imagination.

L'histoire de Nancy – je me demande si je la pénétrerai jamais vraiment, si je *verrai* jamais vraiment la bête qui se perchait sur son épaule. Mais ce qui précède est un début, peut-être.

De cette fenêtre, au quatrième étage du bâtiment originel de l'hôtel Pforzheimer, Tim Underhill et Michael Poole avaient un jour contemplé dans une Jefferson Street venteuse un automobiliste furieux, au véhicule enneigé, qui frappait de son démonte-pneu le flanc d'un bus se traînant vers Cathedral Square. Ce spectacle, à l'époque, leur avait semblé typique de Millhaven.

La circulation fluide de Jefferson Street flottait à travers l'air chaud et paresseux. Juste en dessous de la fenêtre, un portier du Pforzheimer en uniforme marron à manches courtes s'appuyait contre un parcmètre. De l'autre côté de la rue, un vieil homme voûté, portant costume en coton gaufré, nœud-papillon et chapeau de paille, l'image même des convenances et de la prospérité du Midwest de la vieille école, descendait avec prudence le perron en pierre rouge du Millhaven Athletic Club. Un juge ou un médecin retraité qui rentrait chez lui après un bol de soupe à la tomate et un pilon de dinde. Derrière lui, la façade en brique rouge érodée de l'Athletic Club avait un aspect solide, paisible, traditionnel ; quoique moins robuste, le vieillard donnait la même impression. En le regardant descendre la dernière marche, poser le pied sur le trottoir, Tim se demanda où il s'était garé : toutes les places de parking qui s'étendaient devant le club étaient libres.

Balançant les coudes comme s'il avait été pressé, le vieil homme au chapeau désinvolte et au nœud-papillon chic traversa tout droit le trottoir. Il regarda vivement à droite et à gauche puis carra les épaules et s'engagea sur la chaussée. À l'œil de l'écrivain, il ne paraissait plus aussi paisible. Pour un vieillard venant d'achever son déjeuner, il se déplaçait avec une hâte qui rendait sa démarche saccadée, mal assurée.

Tel un hideux char de cauchemar, une longue voiture noire de conception archaïque déboucha à toute allure au beau milieu de Jefferson Street, venant tout droit vers le piéton. Tim se figea. Le médecin à la retraite eut plus de présence d'esprit : après un instant d'hésitation, il recula en direction du trottoir, gardant un œil sur la voiture qui filait vers lui – et qui corrigea sa trajectoire pour continuer de le viser. « Tire-toi de là, grand-père ! lança Tim à haute voix, encore incapable de croire qu'il assistait à une tentative de meurtre. Allez ! *Remue-toi !* »

Tandis que son assaillant obliquait sur la gauche, le vieil homme exécuta un bond d'un mètre, atterrit sur la pointe des pieds, et se mit à courir. Le portier du Pforzheimer avait disparu. La voiture continua sa course folle, effectuant un dernier écart à la vitesse d'une mangouste attaquant un cobra. Un chapeau de paille s'envola. « *Non !* » s'écria Tim, tandis que son front heurtait la vitre fraîche. Une épaule drapée de coton et une tête chenue disparurent sous les roues du véhicule.

Le souffle de l'écrivain embuait la fenêtre.

Inexorablement, la voiture laminait la chaussée. Au bout d'une ou deux secondes horrifiques, elle reprit de la vitesse et partit en direction de Grand Avenue. Le vieillard gisait sur le bitume, immobile, ses longues jambes repliées, un bras tendu. Tim tenta sans succès de déchiffrer la plaque minéralogique du fuyard.

Était-il donc seul à avoir observé le meurtre ? Il pivota vers le téléphone de sa chambre puis se retourna pour contempler de nouveau la scène. À présent, la rue était emplie de gens. Deux hommes en blouson ample, l'un rouge brique, l'autre bleu marine, se tenaient du côté conducteur de la voiture. Celui qui portait le blouson bleu était coiffé d'une casquette noire à longue visière lui dissimulant la moitié du visage. Un troisième homme et une femme s'étaient précipités vers le vieillard au costume en coton et, sous les yeux de Tim, ils lui tendirent les mains pour l'aider à se relever tout droit, nullement mort, pas même blessé. Une jeune femme munie d'écouteurs traversa le petit groupe, le chapeau de paille à la main. Un individu coiffé d'un feutre et vêtu d'un costume à fines rayures sortit de la voiture, tendit la main vers le bas de la rue et hocha la tête en réponse à ce que disait l'homme à la casquette. Lui aussi portait des écouteurs.

Tim souleva la fenêtre à guillotine et se pencha à l'extérieur. Le vieillard, qui ne paraissait plus si vieux, reposa le canotier sur sa tête et éclata de rire à ce que disait la jeune femme. La plupart des personnes présentes commençaient à reprendre leurs positions. La voiture noire reculait le long de Jefferson Street, où un homme torse nu, en short, montait en amazone, derrière une énorme caméra, un chariot posé sur des rails de chemin de fer miniatures.

Une équipe de cinéma avait changé Jefferson Street en décor de film.

Tim regarda l'acteur au costume en coton remonter au trot le perron du Millhaven Athletic Club et en franchir la porte pour attendre la prise suivante. De nouveau, la rue paraissait déserte. D'ici deux minutes, le vieillard réapparaîtrait sur les marches rouges, la longue voiture reprendrait son élan, l'homme et le véhicule entreraient en contact, et le pseudo-meurtre se déroulerait à nouveau. La scène se jouerait encore et encore jusqu'à ce que la luminosité change.

Tim referma la fenêtre et s'approcha du téléphone posé près de son journal, sur le bureau encombré. Quand le réceptionniste lui répondit, il demanda ce qui se passait, dehors.

« Je veux dire : c'est un film ou un épisode de série télé ?

– Un film. À gros budget. Le metteur en scène, c'est

Coppola ou Scorsese, un gars comme ça. Ils vont encore rester là deux jours, et ensuite, ils iront braquer leurs engins quelque part dans le quartier des entrepôts. »

Tim se rappelait ce quartier, à quelques blocs au sud de Grand Avenue, à l'époque où il abritait encore des entrepôts et où nul ne lui donnait de nom particulier. Il se rappelait aussi une époque où les réceptionnistes du Pforzheimer parlaient de tout autre chose quand ils employaient l'expression « braquer leurs engins ».

« Ah, dit-il, des becs-de-gaz et des trottoirs dallés. Qu'est-ce qu'ils préparent ? Une histoire de l'âge d'or de la Mafia ?

– Gangsters et mitraillettes, confirma le réceptionniste. Tous les films qui se passent dans le Chicago d'autrefois sont tournés à Millhaven. »

Tim s'approcha à nouveau de la fenêtre. L'acteur habillé en médecin retraité venait de réapparaître, balançant les épaules et les coudes tandis qu'il descendait du trottoir. On retrouvait cette impression de hâte. À présent, l'automobile cauchemardesque, pourvue de marchepieds et d'une roue de secours sur le coffre, accélérait en descendant Jefferson Street, laquelle ne serait pas Jefferson Street mais une rue de Chicago, South Dearborn ou South Clark Street. L'acteur se figeait, reculait lentement, puis bondissait en avant ; la voiture tressautait tel un être vivant, et le canotier s'envolait. L'acteur disparaissait sous les roues. Cette fois, Tim repéra la deuxième caméra qui s'approchait sur son chariot, accompagnée par l'homme en casquette à longue visière. Cela aussi s'était produit la première fois, mais il ne l'avait pas remarqué.

Machinal, son regard dériva jusqu'au petit parc bien entretenu qui s'étendait derrière le parking du club. Deux allées se rejoignaient au niveau d'un cercle bétonné accueillant un banc en bois et une fontaine asséchée. Des hêtres jetaient sur les pelouses des ombres anguleuses. Une vieille femme lançait des miettes à plusieurs familles d'hirondelles combatives. Tout en haut du square, les cloches électroniques de la cathédrale sonnèrent trois fois, lançant un *ding ding ding* mat qui, fumée de bronze, demeura en suspension dans l'air clair. Ce fut alors qu'une discussion animée entre deux adolescents se dirigeant vers le bas du parc attira l'attention de Tim. Leurs vêtements lâches, pareils à ceux de jumeaux habillés par leurs parents – jeans trop larges, T-shirts à manches courtes trop grands (bleu ciel et bleu marine) par-dessus de trop grands T-shirts à manches longues (jaune pâle et blanc cassé) – soulignaient la véhémence de leurs gestes. Au bas du square, ils tournèrent à droite et marchèrent vers le Pforzheimer, sur le trottoir d'en face.

Le plus grand avait des cheveux noirs coupés très court et les épaules si larges que ses bras semblaient pendre plus loin du torse que la normale. Il marchait à reculons en agitant les bras. L'autre, plus replet, plus rond, et doté de longs cheveux blond-roux, arborait une expression résignée sur son visage mobile d'acteur comique, mais Tim constata que sa sérénité naturelle était sur le point de le déserter. Il ne cessait de ralentir l'allure, fourrant les mains dans les poches profondes et basses de son jean, puis les levant en un geste qui signifiait : *Qu'est-ce que je peux y faire ? Désolé, je ne peux rien pour toi.* Le garçon brun qui dansait devant lui semblait dire : *Allez, mec, j'ai besoin de toi sur ce coup-là. Fais-moi plaisir.* Un couple de mimes n'aurait pu rendre plus clairement l'esprit de leur dissension, ni la passion de l'un et la résistance de l'autre. Le plus grand cessa de marcher et se prit la tête à deux mains. Tim, qui pouvait presque l'entendre jurer, souhaita qu'il ne fût pas en train d'essayer de convaincre son ami rouquin de commettre un délit. Cela ne ressemblait pas exactement à ce type de dispute, toutefois. Quelque chose de crucial était en jeu, mais sans doute une sorte de sottise sophistiquée, pas un acte criminel. *Allez, on va s'éclater, ça va être trop bon* contre *Laisse tomber, pas question que je fasse ça, et je crois que tu devrais pas non plus.*

L'écrivain crut percevoir une plainte de frustration et d'indignation.

Le garçon roux contourna son ami gesticulant et continua de remonter le trottoir. L'autre, le rattrapant en courant, lui tapa sur l'épaule. Extraordinairement gracieux dans ses T-shirts bleu ciel et jaune pâle, il tendit le bras pour désigner la fenêtre de Tim Underhill, ou un point situé à proximité. Instinctivement, Tim recula. Presque aussitôt, il s'avança à nouveau, poussé par une découverte inattendue. Le plus grand des deux adolescents était d'une beauté frappante, étonnante, avec son visage régulier et ses sourcils noirs. La seconde d'après, le système de reconnaissance de l'écrivain lui révéla enfin qu'il observait son neveu Mark. Comme rehaussés par le passage d'une génération, les traits qui passaient pour agréables quoique banals chez la mère se retrouvaient presque inchangés mais pourtant beaux chez le fils. Selon toute probabilité, Mark n'était en rien conscient d'être aussi séduisant.

Le message suivant qui monta telle une bulle à la surface de la conscience de Tim fut que Mark pouvait très bien être en train de parler de lui à son ami rouquin. Philip avait sûrement dit que son frère serait en ville pour l'enterrement, et une référence méprisante au Pforzheimer n'aurait rien eu de surprenant de sa part. Que Mark fût sans doute en train de parler de lui signifiait qu'il jouait un rôle dans la dispute entre les deux garçons. Quel genre de rôle ? se demanda-t-il : conseil, orientation, décision ?

Quoi qu'il ait pu désirer, Mark – Tim constata que c'était bel et bien lui – avait décidé de conserver sa poudre pour livrer bataille un autre jour. Sa démarche rapide et décontractée, le pli ironique de sa bouche, prouvaient qu'il s'agissait d'une trêve, non d'une reddition. Comme le rouquin lui adressait la parole, il haussa les épaules, feignant l'indifférence.

Que Mark soit devenu aussi beau était presque douloureux – le monde extérieur avait déjà commencé à conspirer contre le destin normal qui aurait sinon été le sien. Non mais regardez-le, là, en bas, sur le trottoir. Il fait mine d'être trop dur pour être blessé de la mort de sa mère.

Les deux garçons s'arrêtèrent pour observer l'homme au costume en coton et au chapeau de paille descendre à nouveau péniblement les marches rouges du MAC. Il y avait toujours quelque chose d'horrible à surprendre un acteur au travail, à se rendre soudain compte qu'il n'était finalement qu'en train de jouer un rôle.

Extrait du journal de Timothy Underhill, 20 juin 2003

Huit jours après mon dernier compte rendu. Voilà que je dois encore retourner à Millhaven. Philip m'a appris que Mark avait disparu depuis deux jours, et il ne m'a appelé que *parce qu'il pensait que je le cachais dans mon loft* ! Il était réellement furieux, à peine capable de se contenir. Quoique son attitude me peine, je ne puis être en colère contre lui, ni même lui en vouloir énormément de ce qu'il s'est imaginé.

D'après ce que j'ai compris de son discours fulminant, Mark avait disparu le soir du 18, me semble-t-il. Philip l'avait attendu jusqu'à deux heures du matin puis s'était couché avec la certitude raisonnable que son fils serait au lit avant longtemps. Au matin, le lit du garçon était toujours inoccupé. Philip avait appelé la police. On l'avait informé de ce qu'il savait déjà, à savoir que deux autres garçons du quartier avaient disparu récemment, mais on avait ajouté qu'il ne fallait pas conclure trop vite. Les policiers avaient affirmé que la plupart des fugueurs adolescents rentraient chez eux dans les vingt-quatre heures, et recommandé la patience. Philip avait donc puisé dans ses réserves de patience, pour les découvrir très limitées. À midi, il avait rappelé la police, avec le même résultat. Il s'était bien sûr rendu à l'autre bout du pâté de maisons pour cuisiner Jimbo Monaghan, le meilleur copain de Mark, mais soit Jimbo ne savait rien de la disparition, soit il *prétendait* ne rien en savoir. Estimant avoir affaire à un complice, Philip l'avait accusé de mentir. La mère de Jimbo, Margo, lui avait ordonné de sortir – plus exactement, elle l'avait jeté dehors. Durant deux heures, Philip avait parcouru en voiture les rues de Millhaven, cherchant son fils partout où il estimait possible de le trouver, en tous les endroits dont Mark avait jamais pu parler. Quoique sachant cet effort voué à l'échec, il n'avait pu s'empêcher de passer devant des terrains de sport que son fils n'avait pas visités depuis des années, de regarder intensément par la devanture des fast-foods, de contourner encore et encore Sherman Park. Il se sentait si désespéré qu'il en avait pleuré. En l'espace de dix jours, il avait perdu sa femme et son fils.

Déprimé, il hésitait entre deux hypothèses aussi effrayantes l'une que l'autre : que Mark ait été enlevé par le « Tueur de Sherman Park » s'en étant déjà pris à deux garçons de son âge ; ou qu'il se soit suicidé, peut-être pour imiter sa mère mais plus sûrement en raison de l'horreur et du désespoir déchaînés en lui par ce qu'il avait observé à son corps défendant. Les policiers, étant des policiers, se concentraient sur la première possibilité. Ils avaient parcouru les parcs et fouillé les zones boisées de Millhaven sans découvrir de cadavre. Ils avaient aussi examiné les fichiers des aéroports et des gares ferroviaires ou routières. Eux aussi avaient interrogé Jimbo Monaghan et ses parents, ainsi que d'autres adolescents connus de Mark et leurs familles. Rien de tout cela n'ayant apporté le moindre indice sur l'endroit où pouvait se trouver le garçon, ils avaient publié son signalement et requis l'assistance des habitants de la ville. Une photo assez ancienne avait été envoyée au FBI et aux services de police de tout le pays. À partir de là, d'un point de vue pratique, l'affaire avait été classée.

Sauf bien entendu pour Philip qui, à ce stade pré-Dewey Dell, n'était capable d'affronter aucune des hypothèses expliquant la disparition de son fils : qu'un psychopathe l'ait enlevé et probablement tué ; qu'il se soit suicidé en un lieu encore indéterminé ; ou qu'il se soit tout simplement enfui sans dire un mot. Quand Philip s'est retrouvé face à cette série de choix inacceptables, un autre lui est venu à l'esprit, si bien qu'il a appelé son frère trop privilégié, et jamais tout à fait digne de confiance, à New York.

« Très bien, tu peux me le dire, maintenant, a-t-il attaqué. Je ne te croyais pas capable de faire une chose pareille à ton propre frère, mais je suis sûr que tu as tes raisons. Il a dû te raconter une sacrée histoire.

– Attends, Philip, commence par le commencement. Qu'est-ce que je peux te dire maintenant, et qu'est-ce que tu crois que je t'ai fait ?

– Qu'est-ce qu'il t'a raconté, exactement ? Est-ce que ça craint vraiment ? Je le bats comme plâtre tous les soirs, c'est ça ? Ou alors de la cruauté mentale ?

– Est-ce que tu parles de Mark ?

– À ton avis ? Je me demande bien pourquoi je te parlerais de Mark, hein ? Si mon fils est avec toi, Tim, je te demande de me laisser lui parler. Non, je ne te le demande pas : je t'en implore.

– Mon Dieu, Philip. Mark est parti de chez vous ? Qu'est-ce qui se passe ?

– Ce qui se passe ? Mon fils a disparu depuis trois jours, voilà ce qui se passe. Alors s'il s'est réfugié dans ton putain de cirque de Grand Street, je suis à genoux, là, bordel de merde. Passe-le-moi. Quoi que tu doives faire pour ça, d'accord ? »

Il m'a fallu un moment, mais j'ai réussi à le convaincre que Mark ne se cachait pas dans mon loft et que je n'avais rien à voir avec sa disparition. Je me sentais vidé, assommé, abasourdi.

« Pourquoi ne m'as-tu pas appelé avant ?

– Parce qu'il ne m'est pas venu à l'idée qu'il puisse être à New York avant il y a une heure. »

D'une certaine manière, Philip et moi sommes seuls au monde. Nous n'avons pas d'autres frères ou sœurs, pas de cousins, même éloignés, pas de grands-parents, ni oncles ni tantes, aucune famille.

Je lui ai demandé si je pouvais faire quelque chose pour lui.

« Est-ce que Tom Pasmore n'est pas un de tes meilleurs amis ? Je voudrais que tu lui parles – que tu lui demandes de m'aider. »

Tom Pasmore, ajouterai-je pour la postérité, est un vieil ami à moi, habitant Millhaven, qui gagne sa vie en résolvant des énigmes criminelles – bien qu'il n'ait pas besoin d'argent. C'est une espèce de Sherlock Holmes ou de Nero Wolfe, hormis le fait qu'il s'agit d'un être réel, non d'un personnage de fiction. Son père (biologique) était tout pareil. Il résolvait des énigmes dans une ville après l'autre, en grande partie par l'examen des archives et documents disponibles, grâce auxquels il établissait des connexions que tout le monde avait manquées, connexions que, l'un dans l'autre, seul un génie était capable de remarquer. Tom a hérité de ses méthodes, ainsi que de son talent et de sa garde-robe. À mon humble avis, Tom Pasmore est le meilleur détective privé du monde, mais il ne travaille que sur les affaires de son choix. En 1994, il m'a aidé à résoudre une terrible énigme que mon collaborateur et moi avons plus tard changée en roman.

J'ai promis à Philip d'arriver à Millhaven le plus vite possible, ajoutant que je ferais de mon mieux pour convaincre Tom Pasmore de réfléchir à la disparition du garçon.

« Y réfléchir ? C'est tout ?

– La plupart du temps, c'est ce qu'il fait. Il réfléchit.

– D'accord. Parle-lui pour moi, d'accord ?

– Dès que possible », ai-je conclu.

Je préférais ne pas décrire l'emploi du temps de Tom à mon frère, lequel ressent une méfiance de vieux maître d'école envers quiconque ne se lève pas à sept heures et ne se couche pas avant minuit. Tom Pasmore éteint en général sa lampe de chevet aux alentours de quatre heures du matin et se lève rarement avant deux heures de l'après-midi. Il aime le whisky *single malt*, autre trait dont il valait mieux ne pas informer Philip, que la consommation d'alcool de Pa a changé en buveur d'eau intolérant et moralisateur.

Après avoir réservé mes billets d'avion, j'ai encore attendu une heure, puis j'ai appelé Tom. Il a décroché dès qu'il a reconnu ma voix sur son répondeur. Quand j'ai eu fini de lui exposer la situation, il m'a demandé si je voulais qu'il fouine un peu, qu'il épluche les archives et voie ce qui pourrait en sortir. « Éplucher les archives » constituait l'essentiel de sa méthode : il quittait rarement son domicile et accomplissait ses miracles en passant au crible journaux, archives publiques, informatiques ou autres, et toutes sortes de bases de données. Durant la derrière décennie, il est passé dangereusement maître dans l'art d'utiliser ses ordinateurs pour s'infiltrer en des lieux normalement fermés aux citoyens ordinaires.

Quoiqu'on ne sût jamais ce que pouvaient révéler une ou deux heures de travail, m'a dit Tom, si Mark ne réapparaissait pas d'ici un jour ou deux, lui et moi réussirions peut-être à accomplir quelque chose en unissant nos efforts. En attendant, il allait « fouiner ici et là ». Mais l'hypothèse la plus probable – il tenait à ce que je le sache, autant que cela le peinât de le dire – était que mon neveu eût été victime du monstre ayant déjà sans doute enlevé et assassiné deux adolescents du quartier.

« Je ne peux pas penser à ça, et mon frère non plus », ai-je dit. (En ce qui concerne mon frère, je devais ensuite apprendre que je me trompais.)

Trois quarts d'heure plus tard, Tom me rappelait pour m'apprendre une nouvelle époustouflante. Savais-je que feu ma belle-sœur avait un lien de parenté avec le tout premier tueur en série de Millhaven ?

« Qui était-ce ? ai-je demandé.

– Un brave cœur du nom de Joseph Kalendar. » Le nom m'a paru familier, sans que je puisse me rappeler pourquoi. « Il a fait parler de lui en 1979 et 1980, pendant que tu te dévergondais à Samarkand ou je ne sais où. »

Tom savait exactement où je me trouvais en 1979 et 1980.

« Bangkok, ai-je dit. Et en 1980, je ne me dévergondais plus du tout. Qu'est-ce qu'il a fait, ce Kalendar ? »

Joseph Kalendar, maître charpentier, avait entamé sa carrière en s'introduisant chez des femmes pour les violer. À partir de sa quatrième sortie, son fils, âgé de quatorze ans, l'accompagnait. Peu après, il avait estimé prudent d'assassiner les femmes une fois qu'ils les avaient violées et, deux mois plus tard, il était devenu encore plus fou : lors de son avant-avant-dernière expédition, obéissant aux ordres verbaux d'une divinité persuasive, il avait tué puis décapité son fils, et laissé le cadavre sans tête du garçon près du lit de leur victime commune. Dieu, le remerciant de sa fidélité, avait chanté d'une voix puissante que dès lors, lui, l'indigne Joseph Kalendar, père de famille, maître charpentier et Favori Bien-Aimé de Jéhovah, serait chargé d'annihiler toute la gent féminine à travers le monde, ou à tout le moins autant de ses représentantes que possible, avant que la police ne mette un terme à ce projet sacré. En 1979, Kalendar avait enfin été arrêté. En 1980, il avait été jugé, déclaré irresponsable et enfermé à l'hôpital d'État des fous dangereux où, trois ans plus tard, il avait été étranglé par un de ses codétenus, lequel s'opposait de tout son cœur à ce que Kalendar veuille le purifier dans le sang de l'Agneau avant de le remettre toutes affaires cessantes entre les bras de son Sauveur.

« Et ce remarquable cinglé était parent de Nancy Underhill ?

– Ils étaient cousins germains, a répondu Tom.

– Je suppose que ça explique une des remarques de mon frère après l'enterrement, ai-je dit.

– Est-ce que tu vois pour quelle raison ton neveu aurait pu s'enfuir de chez lui ?

– Ma foi, j'en vois une, en tout cas. »

3

Peu après avoir lu la notice nécrologique de Nancy dans le journal et aperçu Mark par la fenêtre de sa chambre d'hôtel, Tim monta dans son Town Car de location et gagna le domicile de son frère par un itinéraire excentrique. Même en tenant compte d'une ou deux erreurs suivies de demi-tours, aller du Pforzheimer à Superior Street n'aurait pas dû lui demander plus de vingt à vingt-cinq minutes. S'il avait choisi de passer par la voie rapide, le trajet en aurait demandé encore cinq de moins, mais n'étant pas revenu dans sa ville natale depuis près de cinq ans, Tim avait décidé de remonter à partir du centre-ville pour prendre Capital Drive, qu'il suivrait jusqu'aux six larges voies de Teutonia Avenue, puis de redescendre en diagonale afin de gagner Sherman Park, Sherman Boulevard, Burleigh Street ou l'une quelconque des petites rues entrelacées, doublées de ruelles pavées, qu'il avait connues étant enfant. Il connaissait le quartier de son frère. En supposant qu'il n'ait pas changé de manière significative, en dehors d'un enrichissement bienvenu, c'était celui-là même où ils avaient grandi. Sur ce point précis, ses suppositions se révélèrent correctes : même compte tenu de l'inflation, le revenu moyen par foyer dans le quartier composé de Superior, Michigan, Townsend et Auer Street, ainsi que de la 44e Rue avait sans doute quadruplé depuis l'enfance des deux frères. Toutefois, d'autres aspects, que Philip n'avait pas pris en compte, s'étaient modifiés en même temps que les revenus.

Tim avait atteint sans problème Capital Drive et rejoint tout aussi facilement la large Teutonia Avenue qui traversait un paysage de centres commerciaux et d'immeubles de bureaux, séparés par des bars. Tout cela évoquait en plus propre, plus lumineux et plus prospère la Millhaven d'antan, exactement ce que ses visites précédentes lui avaient fait imaginer. Il aperçut le panneau indiquant Burleigh à un bloc de distance et s'engagea dans une zone résidentielle. S'y alignaient des immeubles en brique crème, tous identiques, dont on rejoignait l'entrée par d'étroites allées bétonnées se découpant sur les pelouses comme autant de cravates.

Huit cents mètres plus loin, à la vue d'un panneau Sherman Drive, Tim tourna à gauche. Ce n'était ni Sherman Park ni Sherman Boulevard, mais ça devait se trouver globalement dans le même quartier. Sherman Drive, toutefois, s'achevait en cul-de-sac devant un bunker en béton coulé, dépourvu de fenêtres : l'annexe des Archives municipales. Il rebroussa chemin, avant de tourner une nouvelle fois à gauche, dans une petite rue à sens unique, Sherman Annex Way, laquelle s'interrompait à l'angle sud-ouest de Sherman Park, où Pa avait parfois escorté le petit Tim et le petit Philip, afin qu'ils profitent du magnifique étang où l'on pouvait se baigner, des balançoires de tous types, et du petit domaine réservé aux tigres assoupis et aux lourds éléphants que renfermait un zoo prodigieux, depuis beau temps disparu.

Il contourna totalement le parc sans trop savoir où aller. Lors de son second tour, il remarqua le panneau indiquant Sherman Boulevard et le suivit. Il fut aussitôt récompensé par l'apparition, sur la gauche de la chaussée, sous forme d'ombre ou de souvenir, d'un grand repère ambigu de son enfance : le cinéma Beldame Oriental, devenu le temple de quelque secte protestante sanctifiée.

Lorsqu'il se fut engagé dans le vieux réseau de ruelles et d'intersections, cependant, Tim passa à deux reprises devant la maison de son frère sans être absolument sûr de la reconnaître. La première fois, il se dit : *Je ne crois pas que ce soit ça* ; la deuxième fois : *Ce n'est pas ça, hein ?* Mais, c'était bien le domicile de Philip, un assemblage de brique et de pierre grise, pourvu d'un toit pentu et d'une vilaine petite véranda, à peine plus large que la porte d'entrée. Dans l'encadrement en bois de la contre-porte étaient vissés les chiffres 3324. N'ayant plus d'excuse pour retarder sa visite, Tim gara son prétentieux mais confortable véhicule à quelques pas de là et gagna la maison à pied sous un soleil liquide. Alors que de gigantesques ormes avaient naguère étendu des branches luxuriantes au-dessus de la rue, des platanes accrochaient désormais leurs feuilles sèches à modeste distance de leurs pâles troncs bicolores. L'écrivain consulta sa montre en atteignant l'allée de son frère : le trajet de vingt-cinq minutes lui avait pris trois quarts d'heure.

Il appuya sur la sonnette. Au fond de la maison, un petit carillon tinta. Des pas lourds s'approchèrent, un visage tavelé s'encadra derrière les vitres étroites incluses dans le panneau sombre, puis s'en écarta. Le battant pivota, et Philip apparut, grimaçant à travers le treillis gris de la contre-porte.

« T'as décidé de te pointer, finalement, constata-t-il.

– Content de te voir aussi, répondit Tim. Comment vas-tu, Philip ? »

Avec l'air d'accomplir une œuvre de charité, son frère recula pour le laisser entrer. Il faisait dix ans de plus que lors de leur dernière rencontre. Ses cheveux clairsemés, peignés en arrière, laissaient apparaître des bandes de cuir chevelu du même gris-rose que son visage profondément creusé. Des lunettes sans monture, aux fines branches métalliques, reposaient sur son nez retroussé. Au-dessus de son ventre mou proéminent, une épingle en argent accrochait une cravate bordeaux luisante à une chemise blanche bon marché.

Il faisait toujours de son mieux, songea Tim, pour avoir très exactement l'air de ce qu'il était : un administrateur de niveau moyen dans une entreprise des plus bureaucratique. Philip, durant toute la première partie de sa vie, avait lutté pour obtenir un emploi tel que ce poste de vice-principal : d'une respectabilité sans faille, d'un ennui stupéfiant, imperméable aux caprices de l'économie, générateur d'un pouvoir faible mais palpable, et inépuisable source de récriminations.

« Je suis encore valide. Comment diable crois-tu que je puisse aller ? »

Il franchit les quelques pas qui séparaient la petite entrée du salon, et Tim le suivit. Nancy, apparemment, ne serait pas mentionnée avant que n'ait été satisfait le sens du rituel de Philip.

« Désolé. Question idiote.

– Bon, de toute façon, c'est gentil de ta part d'avoir fait tout ce chemin. Assieds-toi. Repose-toi. Après la vie à New York, tu dois apprécier notre fameuse tranquillité du Midwest. »

Ayant reçu tous les remerciements qu'il avait des chances d'obtenir, l'écrivain traversa le salon et s'installa dans un fauteuil rembourré, arrivé dans la maisonnée de son frère avec Nancy. Philip resta debout, dans son costume gris trop chaud pour la saison, l'observant à la manière d'un détective d'hôtel. Il tira de sa poche un mouchoir froissé et s'épongea le front. À l'étage, retentissait la pulsation rythmique et continue d'une guitare basse.

« Il y a beaucoup d'agitation autour du Pforzheimer, dit Tim. Un grand metteur en scène est en train de tourner un film dans Jefferson Street.

– Ne dis pas ça à Mark, il voudra aller voir.

– Il y est déjà allé. Je l'ai vu de ma fenêtre. Lui et un rouquin de son âge sortaient de Cathedral Square. Ils ont descendu la rue pour regarder l'équipe filmer une scène et ils se sont retrouvés juste en dessous de moi.

– C'était Jimbo Monaghan, son meilleur copain. Son seul et unique copain, même. Quand on en voit un, l'autre est juste derrière. Jimbo est une andouille mais pas un mauvais bougre. Il a fait toutes ses années de collège à Quincy avec seulement une demi-douzaine de blâmes. La plupart des gamins en récoltent deux fois plus.

– Même Mark ?

– Avec Mark, j'étais obligé d'être un peu plus dur. S'il avait bénéficié du moindre favoritisme, les autres gamins auraient fait de sa vie un enfer. Tu te rappelles comment ils sont ? Dès qu'ils trouvent une faiblesse, ils arrivent à la curée. Ces petits salopards sont à peine humains. »

Philip estimait qu'avoir infligé des blâmes à son fils faisait de lui un père sévère et responsable, mais en vérité, il y avait pris plaisir.

« J'ai du Coca, d'autres sodas et de la bière au gingembre. Si tu veux de la vraie bière ou des trucs plus forts, tu n'auras qu'à en acheter toi-même.

– Une bière au gingembre si tu prends quelque chose aussi. »

Tandis que Philip plongeait dans la cuisine, Tim se livra à son habituelle inspection rapide du salon. Comme toujours, la pièce renfermait le curieux mélange de meubles que Philip avait transportés de maison en maison avant de se réinstaller dans le vieux quartier. Le tout semblait un peu plus usé que lors des visites précédentes de l'écrivain : le long canapé en velours vert, le fauteuil relax noir, la haute commode et la table basse octogonale en verre, qui venaient de Pa et de Ma, voisinant avec les éléments en bois blanc achetés dans un magasin d'ameublement « scandinave » ayant ensuite fait banqueroute. Tim se rappelait

Ma assise dans le fauteuil à bascule, près du canapé de Pa, jouant d'une grosse aiguille à l'aide de laquelle elle confectionnait les nœuds épais et entrelacés du tapis qui couvrait aux trois quarts la surface du salon. Cinquante ans auparavant, ce tapis avait été resplendissant. Aujourd'hui, ce n'était plus qu'un chiffon protégeant le parquet.

Philip revint, porteur de deux verres couverts de buée. Il en passa un à Tim, avant de se laisser tomber à un bout du canapé. Son costume gris se retroussa autour de ses hanches et de ses épaules.

« Je te présente encore mes excuses pour ma question de tout à l'heure, Philip, mais je voudrais quand même savoir comment tu vas. Tu tiens le coup ? »

Philip but une longue gorgée de bière au gingembre et parut s'enfoncer dans les coussins usés. Il semblait contempler quelque chose, peut-être un insecte rampant au-dessus du passage qui menait à la salle à manger et à la cuisine.

« Des excuses, hein ? C'est sympa. Ça serait plutôt à Nancy de m'en présenter, pas à toi. » Il fixa Tim d'un regard froid de ses yeux bruns. Les lunettes sans monture lui grossissaient légèrement les yeux. « On va aborder un sujet très étrange, là. Un sujet *vraiment vraiment* étrange. Je dois dire que ça dépasse l'entendement. Tu sais de quoi je parle, ou il faut que je te l'explique ?

– Je crois que je comprends. J'ai lu la notice nécrologique dans le *Ledger* d'aujourd'hui. Quand j'ai vu le mot "subitement", je me suis dit...

– Tu t'es dit ?

– Je me suis dit que Nancy avait dû se suicider.

– Ah, tu t'es dit ça ? Eh bien, surprise ! Mon grand frère a gagné le gros lot.

– Tu aurais préféré que je ne comprenne pas ?

– Je ne sais pas ce que j'aurais préféré, moi. » Philip

tordit le visage. Tout ce qui se trouvait en dessous de son nez sembla se dégonfler comme un sac en papier percé. « Personne ne m'a demandé mon avis sur quoi que ce soit. » Il ôta ses lunettes d'un mouvement sec et se frotta les yeux. « Non, tout le monde fait ce qui lui plaît. » Il émit un soupir saccadé.

« Tu crois qu'elle aurait dû te demander la permission de se tuer ? »

Philip tendit l'index vers son frère.

« Ah, ça, c'est une excellente question. Je suis sérieux, putain. C'est vraiment une excellente question. »

Tim avala une gorgée de bière au gingembre glacée et se força à demeurer silencieux.

« Oui, reprit Philip. Oui, je crois. Et je lui aurais dit : *Non, tu ne peux pas te tuer, espèce de garce égoïste. Tu as un mari et un fils. T'es malade, ou quoi ?*

– C'était égoïste... un acte égoïste.

– Tous les suicides sont égoïstes. » Il réfléchit à cette affirmation. « À moins qu'on souffre horriblement, ou qu'on soit mourant, ou quelque chose comme ça.

– Est-ce qu'elle était déprimée, ces derniers temps ?

– T'es psy, ou quoi ? J'en sais rien. Nancy avait toujours l'air un peu déprimé, si tu veux mon avis. » Il lança à Tim un regard méfiant. « Est-ce que tu veux savoir si j'ai *remarqué* qu'elle était déprimée, ces derniers temps ?

– Je ne t'accuse de rien du tout, Philip.

– Eh bien, continue. On ne peut pas m'en vouloir de ce qui est arrivé. On s'entendait plutôt bien, Nancy et moi. Ce qu'elle a fait, c'est un mystère. Peut-être qu'elle avait une double vie ou quelque chose comme ça. Peut-être que je ne savais pas ce qu'elle vivait. Mais si elle ne le disait pas, comment est-ce que j'aurais pu le savoir ?

– Comment réagit Mark ? »

Philip secoua la tête.

« Le gamin intériorise tout ce qu'il ressent. Mais ça lui a porté un sérieux coup quand même. Il reste tout seul, sauf quand il est avec Jimbo, le crétin que tu as vu aujourd'hui. On verra comment il s'en sort ce soir, demain et dans les quinze jours qui viennent. S'il a l'air d'en avoir besoin, je lui trouverai un psychologue ou un thérapeute ou ce qu'il faudra. » Tim déclara que cela lui semblait être une bonne idée. « Évidemment que c'en est une, pour toi. À New York, tout le monde a son psy. Pour vous, aller en voir un, c'est un symbole de standing. Mais ici, dans le monde réel, c'est différent. Un tas de gens considèrent ça comme l'aveu que quelque chose ne tourne pas rond.

– Tu n'aurais pas besoin d'en parler à qui que ce soit. Et Mark non plus.

– Tout se sait, contra Philip. La femme du vice-principal se suicide, son fils va voir un réducteur de têtes. Comment ça serait reçu, à ton avis ? Quel genre d'effet tu crois que ça aurait sur ma carrière ? Et en plus de ça, c'est pas donné, ces séances-là. Excuse-moi, grand frère, mais je ne suis qu'un humble éducateur de l'école publique, pas un millionnaire.

– Si Mark pouvait bénéficier d'une thérapie et si tu avais des problèmes pour la payer, je serais ravi de la prendre en charge, Philip.

– Ce n'est pas à ce point-là. Mais merci de la proposition.

– Tu crois vraiment que ta carrière pourrait être affectée par ce qu'a fait Nancy ?

– D'une manière ou d'une autre, oui. Subtilement, pour l'essentiel. Mais j'ai combien de chances de m'installer bientôt dans un bureau de principal, d'après toi ? Avant ça, c'était en bonne voie. Maintenant, qui sait ? Ça pourrait me retarder des années. Mais tu veux savoir ce qui est le pire de tout ?

– Oui.

– Chaque fois que quelqu'un va me regarder, il va se dire : *Tiens, c'est Underhill. Sa femme s'est suicidée.* Et les deux tiers ou les trois quarts des gens vont penser que c'est ma faute. Ils se diront qu'elle a fait ça à cause de moi. Nom de Dieu, je n'aurais jamais cru que je la haïrais, mais ça commence à venir. La salope. *La salope.* »

Tim décida de ne rien dire et de le laisser s'épancher. Philip le considéra avec colère.

« J'ai un certain rôle dans cette communauté. Une certaine *position*. Tu ne sais peut-être pas ce que ça veut dire. Peut-être que tu t'en fous. Mais pour moi, c'est important, très important. Et quand je pense que cette idiote a fait de son mieux, sans autre raison que le fait d'être malheureuse, pour démolir le travail de toute ma vie... oui, ça me fout en rogne, vraiment. Elle n'avait pas le droit de me faire ça. »

Une chose, au moins, apparut clairement à Tim Underhill, tandis qu'il regardait son frère broyer entre ses dents un glaçon récupéré au fond de son verre : Philip ne lui serait d'aucune utilité.

« Quel est le programme ? demanda-t-il.

– Pour ce soir ?

– Pour tout.

– On va au funérarium des frères Trott, de six à sept, pour l'exposition du corps, ou la veillée, ou je ne sais quoi. Les obsèques auront lieu à une heure, demain après-midi, à Sunnyside. »

Sunnyside, immense cimetière situé aux limites de la ville, du côté ouest, était toujours séparé en zones catholique, protestante et juive. On n'y trouvait aucun Afro-Américain. Quand on le longeait sur la voie rapide, on y voyait des kilomètres et des kilomètres carrés d'espaces verts plats, où s'alignaient de longues files de pierres tombales.

« Je ne sais même pas comment Nancy est morte, Philip, reprit Tim. Si ça n'est pas trop douloureux pour toi, est-ce que tu pourrais me le dire ?

– Oh, bon Dieu, j'imagine que tu ne peux pas le savoir, en effet. Ça n'est pas tout à fait de notoriété publique, Dieu merci. Bon, très bien, je peux te dire comment elle a fait. Tu l'as bien mérité, vu que tu as fait tout ce chemin depuis New York, non ? Tu veux savoir ce que fait une femme qui a envie de se tuer et qui est décidée à ne pas se rater ? À toucher la cible en plein centre du premier coup ? En gros, elle se tue de trois manières différentes en même temps. » Philip tenta de sourire. Ce fut un échec pitoyable. « J'avais un tube de somnifères qui me restait d'il y a un ou deux ans. Pas longtemps après mon départ au boulot, ce matin-là, elle l'a pratiquement avalé en entier – une vingtaine de comprimés. Ensuite, elle s'est fait couler un bon bain chaud. Elle s'est collé un sac en plastique sur la tête, elle se l'est serré autour du cou, elle s'est mise dans la baignoire, elle a pris un couteau et elle s'est ouvert les deux avant-bras. Dans le sens de la longueur. Pas de ces petites coupures en travers que font les gens qui veulent se rater. Elle était sérieuse, il faut au moins lui reconnaître ça. »

Le notes de basse qui résonnaient à travers le plafond voletaient dans l'air tels des papillons.

Le chant des cigales leur parvenait à travers les fenêtres, alors qu'il n'y avait jamais eu de cigales dans Superior Street. C'était autre chose, songea Tim – mais quoi ?

À l'étage, une porte claqua. Deux pas distincts arrivèrent en haut de l'escalier.

« Entre le fils et héritier, accompagné d'el fidelo compagnono. »

Tim, tournant les yeux vers les marches, vit apparaître une paire de jambes dans un jean trop large, talonnée par sa jumelle. Une main glissait légèrement sur la rampe, une autre la suivait comme son ombre. D'amples manches jaunes, puis d'amples manches bleu marine. Enfin, le visage de Mark Underhill apparut, tout en sourcils, en pommettes et en bouche décidée ; juste au-dessus, flottait la tête ronde de Jimbo Monaghan qui faisait de gros efforts pour paraître impassible.

Mark conserva les yeux baissés jusqu'à atteindre le bas de l'escalier et avancer de deux pas. Ensuite, il les leva pour croiser le regard de son oncle. Dans ces yeux, se lisait un mélange complexe de curiosité, de colère et de dissimulation. Le garçon cachait quelque chose à son père et comptait continuer ; Tim se demanda ce qui arriverait s'il parvenait à avoir une conversation privée avec lui.

Aucune fourberie, en revanche, sur le visage de Jimbo qui dévisagea l'écrivain dès qu'il en eut la possibilité.

« Eh, regarde, c'est l'oncle Tim, dit Philip. Tim... tu connais Mark, et son meilleur copino, Jimbo Monaghan ? »

Tels de très jeunes adolescents, les garçons s'approchèrent en traînant les pieds et marmonnèrent un salut. Tim maudit son frère en silence : à présent, ils se sentaient insultés, ou ridicules, et il faudrait encore plus de temps à Mark pour s'ouvrir.

Il en sait plus que Philip sur le suicide de sa mère, songea-t-il. Quand son neveu le regarda à nouveau, il vit un savoir enfoui remonter à la surface un instant puis disparaître.

« La tête de ce gars-là te dit quelque chose, Tim ? demanda Philip.

– Oui, tout à fait. Je t'ai vu de ma fenêtre du

Pforzheimer, en début d'après-midi, Mark. Toi et ton ami, vous vous dirigiez vers le tournage du film, sur Jefferson Street. Vous y êtes restés longtemps ? »

Jimbo ouvrit la bouche puis la referma. Mark eut un regard étonné, méfiant.

« Juste un peu, répondit-il. Ils refaisaient toujours la même chose. Ta chambre est de ce côté-là de l'hôtel ?

– À ton avis, puisque je t'ai vu ? »

Ce qui pouvait être un sourire apparut sur le visage de Mark mais s'évanouit trop tôt pour que Tim ait une certitude. Le garçon fit un pas de côté et tira Jimbo par la manche.

« Vous sortez ? » interrogea son père.

Il hocha la tête, déglutissant et se balançant sur ses talons, tout en contemplant ses baskets griffées.

« On revient bientôt.

– Où est-ce que vous allez ? D'ici une heure, il faut qu'on soit au funérarium.

– Ouais, ouais, t'en fais pas. » Ses yeux ne cessaient de passer de son père à la porte d'entrée. « On va juste faire un tour. »

Tim se rendit compte que son neveu était terriblement énervé. Son moteur tournait à plein régime, et il faisait tout son possible pour le dissimuler. Son corps voulait se conduire exactement comme sur Jefferson Street : agiter les bras, bondir de-ci de-là. Devant Philip, ces gestes extravagants devaient être ramenés à leurs versions les plus minimes. L'énergie du chagrin était aussi puissante qu'une drogue. Tim avait vu des hommes risquer leur vie sans réfléchir, sous son influence, comme s'ils avaient pris des amphétamines. Le garçon brûlait d'envie de franchir la porte. Jimbo ne tarderait pas à se voir assailli de nouvelles implorations sous haute pression. L'écrivain l'espéra capable d'y résister : ce que Mark avait en tête, quoi que ce fût, était fatalement déraisonnable, à moitié dingue.

« Je déteste cette imprécision délibérée, dit Philip. Ça veut dire quoi, *un tour* ? Un tour où ça ?

– Juste un tour, papa, soupira Mark. On en a marre de rester assis dans ma chambre, alors on va juste faire le tour du pâté de maisons ou quelque chose comme ça.

– Ouais, c'est tout, ajouta Jimbo en contemplant un point situé un peu au-dessus de la tête de Philip. Juste le tour du pâté de maisons.

– D'accord, allez faire le tour du pâté de maisons, mais soyez là au moins à sept heures moins le quart. Je suis sérieux, Mark.

– Moi aussi, je suis sérieux ! s'écria Mark. Je sors, c'est tout, je ne vais pas m'enfuir. »

Son visage était d'un rose luisant. Philip capitula, agitant les mains devant lui.

Le garçon regarda un instant son oncle, son beau visage figé en une expression de frustration et de mépris. Le cœur de Tim s'emplit de chagrin pour lui.

Mark pivota, gagna la sortie d'un pas lourd et la franchit, Jimbo dans son sillage. La contre-porte se referma en claquant.

« Seigneur ! soupira Philip en contemplant la porte. Ce petit ingrat me rend responsable.

– Il faut bien qu'il trouve un responsable, dit Tim.

– Je sais à qui il devrait en vouloir. Elle s'est tuée trois fois, non ? »

Hochant la tête sans intention particulière, l'écrivain s'approcha de la grande fenêtre de la façade. Les deux garçons remontaient la rue d'un pas très semblable à celui qu'ils avaient adopté sur Jefferson Street. Mark, penché vers son ami, lui parlait rapidement en agitant les mains. Son visage était toujours d'un rose fiévreux.

« Tu les vois ?

– Oui.

– Qu'est-ce qu'ils font ?

– Je crois qu'ils font bel et bien le tour du pâté de maisons, Philip.

– Est-ce que Mark ne t'a pas paru atrocement tendu ?

– Un peu, si.

– C'est l'exposition et l'enterrement. Une fois que ça sera passé, il pourra commencer à redevenir normal. »

Tim ne répondit pas. Il doutait que le concept de « normalité » de Philip ait vraiment un sens pour son fils.

Estimant que les dimensions spacieuses en compensaient largement le prix, Tim Underhill louait chaque fois que c'était possible un Town Car Lincoln. À sept heures moins le quart, les deux garçons étant rentrés à temps de leur promenade, il se porta volontaire pour conduire tout le monde à Highland Avenue. Alors qu'ils venaient de sortir sur le trottoir, sous le soleil, Philip contempla avec mépris le long véhicule noir.

« Tu as toujours besoin d'en mettre plein la vue, hein ?

– C'est juste qu'avec ça, je n'ai pas l'impression d'être serré dans une boîte à sardines.

– Allez, papa, intervint Mark, qui contemplait la voiture comme s'il avait eu envie de le caresser.

– Pas question, trancha Philip. J'aurais l'impression de vouloir passer pour ce que je ne suis pas. Tim, tu peux venir avec nous dans ma Volvo, si tu crois que tu ne te sentiras pas trop à l'étroit. »

Son break vieux de douze ans, couleur feuille morte, était garé trois mètres plus loin, aussi humble et patient qu'une mule.

« Après toi, Alphonse [1] », dit Tim, qui eut la satisfaction d'entendre Mark pouffer.

Le funérarium des frères Trott occupait le sommet d'une colline sur Highland Avenue. À ceux qui levaient les yeux vers lui depuis la rue, après être descendus de voiture – comme le firent les quatre hommes, jeunes et vieux, venant de quitter la Volvo feuille morte –, il paraissait aussi noble et digne qu'un manoir de province anglais. Pierre de taille, fenêtres à meneaux, tourelle ronde : le genre d'endroit où l'on soupçonnait que les bruits les plus sonores seraient les chuchotements des employés, le froufroutement des brochures, et des pleurs étouffés. Mark et Jimbo traînèrent à l'arrière quand le petit groupe se dirigea vers l'imposant bâtiment.

Un homme d'allure mollassonne, aux cheveux plaqués sur le crâne, les dirigea vers un couloir silencieux et une porte marquée SALON DE LA TRANQUILLITÉ, près de laquelle, sur un socle, était posé un grand panneau blanc.

> Mme Nancy K. UNDERHILL
> Exposition du corps : 18 heures - 19 heures
> Épouse et Mère Aimante

Là, dans le salon de la Tranquillité, reposait la dépouille mortuaire de Nancy K. Underhill, au sein d'un cercueil bronze luisant, dont la moitié supérieure du couvercle béait comme une portière de taxi. La garniture intérieure était faite d'un doux tissu crème. Le visage paisible, vide, ainsi que les mains croisées de la défunte, avaient été peints et poudrés pour obtenir une

1. Allusion à la très ancienne bande dessinée *Alphonse & Gaston*, de Frederick Burr Opper. *(N.d.T.)*

nuance de rose très légèrement irréelle. Aucune des quatre personnes qui entrèrent dans la petite pièce à la lumière tamisée ne s'approcha du cercueil. Philip et Tim dérivèrent vers le fond, séparément, et prirent une des cartes plastifiées fabriquées par le funérarium : d'un côté, le dessin cru d'un coucher de soleil sur une eau parcourue de rides et une plage idéale ; de l'autre, le Notre-Père, sous le nom et les dates de Nancy. Philip préleva une autre carte dans la pile pour la tendre à Mark qui s'était installé sur une chaise du dernier rang, près de Jimbo, et qui la lui arracha des mains sans dire un mot.

Lorsque le rouquin tourna la tête pour en obtenir une, lui aussi, ce fut Tim qui la lui passa. Les deux garçons étaient plongés dans la contemplation du paisible coucher de soleil quand une petite femme vive et rondouillarde entra d'un bon pas. Joyce Brophy, la fille du dernier des frères Trott, désormais défunt.

« Eh bien, nous y voilà. Monsieur Underhill, c'est bien ça ? C'est un plaisir de vous voir, monsieur, et de vous accueillir à nouveau dans notre humble établissement, malgré la tristesse des circonstances. Je pense que nous pouvons tous dire que nous faisons de notre mieux, vous n'êtes pas d'accord, monsieur Underhill ?

– Hum », dit Philip.

Elle tourna vers Tim un large sourire protocolaire.

« Et bienvenue à vous aussi, monsieur, du fond du cœur. Vous êtes membre du cercle de famille ?

– C'est mon frère. De New York.

– New York, New York ? Eh bien, c'est merveilleux. » L'écrivain craignit qu'elle ne lui prenne la main, mais elle se contenta de lui tapoter le bras. « Mon mari et moi avons passé un délicieux week-end à New York. C'était, il y a... oh, neuf ou dix ans, maintenant. On a vu *Les Misérables*, et le lendemain *Cats*. Vous, les New-Yorkais, vous ne manquez jamais de choses à faire ni d'endroits où aller, hein ? Ça doit donner l'impression de vivre dans une fourmilière. Des fourmis, des fourmis, des fourmis partout, qui courent, courent, courent dans tous les sens. »

En ayant terminé avec Tim, elle transféra sa main sur le bras de Philip.

« Nous sommes un peu intimidé, n'est-ce pas ? Vous seriez surpris de savoir combien de nos clients ressentent exactement la même chose, mais dès que vous vous approcherez pour communier avec feu votre dame, vous comprendrez que c'est absolument inutile. »

Lui posant sa main libre sur le coude, elle l'entraîna le long de l'allée qui séparait les deux rangées de chaises vides. Loyalement, Tim suivit le mouvement.

« Vous voyez, monsieur Underhill ? Votre petite épouse a l'air aussi belle et paisible que vous pouvez souhaiter la garder dans vos souvenirs. »

Philip contempla l'effigie dans le cercueil. Tim l'imita. Nancy semblait morte depuis la naissance.

« Merci de tout ce que vous avez fait, dit l'époux de la défunte d'une voix étranglée.

– Et si vous permettez à quelqu'un qui est plutôt expert en la matière de vous donner un conseil, lui chuchota Joyce Brophy à l'oreille, assurez-vous que votre beau garçon, là, s'approche et communie avec sa maman, parce que, croyez-moi, s'il laisse passer cette chance-là, il n'en aura jamais d'autre et il le regrettera toute sa vie.

– Excellent conseil. »

Après lui avoir tapoté le poignet en voisine, elle sortit de la pièce.

« Mark, c'est ta dernière chance de voir ta mère », lança Philip dans la direction générale de son épaule gauche. Comme le garçon marmonnait quelque chose sur un ton désagréable, il insista : « C'est pour ça qu'on est là, fiston. » Il se tourna vers son fils et poursuivit d'une voix basse, raisonnable. « Jimbo, tu peux t'approcher ou pas, comme tu veux, mais Mark doit dire au revoir à sa mère. »

Les deux adolescents se levèrent, évitant soigneusement de regarder le cercueil, puis ils s'avancèrent d'un pas hésitant dans l'allée centrale. Tim se retira sur le côté de la pièce. À mi-chemin de la bière, le corps de sa mère apparut à Mark Underhill qui détourna les yeux, déglutit, puis regarda à nouveau. Jimbo lui murmura quelque chose, avant de s'installer sur une chaise au bord de l'allée. Quand Mark fut debout devant le cercueil, le visage figé, Philip hocha la tête avec ce qui semblait être une approbation de maître d'école pour un écolier coopératif. Père et fils ne demeurèrent côte à côte qu'un instant, puis le premier posa légèrement la main sur l'épaule du second, la retira et, sans un autre regard, se détourna pour rejoindre Tim. D'un commun accord tacite, les deux hommes reprirent leur position précédente près de la table sombre vernie et des piles de cartes funéraires. Plusieurs autres personnes avaient désormais fait leur entrée.

Lentement, Jimbo se mit sur ses pieds et remonta l'allée pour se tenir près de son ami.

« On est obligé de plaindre ce pauvre gosse, dit doucement Philip. Ç'a été un choc terrible.

– Toi aussi, tu as eu un choc terrible », dit Tim. Devant le coup d'œil interrogateur de son frère, il ajouta : « Quand tu as découvert le corps. Trouver Nancy comme ça.

– La première fois que j'ai vu le cadavre de Nancy, elle était tout emballée, et on était en train de la sortir de la maison.

– Mais alors, qui... »

Une terrible compréhension lui comprima la gorge.

« C'est Mark qui l'a trouvée, cet après-midi-là. Il revenait de Dieu sait où, il est entré dans la salle de bains, et elle était là, comme ça. Il m'a téléphoné, je lui ai dit d'appeler police secours et ensuite d'aller dehors. Quand je suis arrivé à la maison, on était en train de la porter dans l'ambulance.

– Oh, non », souffla Tim.

Il contempla à l'autre bout de l'allée le garçon enfermé dans d'indéchiffrables émotions devant le cercueil de sa mère.

Le lendemain après-midi, après les tristes petites obsèques, bon nombre de voisins, bien plus que Tim ne l'aurait cru, étaient assis ou debout chez son frère, un soda à la main. (La plupart tenaient un soda, en tout cas. Depuis son arrivée, les yeux du père de Jimbo, Jackie Monaghan, dont le visage rougeaud, bonhomme, était le modèle de celui de son fils, avaient acquis une sorte d'éclat mat, et ses joues s'étaient colorées de rouge. Ces phénomènes étaient probablement moins dus au chagrin qu'au contenu de la flasque dessinée par la poche gonflée sur sa hanche. Tim avait vu deux autres personnes sortir discrètement de la pièce en compagnie de ce bon vieux Jackie.)

La mère de Jimbo, Margo, avait stupéfié l'écrivain en lui révélant avoir lu un de ses livres. Et ce qui était encore plus stupéfiant, c'était son extraordinaire beauté naturelle. En l'absence de tout maquillage, Margo Monaghan ressemblait à deux ou trois actrices célèbres, sans être vraiment le sosie d'aucune. Elle évoquait le spectacle qu'auraient présenté les actrices en question si on avait sonné à leur porte sans prévenir au beau milieu d'un après-midi ordinaire. Étonnamment, les autres hommes présents dans la pièce ne lui accordaient aucune attention. Ils semblaient même se conduire comme si elle avait été mystérieusement défigurée, comme s'ils l'avaient plainte.

Une des raisons pour lesquelles Tim ne s'était pas attendu à voir plus de trois ou quatre personnes se rassembler chez son frère était la personnalité même de Philip ; l'autre, le fait que très peu de gens soient venus à l'enterrement au cimetière de Sunnyside. Le soleil impitoyable avait martelé le mari, le fils et le beau-frère de la défunte ; le pasteur dont on avait loué les services pour l'occasion ; Jimbo, Jackie et Margo ; Florence, Shirley et Mack, collègues de Nancy à la compagnie du gaz ; Laura et Ted Shillington, les voisins de droite des Underhill, ainsi que Linda et Hank Taft, leurs voisins de gauche. Le pasteur avait attendu que d'autres proches se présentent jusqu'à ce que le délai devienne presque gênant. Un lugubre hochement de tête de Philip l'avait enfin mis en branle. Ses inoffensives observations sur la maternité, la mort inattendue et l'espoir du salut avaient duré quelque huit interminables minutes. Une brève prière et la descente automatisée du cercueil dans la tombe les avaient suivies. Philip, Mark et Tim avaient ramassé des poignées de terre argileuse près du trou béant pour les jeter sur le couvercle de la bière. Au bout d'une seconde, Jimbo Monaghan en avait fait autant, donnant l'inspiration aux autres qui l'avaient alors imité.

De retour à Superior Street, Laura Shillington et Linda Taft s'étaient arrêtées chez elle pour prendre les cassolettes de thon, les salades de guimauve, la gelée, les mousses de fruits et les gâteaux au café qu'elles avaient préparés. Florence, Shirley et Mack avaient partagé banquet et sodas avant de s'éclipser. Leur départ n'avait eu qu'un effet insignifiant sur l'assemblée qui comptait alors une trentaine de personnes. Tim se demandait s'il s'était déjà trouvé autant de monde chez Philip. Quelle qu'ait été son expérience d'hôte, ce dernier passait aujourd'hui de groupe en groupe, très à l'aise, s'entretenant d'une voix retenue avec ses voisins et autres invités. Les Rochenko, un couple de jeunes instituteurs à l'air incongru avec leurs polos et leurs pantalons kaki assortis, firent leur apparition, suivis d'un vieil homme à l'air renfrogné, vêtu d'une chemise à carreaux, qui se présenta à Tim comme « Omar Hillyard, l'emmerdeur du quartier », et demeura en grande partie dans un angle, à observer ce qui se déroulait autour de lui.

Quatre personnes venues de John Quincy Adams arrivèrent à leur tour. Philip passa dès lors l'essentiel de son temps avec ses collègues. Leur petit groupe s'installa au fond de la salle à manger, non loin de la table.

Tim fit la connaissance de Linda et Hank, de Laura et Ted, des Monaghan, et de plusieurs autres voisins dont il ne retint pas les noms. Quand son frère voulut lui présenter à nouveau Omar Hillyard, le vieil homme leva les mains et se recula encore dans son coin. « L'emmerdeur du quartier », murmura Philip. Dans la salle à manger, l'écrivain serra la main des relations de travail de son frère, Fred, Tupper et Chuck (le conseiller d'orientation, le secrétaire de l'établissement et le secrétaire administratif), ainsi que de M. Battley, le principal, un homme que la dignité de sa charge distinguait des autres. Philip paraissait tout à fait à l'aise avec ce groupe, en dépit de son souci évident du confort de M. Battley. Comme lui, son supérieur portait un costume légèrement trop grand, une chemise blanche et une cravate avec épingle. Leurs lunettes sans monture étaient identiques. Et tout comme Philip, Fred, Tupper et Chuck, M. Battley suggérait discrètement qu'ils exerçaient un emploi plus noble, plus élevé, que les représentants de commerce, contremaîtres, employés de bureau et mécaniciens qui les entouraient.

Presque toujours flanqué de Jimbo Monaghan, Mark papillonnait à travers la petite assemblée, s'arrêtant de temps à autre pour adresser quelques mots à quelqu'un ou écouter ce qu'on lui disait. Les hommes lui posaient la main sur l'épaule, les femmes l'embrassaient légèrement sur la joue. À aucun moment, il ne paraissait à l'aise, ni même chez lui. Ce qu'on voyait, lorsqu'on le regardait, c'était un jeune homme ayant désespérément envie de se trouver ailleurs. Il dissimulait cette évidence de son mieux, c'est-à-dire sans grand succès. Tim se demanda dans quelle mesure il entendait réellement ce qu'on lui disait. Son visage n'avait rien perdu de l'aspect figé, verrouillé, qui l'avait envahi dans le salon de la Tranquillité. Il hochait la tête, accordait de temps à autre un de ses charmants sourires, mais en dépit de ces gestes, rien ne le touchait, il demeurait à l'écart. Il demeurait aussi, songea son oncle, en proie à l'énergie crépitante, à la turbulence enflammée qui l'avait fait bondir et tournoyer sur le trottoir, en la seule compagnie de son ami rouquin.

C'était cela, surtout, qui conduisait Tim à espérer que Philip trouverait en lui la force d'aider son fils. Il avait peur de ce que pourrait faire Mark, laissé à lui-même.

Apercevant le garçon qui, pour une fois, se tenait seul près de la fenêtre du salon, l'écrivain se fraya un chemin à travers la foule et se glissa auprès de lui.

« Je crois que tu devrais venir passer une semaine ou deux à New York avec moi. En août, par exemple ? »

Le plaisir que procura à Mark cette suggestion lui donna espoir.

« Oh, ouais, ça serait trop bien. Tu en as parlé à papa ?

– Je vais le faire », assura Tim avant de retourner de l'autre côté de la pièce.

Tandis qu'on le présentait au principal de Philip, il jeta un nouveau coup d'œil à Mark et le vit s'écarter en haussant les épaules d'un vieux couple aux yeux humides, fendre la foule pour rejoindre Jimbo. Avec force murmures véhéments, il entraîna son ami vers la salle à manger.

« J'ai cru comprendre que vous étiez écrivain, dit M. Battley.

– En effet. »

Un sourire poli.

« Et vous écrivez pour qui ?

– Pour moi, je crois.

– Ah, fit le principal, décontenancé par ce concept.

– J'écris des romans. Des nouvelles, aussi, mais surtout des romans. »

M. Battley se rendit compte qu'il avait une autre question, finalement.

« Est-ce que certaines de vos œuvres ont été publiées ?

– Elles l'ont toutes été. Huit romans et deux recueils de nouvelles. »

À présent, au moins une partie de l'attention du principal était attirée.

« Est-ce que je devrais connaître certains de vos livres ?

– Non, bien entendu, répondit Tim. Ça ne vous plairait pas du tout. »

La bouche de M. Battley esquissa un sourire gêné, puis ses yeux se tournèrent vers ses subordonnés. La seconde d'après, il les avait rejoints, dévoilant à l'écrivain Philip Underhill et Jackie Monaghan, plongés dans leur conversation, le dos tourné à leurs fils. Les garçons se trouvaient un peu plus près d'eux que Tim mais même ce dernier entendait parfaitement leurs propos.

« Est-ce que Nancy n'était pas parente d'un type bizarre qui habitait dans le coin, autrefois ? Je ne sais plus qui m'a parlé de ça, une fois.

– Qui que ce soit, il aurait dû la fermer, dit Philip.

– Un assassin, non ? C'est ce que j'ai entendu. Sauf qu'à une époque, il a passé pour un héros, parce qu'il a risqué sa vie pour sauver des enfants. »

La tête de Mark pivota vers les deux hommes.

« J'ai entendu dire qu'ils étaient noirs, les enfants en question. Ça devait être une des premières familles noires de la région. C'était à l'époque où ils n'étaient pas intégrés comme maintenant. »

Tim attendit que son frère fasse une remarque révoltante à propos de l'intégration. Quand Philip avait vendu sa maison de banlieue et acheté celle de Superior Street, à un prix qui lui avait semblé très raisonnable, il ignorait que l'ex-Pigtown était désormais peuplée à 25 % de Noirs. Ce détail lui avait tout bonnement échappé. Il avait supposé le quartier très semblable à ce qu'il était durant son enfance : respectable, bon marché, et aussi blanc qu'une réunion de boy-scouts à Aberdeen. Lorsqu'il avait constaté la situation, il en avait été indigné – et la présence de nombreux couples mixtes, en général des hommes noirs avec des femmes blanches, alimentait sa colère. Quand Philip voyait un tel couple dans la rue, la force de ses émotions le poussait souvent à changer de trottoir. Aucun Noir, homme ou femme, ne s'était donné la peine de se joindre à la « réception », comme Tim avait entendu son frère qualifier l'assemblée.

« J'estime qu'on n'en a pas fini avec cette histoire d'intégration, dit Philip. Pour être intégré, il faut prouver qu'on est digne de l'être. Nous sommes d'accord ?

– Absolument.

– Quand je porte ma casquette de vice-principal, je suis d'une justice impartiale. J'y suis obligé. Je ne prends jamais aucune décision en fonction de critères raciaux. Mais ici, dans l'intimité de mon domicile, je considère que j'ai le droit d'avoir mes opinions, si impopulaires qu'elles soient.

– Absolument, répéta Jackie. Je vous suis à cent pour cent. Mais ne dites rien de tout ça devant ma femme. »

Leurs fils échangèrent un regard et commencèrent à reculer.

« Quoi que vous entendiez à propos de la famille de mon épouse – de *feu* mon épouse –, ne le prenez pas au pied de la lettre. Ces gens-là étaient complètement cinglés. Je n'aurais jamais dû me choisir une femme dans une bande de tarés pareils. »

Livide, Mark contourna les deux hommes en silence et disparut dans la cuisine. Jimbo le suivit, l'air accablé. Leurs pères ne les remarquèrent même pas.

Quand Tim reprit l'avion pour New York, le lendemain, ce fut avec la sensation amère, déplaisante, que Philip avait peut-être poussé Nancy au suicide, finalement.

Une demi-heure avant l'atterrissage à La Guardia, un arôme délicieux emplit la cabine, et les hôtesses circulèrent dans l'allée pour distribuer les cookies aux pépites de chocolat. Tim se demanda ce que faisait Mark, comment il se sentait. Philip étant incapable d'agir comme il le fallait, le garçon aurait aussi bien pu être seul. L'angoisse croissante de l'écrivain lui donnait envie de détourner l'avion pour le contraindre à retourner à Millhaven. Il se promit d'envoyer un courrier électronique à son neveu dès qu'il serait arrivé chez lui ; puis il se promit de faire venir Mark à New York aussi vite que possible.

La maison de Michigan Street

4

Une semaine avant le premier voyage de Tim Underhill à Millhaven, son neveu Mark commença à comprendre que sa mère ne tournait pas rond. Ça n'était rien qu'il pût tout à fait isoler, rien d'évident. À moins que cet air de permanente distraction n'eût une origine physique, elle ne paraissait pas malade. Nancy n'avait jamais vraiment été pleine d'entrain, mais le garçon ne se rappelait pas non plus l'avoir jamais vue autant à côté de la plaque pendant si longtemps. Tandis qu'elle préparait le dîner ou faisait la vaisselle mécaniquement, elle ne paraissait qu'à demi présente. La moitié d'elle-même qui accomplissait les tâches domestiques feignait d'être entière, alors que l'autre se trouvait dans une espèce d'abrutissement bizarre, marqué d'anxiété. Aux yeux de Mark, sa mère avait l'air de s'être tout juste vu confier quelque nouveau problème colossal, lequel, chaque fois qu'elle se permettait d'y penser, lui flanquait une trouille de tous les diables.

Un soir, il rentra à la maison à presque vingt-trois heures, après avoir traîné avec Jimbo Monaghan – « traîné » était un euphémisme pour l'unique activité à l'avoir motivé durant les derniers jours –, espérant ne pas être puni pour avoir dépassé son couvre-feu d'environ vingt minutes. À quinze ans, il était ridicule de devoir rentrer chez soi à vingt-deux heures trente, de toute manière. Mark arriva donc vingt minutes après le couvre-feu, s'attendant à être interrogé plus longtemps que n'avait duré son retard et à être envoyé au lit. Toutefois, il n'ôta pas ses chaussures ni ne gagna l'escalier sur la pointe des pieds. Une portion de lui-même dont il niait l'existence regrettait que le salon fût plongé dans l'obscurité, sauf pour la faible luminosité qui y pénétrait depuis la cuisine, et que ni l'un ni l'autre de ses parents ne se trouvât sur le canapé, à tapoter le cadran de sa montre.

De l'entrée, il constata qu'une ampoule était allumée en haut des marches. À la fois pour lui fournir de la lumière et pour la tranquillité d'esprit de ses parents : s'ils se réveillaient et découvraient le couloir obscur, ils sauraient qu'il était rentré et pourraient mettre au point le savon qu'ils lui passeraient le lendemain matin. La vague lueur jaunâtre qui filtrait dans le salon signifiait probablement que son père ou sa mère en avait eu assez de rester au lit et était descendu attendre le fils dévoyé.

Quittant l'entrée, il jeta un coup d'œil en direction de la cuisine. De plus en plus curieux : la source lumineuse ne semblait pas provenir de cette dernière, dont le carrelage et l'évier étaient illuminés d'un faible éclat les frappant de côté – ce qui signifiait que le plafonnier de la salle de bains du rez-de-chaussée était allumé.

Énigme : celle de l'étage se trouvant juste en face de leur chambre, pourquoi un de ses parents serait-il descendu faire pipi en plein milieu de la nuit ?

Réponse : parce qu'on était déjà en bas, abruti, à t'attendre pour t'engueuler.

Que la lumière pénétrât dans la cuisine révélait la porte de la salle de bains au moins partiellement ouverte, ce qui posait à Mark un problème. Il fit un peu plus de bruit que nécessaire en traversant le salon. Toussa.

« Maman ? Tu es là ? » interrogea-t-il, n'entendant pas le moindre son.

Il n'obtint pas de réponse.

« Je m'excuse d'être en retard. J'ai oublié l'heure. » Enhardi, il avança encore d'un pas. « Je sais pas pourquoi je suis obligé de rentrer si tôt, de toute façon. Presque tout le monde dans ma classe... »

Le silence persistait. Il espéra que sa mère ne s'était pas endormie sur les toilettes. Une hypothèse moins gênante était qu'elle fût remontée à l'étage en oubliant d'éteindre.

Mark prit son courage à deux mains, ne sachant ce qu'il allait découvrir, entra dans la cuisine et regarda vers la salle de bains. La porte en était à demi ouverte. L'entrebâillement lui révéla partiellement sa mère. Assise au bord de la baignoire, vêtue d'une chemise de nuit blanche, et le visage marqué d'une incompréhension hébétée, mêlée de ce qu'il estima être de la peur. L'expression d'une personne réveillée par un cauchemar et n'ayant pas encore tout à fait réalisé que rien de ce qu'elle avait vu n'était réel.

« Maman », dit-il.

Elle ne remarqua pas sa présence. Un frisson naquit en bas de la colonne vertébrale du garçon et remonta jusqu'à sa nuque.

« Maman, réveille-toi. Qu'est-ce que tu fais ? »

Nancy continua de fixer d'un regard vide quelque chose qui ne se trouvait pas devant elle. Ses mains aux doigts étroitement croisés reposaient sur ses genoux serrés. Elle avait le dos voûté, les cheveux ternes et emmêlés. Mark se demanda si elle voyait quoi que ce soit. Il se demanda aussi si elle était descendue au rez-de-chaussée en dormant. Arrivé près de la salle de bains, il en poussa doucement la porte pour l'ouvrir en grand.

« Tu as besoin d'aide, maman ? »

À son grand soulagement, la vie revint peu à peu sur le visage de sa mère, par étapes. Écartant les mains, elle en essuya les paumes sur le tissu plaqué à ses genoux. Elle cligna les paupières, puis les cligna à nouveau, comme délibérément, avant de lever une main hésitante à sa joue. La conscience apparut faiblement dans ses yeux. Très lentement, elle leva la tête et le regarda dans les yeux.

« Mark.

– Ça va, maman ? »

Elle avala sa salive et, une nouvelle fois, se caressa doucement la joue.

« Tout va bien », lui assura-t-elle.

5

Mais tout n'allait pas bien. Elle sortait juste du contrecoup d'un choc profond. Une petite fille de cinq ou six ans, vêtue d'une salopette sale et déchirée venait de se matérialiser devant elle, d'apparaître purement et simplement, tel un hologramme à l'inquiétante solidité. L'enfant était inconsolable ; elle ne cesserait jamais de pleurer, tant les blessures qu'elle avait subies étaient graves, écrasantes. Effrayée, désolée, Nancy avait voulu lui caresser les cheveux. Avant qu'elle n'eût pu lever la main, toutefois, la fillette secouée de sanglots avait tourné la tête pour lui lancer un regard d'agressivité concentrée qui l'avait frappée comme un coup. Une pure animosité vindicative émanait d'elle, entièrement dirigée vers Nancy. Voilà ce qui *était arrivé*. Et étant arrivé, cela déchaînait un sentiment de culpabilité féroce, aussi féroce que l'enfant elle-même.

Oui, je suis ici, oui, j'étais réelle. Tu m'as repoussée.

Nancy s'était rendu compte qu'elle tremblait violemment et ne pouvait plus ouvrir la bouche. Elle n'avait rien à dire, de toute façon. Naguère, dans la petite maison de banlieue minable de Carrolton Gardens, elle aurait pu parler, mais elle était alors restée muette. La terreur l'enracinait à la baignoire. Pourquoi était-elle venue là, d'ailleurs ?

Ayant communiqué, la petite fille avait disparu, la laissant en état de choc. Nancy ne l'avait jamais vue auparavant, mais elle savait de qui il s'agissait, oui, elle le savait. Et elle connaissait son nom. Lily était bel et bien venue à sa recherche, finalement.

6

« Tu es sûre ? demanda Mark

– C'est juste que... tu m'as surprise.

– Qu'est-ce que tu fais assise là ? »

Nancy leva le bras gauche et contempla son poignet nu.

« Tu es en retard.

– Tu ne portes pas ta montre, maman. »

Elle abaissa le bras.

« Quelle heure est-il ?

– Dans les onze heures. J'étais avec Jimbo. On n'a pas vu le temps passer.

– Qu'est-ce que vous faites sans arrêt dehors, avec Jimbo, comme ça ?

– Ben, on traîne, c'est tout, dit-il, avant de changer de sujet. Qu'est-ce que tu fais en bas, toi ?

– Eh bien, je m'inquiétais parce que tu n'étais pas

rentré, répondit-elle, parvenant enfin à se reprendre. Alors, je suis descendue... J'ai dû m'assoupir.

– Tu avais l'air bizarre. »

Nancy s'essuya les yeux de ses paumes, le pli de sa bouche évoquant tout à tour la joie et le désespoir.

« Va au lit, mon jeune ami. Je ne dirai rien à ton père, mais c'est la dernière fois, tu m'as bien comprise ? »

Mark avait compris. Lui non plus ne dirait rien à son père.

7

L'obsession de Mark se déclencha tout doucement, avec discrétion, sous forme de simple curiosité, sans laisser deviner la puissance qu'elle ne tarderait pas à acquérir. Jimbo et lui faisaient du skateboard, essayant tout à la fois d'améliorer leurs performances, de paraître au moins vaguement impressionnants et d'irriter quelques voisins. Ils en avaient eu maintes et maintes preuves, l'adulte moyen ne supportait pas la vue d'un adolescent sur un skateboard. Il y avait quelque chose dans l'association d'un jean trop grand, de genoux pliés, d'une casquette de baseball portée à l'envers, et d'une planche en fibre de verre roulant bruyamment sur deux paires de roues qui lui donnait des palpitations. Plus l'activité se prolongeait, plus il était furieux. Et si on tombait, il hurlait : « Tu t'es fait mal, mon petit gars ? »

Sans surprise, la ville de Millhaven n'abritait aucun terrain de skateboard muni de *half-pipes*, de *bowls* et de rampes. Ce qu'elle possédait, en revanche, c'était des parkings, des perrons de bâtiments municipaux, des chantiers de construction et quelques collines. Les meilleurs parkings étaient souvent occupés par des garçons plus vieux qui ne toléraient pas les novices tels que Mark et Jimbo, dont ils avaient tendance à railler l'équipement – ou à tenter de le leur voler. En effet, tous les deux étaient étonnamment bien équipés. Mark avait répondu à la petite annonce passée dans le *Ledger* par un hippie de vingt ans paré de dreadlocks, Jeffie Matusczak, qui abandonnait le sport pour partir en Inde, mener une existence spirituelle, et qui souhaitait vendre ses deux planches, cinquante dollars pièce. Jimbo et lui avaient ensuite dépensé le reste de leurs économies sur l'Internet, en chaussures DC Manteca. Bref, ils avaient fière allure, mais leurs talents étaient terriblement limités. Désireux d'éviter ridicule et humiliation, ils s'entraînaient un peu dans la cour de récréation de Quincy, un peu sur les marches du musée du comté, au centre-ville, mais surtout dans les rues de leur quartier, en particulier Michigan Street, parallèle à la leur, à une maison de distance.

Le jour où l'obsession de Mark se déclencha, il avait poussé sa planche jusqu'au bout de la ruelle pavée passant derrière chez lui, puis roulé jusqu'à Michigan Street, donnant un bon coup de pied pour franchir l'angle avec classe, légèrement penché en avant, les bras étendus. Cette rue-là était bien plus pentue que Superior Street, et ses virages serrés avaient valu bon nombre de vilaines meurtrissures aux avant-bras et aux mollets des deux adolescents. Jimbo roulant six ou huit mètres derrière lui, Mark négocia le tournant avec un style exemplaire. Ce fut alors que cela se produisit. L'événement qui changea tout. Le garçon vit une chose qu'il n'avait encore jamais remarquée, jamais *vraiment*, alors qu'elle s'était sans aucun doute toujours trouvée là et qu'il habitait le quartier depuis des années. Une petite maison n'ayant absolument rien de remarquable, sinon l'aspect inanimé, presque évidé, d'un bâtiment abandonné de longue date.

Sachant qu'il devait l'avoir vue au moins mille fois, Mark se demanda pourquoi sa présence ne l'avait encore jamais frappé. Jusqu'alors, elle était demeurée fondue dans un décor banal. Le phénomène lui parut si extraordinaire qu'il sauta du skateboard, à l'arrière duquel il donna un coup sec, afin de le redresser. Pour une fois, la manœuvre produisit exactement l'effet désiré : le nez de la planche s'envola tout droit jusqu'à sa main tendue. Jimbo, qui arrivait bruyamment derrière lui, dut piler en plantant un pied au sol.

« Grave, lança-t-il. Pourquoi tu t'arrêtes, eh ? » Son ami ne lui répondit pas. « Qu'est-ce que tu regardes ?

– La baraque, là, dit Mark en tendant le bras.

– Ouais, ben quoi ?

– Tu l'avais déjà vue ? Je veux dire : *vraiment* vue ?

– Elle a jamais bougé de là, mec », dit Jimbo. Il avança de quelques pas, et Mark le suivit. « Ouais, je l'ai vue. Toi aussi, tu l'as vue. On passe devant cette baraque à la con chaque fois qu'on descend la rue.

– Je te jure que j'ai jamais, jamais vu cette maison avant. De toute ma vie.

– Tu déconnes. »

Le rouquin s'éloigna de quatre ou cinq mètres, puis se retourna, feignant ennui et lassitude. Irrité, Mark devint agressif.

« Pourquoi je déconnerais sur un truc comme ça. Va te faire enculer, Jimbo.

– Va te faire enculer aussi, Marky-Mark.

– M'appelle pas comme ça.

– Alors, arrête de raconter des conneries. C'est n'importe quoi, de toute manière. Je suppose que t'as jamais vu non plus le mur en parpaings derrière, hein ?

– Quel mur en parpaings ? demanda Mark en rejoignant son ami d'un pas traînant.

– Celui qui est derrière chez toi, aussi. De l'autre côté de la ruelle, après ta clôture minable. »

La clôture en bois que Philip Underhill avait clouée plusieurs années auparavant au fond de leur petit jardin, autour d'une grille à loquet, était tellement affaissée qu'elle touchait presque le sol.

« Ah, ouais, fit Mark. L'espèce de mur avec les barbelés en haut. Et alors ?

– Il est au cul de cette baraque-là, bouffon. Elle est juste derrière la tienne.

– Tiens, ouais, t'as raison. » Il plissa les yeux. « Y a un numéro sur la porte ? »

Des trous brun-rouille perçaient la portion décolorée du chambranle où s'était trouvé ledit numéro.

« Quelqu'un l'a viré. C'est pas grave. T'as qu'à regarder sur celle d'à côté. C'est quoi ? »

Mark examina la maison la plus proche de lui.

« Trois mille trois cent vingt et un. » Il considéra un instant Jimbo, puis remonta la pente, chargé de son skateboard. Debout devant la maison abandonnée, il lut le numéro inscrit sur la suivante. « Trois mille trois cent vingt-cinq.

– Alors, celle-là, c'est ?

– Trois mille trois cent vingt-trois, dit Mark. Vraiment, j'avais jamais vu cette baraque avant. »

Il se mit à rire de la totale absurdité qu'il venait de proférer. Jimbo sourit puis secoua la tête.

« Bon, maintenant que c'est réglé...

– Il y a eu un incendie, dit Mark. Regarde la véranda.

– Ouais », admit le rouquin.

Le plancher de la véranda ainsi que le mur de briques, en dessous de la fenêtre de droite, sur une hauteur d'un mètre vingt, avaient été noircis par les flammes. Ces traces de sinistre évoquaient moins une blessure qu'une ecchymose en train de s'effacer. La maison avait assimilé en son être le feu éteint.

« On dirait que quelqu'un a essayé de la faire cramer », dit Jimbo.

Mark visualisa le brasier qui s'étendait le long de la véranda, léchait les briques, puis s'apaisait, diminuait, mourait.

« Et elle n'a pas voulu brûler, dit-il. Ça se voit, non ? Le feu s'est éteint tout seul. » Il s'avança, quoique pas assez pour poser le pied sur la première pierre rectangulaire de l'allée, l'air perplexe, préoccupé. « Elle est vide, hein ? Il n'y a personne qui y habite ?

– Non, confirma Jimbo.

– Tu trouves pas ça un peu bizarre ?

– C'est toi que je trouve un peu bizarre.

– Allez, réfléchis un peu. Tu as déjà vu des maisons inhabitées autour de Sherman Park ? Tu as déjà entendu parler d'une seule qui le soit ?

– Non, mais j'avais déjà vu celle-là. Contrairement à toi.

– Mais pourquoi est-ce qu'elle est abandonnée ? Une baraque comme ça, ça doit être une bonne affaire, si on n'est pas complètement raciste, comme mon père.

– N'oublie pas Jackie, il serait vexé », dit Jimbo.

Ennemi notoire des skateboards, Skip, le très vieux chien à grosse truffe du vieil Omar Hillyard, se dressa péniblement sur ses pattes pour pousser un aboiement sonore qui n'avait rien de menaçant.

« Je veux dire, continua Jimbo, c'est pas une de ces baraques avec des... des machins, là... des parapets, comme celle des *Munsters*. Elle est exactement pareille que toutes les autres du quartier. Surtout la tienne. »

C'était exact, remarqua Mark. En dehors de l'étroitesse de sa véranda et de son toit aux bords proéminents, elle ressemblait énormément à celle des Underhill.

« Depuis combien de temps elle est vide, à ton avis ?

– Longtemps », dit Jimbo.

Le vent avait fait tomber des tuiles du toit. La peinture des fenêtres s'écaillait. Malgré le soleil ardent, les vitres sombres paraissaient presque opaques. Une hésitation, une délicatesse empêcha Mark de remonter l'allée, de sauter les marches de la véranda et de regarder à travers ces carreaux aveugles. Ce qui se trouvait derrière, quoi que ce fût, avait bien mérité d'être laissé en paix. Le garçon n'avait pas envie de poser les pieds sur ces pierres, ni de se tenir sur cette véranda. Le plus étonnant était que ce fût à double sens : d'un coup, Mark sentit que le vide et l'abandon créaient autour de la maison un champ de force qui s'étendait jusqu'au bord du trottoir. L'air lui-même rejetterait sa présence, le repousserait.

Et pourtant...

« Je capte pas. Comment est-ce que j'ai pu ne pas voir ça avant aujourd'hui ? »

La maison lui faisait l'effet d'un poing serré.

Jimbo et Mark passèrent les deux heures suivantes à rouler sur Michigan Street, décrivant de grandes courbes, bondissant de la chaussée au trottoir, du trottoir à la chaussée. Ils faisaient presque autant de bruit que des motards, mais nul ne sortit pour se plaindre. Chaque fois que Mark apercevait la maison abandonnée, il s'attendait plus ou moins qu'elle se soit de nouveau fondue dans le décor, mais elle persistait à se présenter avec la même clarté étonnante que lorsqu'il l'avait remarquée pour la première fois en arrivant dans la rue. Le 3323 North Michigan Street avait déclaré son existence, et il était désormais là pour rester. L'obsession de Mark – qui, comme toutes les obsessions, allait changer sa vie – venait de l'empoigner.

Pendant le dîner, ce soir-là, Mark trouva sa mère un peu plus distraite qu'à l'ordinaire. Elle avait préparé un pain de viande, ce que son père et lui considéraient comme un délice gastronomique. Après avoir posé à son fils les habituelles questions de pure forme sur la manière dont s'était déroulée sa journée, et avoir reçu les habituelles réponses évasives de pure forme, Philip était libre de se concentrer sur des sujets impersonnels. Nancy, plutôt que de raconter des histoires d'intrigues et d'héroïsme sur le front du service clients de la compagnie du gaz, semblait tenir en coulisses une conversation qu'elle seule entendait. Les pensées de Mark ne cessaient de revenir à la maison de Michigan Street.

À présent, il regrettait de ne pas s'en être approché, finalement, de n'être pas monté sur la véranda pour regarder par la fenêtre. Ce qu'il se rappelait des sensations éprouvées devant le bâtiment évoquait une étrange forme de politesse, comme si son approche avait pu constituer une violation. Une violation de quoi ? D'intimité ? Les maisons abandonnées n'ont pas le sens de l'intimité. Pourtant... il avait eu l'impression distincte que celle-là *voulait le maintenir à l'écart*, érigeait une barrière pour le retenir. C'était donc *la maison* qui l'avait empêché de s'avancer sur l'allée empierrée ? Ridicule. C'était *Mark* qui avait empêché Mark de quitter le trottoir. Et il savait très bien pourquoi, quoiqu'il n'eût aucune envie de l'admettre. La maison l'avait effrayé.

« Tu es bien calme ce soir, Mark, dit son père.

– Ne le cherche pas, il est très bien, dit sa mère d'une voix sans inflexion.

– Je le cherche, là ? Je te cherche ?

– Je sais pas. Tu me cherches ? »

L'adolescent regardait sa mère couper de petits morceaux de son pain de viande et les pousser sur le bord de son assiette.

Alors que Philip se préparait à lui faire grief de son insubordination, Mark se hâta de prononcer la formule magique qui lui permettait de quitter la salle à manger :

« Jimbo m'attend.

– Et il serait catastrophique de laisser attendre Jimbo. Qu'est-ce que vous allez faire de si important ?

– Rien.

– Dès que la nuit commencera à tomber, je ne veux plus entendre vos skateboards, c'est compris ?

– Ouais, c'est bon », dit-il, emportant son assiette dans la cuisine avant que Philip ne se rappelle la cause de son irritation, plus spécifique que sa source habituelle – l'adolescence de son fils.

Après avoir perdu son aspect jaune d'œuf de l'après-midi, le soleil avait adopté une nuance délavée, fluctuante, qui frappa Mark Underhill avec la force d'une puissante fragrance ou d'un accord de guitare sophistiqué. Le départ de l'astre, superbe en soi, transfigurait la pelouse tondue de frais et les roses trémières en train de se refermer dans le jardin des Shillington. Le garçon crut entendre un frottement d'élytres d'insectes, puis le bruit cessa. Il se hâta vers sa destination.

Derrière la clôture affaissée qu'avait mentionnée Jimbo, s'étendaient trois mètres de ruelle poussiéreuse. Au-delà, s'élevait le mur en parpaings que Jimbo avait mentionné également. S'il s'était effondré d'un bloc, ce mur aurait tapissé la ruelle sur une longueur de cinq mètres, et la triple rangée de fil de fer barbelé qui courait à son sommet aurait presque touché la barrière délabrée de Philip Underhill.

Haut de presque trois mètres, long de cinq, et

surmonté de barbelés... Mark l'avait certes déjà remarqué, mais jusqu'à cet instant précis, la paroi grise ne lui avait pas semblé plus extraordinaire que la niche à chien vide des Taft ou les fils téléphoniques passant au-dessus de sa tête, laids et banals. À présent, il constatait que s'il était sans conteste très laid, le mur n'avait rien de banal. Quelqu'un avait bel et bien pris la peine d'ériger cette monstruosité, dont la seule fonction concevable était de dissimuler l'arrière de la maison et de décourager cambrioleurs ou autres intrus de pénétrer dans la propriété par la ruelle.

Ses deux extrémités disparaissaient dans l'épaisse masse d'herbes et d'épineux ayant envahi les clôtures en bois hautes de deux mètres qui délimitaient les côtés du jardin telles de fausses haies, terriblement mal taillées. De l'arrière, cette végétation paraissait impénétrable. Au milieu de l'été, elle dégageait une forte odeur végétale où se mêlaient fertilité et pourriture. Mark recevait à ce moment même une bouffée de l'odeur qui fermentait au cœur des buissons. Il n'avait jamais réussi à savoir si c'était un des parfums les plus délicieux qu'il connût ou l'un des plus détestables.

Que la maison fût invisible depuis la ruelle ne lui donnait que plus envie de la revoir. Un désir aussi puissant que la soif ou la faim. Un désir qui plantait une aiguille dans sa chair.

Il remonta en courant l'étroite venelle jusqu'au jardin des Monaghan, bondit par-dessus un muret de briques d'un mètre de haut, et trotta sur la terre desséchée, couleur d'argile, parsemée d'îlots herbus, jusqu'à la porte de derrière – qu'il entrouvrit.

« Ho, Jimbo ! appela-t-il par l'entrebâillement. Tu peux sortir ?

– Il arrive, Marky, renvoya la voix de Margo Monaghan. Qu'est-ce que tu fais derrière ?

– J'ai eu envie de venir par la ruelle. »

La mère de Jimbo apparut dans le passage voûté reliant la salle à manger à la cuisine, et s'approcha de lui avec un sourire déstabilisant. Aussi déstabilisant que l'ensemble de sa personne. C'était de très loin la plus belle femme que Mark eût jamais vue, même au cinéma. Ses cheveux roux d'aquarelle tombaient délicatement jusqu'en haut de sa gorge, et elle les peignait avec les doigts. En été, elle portait généralement un T-shirt ainsi qu'un short ou un jean, et le corps que couvraient ces vêtements serrés, décontractés, donnait parfois le tournis au garçon. La femme qui lui souriait à présent, tandis qu'elle s'approchait de la contre-porte, semblait non seulement inconsciente de son extraordinaire beauté mais aussi dépourvue de toute vanité. Avec ses vieux vêtements confortables, elle avait un abord amical, plus ou moins maternel. En dehors de son physique d'exception, elle s'inscrivait parfaitement dans le quartier. La seule personne que l'adolescent eût jamais entendu mentionner la beauté de Mme Monaghan était sa mère. Margo ouvrit la porte et s'appuya au chambranle. Instantanément, Mark sentit son pénis se mettre à gonfler. Il plongea les mains dans ses poches, heureux de porter un jean extrêmement large. La mère de son ami aggrava infiniment la situation en tendant la main pour lui caresser le sommet du crâne.

« J'aimerais bien que Jimbo se fasse coiffer comme ça, dit-elle. Il a l'air d'un hippie ridicule. Ta coupe est nettement plus fraîche. » Il fallut à Mark un moment pour réaliser qu'elle entendait « fraîche » au sens littéral. « Dans quelles aventures vont se fourrer nos garçons, ce soir ?

– Rien de passionnant.

– Je n'arrête pas de demander à Jimbo de me montrer ce dont il est capable sur son skateboard, mais il ne veut jamais !

– On a encore des progrès à faire avant de se produire en public », répondit Mark.

Margo avait la peau la plus blanche, la plus pure qu'il eût jamais vue, plus translucide que celle d'une adolescente ; il semblait possible de regarder à travers, couche après couche, en se rapprochant de plus en plus de la lumière intérieure. Le bleu de ses iris formait un cercle parfait dans le blanc de ses yeux, nouvelle suggestion de délicatesse, de finesse, contredite par la luxuriance des formes que couvrait un T-shirt noir portant l'inscription 69 LOVE SONGS. Le vêtement appartenait à Mark, à qui Jimbo l'avait emprunté plusieurs semaines auparavant. C'était *son* T-shirt qui serrait les épaules de Margo Monaghan, la poitrine de Margo Monaghan. Oh, Seigneur, Seigneur.

« Tu es un très beau garçon, remarqua-t-elle. Attends un peu que les minettes du lycée mettent la main sur toi. » Le visage de l'adolescent était devenu aussi chaud qu'une bobine électrique luisante. « Oh, mon pauvre, je suis désolé de t'avoir embarrassé, dit-elle, l'embarrassant encore plus. Je suis une vraie godiche...

– *Ma-maaan,* mugit Jimbo en la dépassant, la bousculant presque. Je t'ai déjà dit d'arrêter d'embêter mes copains !

– Je n'étais pas en train d'embêter Mark, chéri, je... »

Si on voulait devenir complètement dingue, il suffisait de se rappeler que, quinze ans plus tôt, Jimbo avait rampé entre les jambes sculpturales de Margo Monaghan.

« C'est bon, maman », fit le rouquin en sautant les marches du perron pour arriver dans le jardin.

Mark pressa la main sur sa joue brûlante et jeta un coup d'œil à la mère de son ami.

« Va », dit-elle.

Sautant les marches à son tour, il franchit le muret de briques pour rattraper Jimbo.

« J'ai horreur qu'elle fasse ça, soupira ce dernier.

– Qu'elle fasse quoi ?

– Qu'elle parle à mes copains. C'est chiant. On dirait qu'elle essaie de leur tirer des *renseignements*.

– Ça me dérange pas, sérieux.

– Ben, moi, si. Qu'est-ce que tu as envie de faire ?

– Jeter un autre coup d'œil à cette baraque.

– Ouais, c'est ça, on n'a qu'à aller à la décharge pour flinguer les rats. »

C'était une allusion à un film de Woody Allen vu un ou deux ans plus tôt, dans lequel un remarquable guitariste joué par Sean Penn, ayant énormément de temps à tuer, ne trouvait rien de mieux à faire que d'aller tirer sur des rats à la décharge publique. Pour les deux garçons, la phrase représentait désormais n'importe quelle activité stupide et répétitive.

Jimbo sourit et lança à son ami un coup d'œil de côté.

« Seulement, je me disais qu'on pourrait peut-être aller au parc, jeter un coup d'œil. »

Les soirs d'été, les élèves du lycée et des glandeurs venus de tous les coins de la ville se rassemblaient autour de la fontaine de Sherman Park. En fonction de qui se trouvait là, cela pouvait se révéler amusant ou un peu effrayant, mais jamais ennuyeux. Normalement, tous les deux se seraient dirigés vers le parc sans discussion, en se disant qu'ils verraient bien ce qui s'y passait et qu'ils aviseraient ensuite.

« Fais-moi plaisir, d'accord ? insista Mark, stupéfait de la douleur poignante qui envahissait son cœur à l'idée de ne pas redescendre immédiatement la ruelle. Viens voir quelque chose avec moi.

– C'est de la vraie connerie, dit Jimbo. Mais d'accord, on fait comme tu veux. »

Mark s'était déjà mis en marche.

« Tu as déjà vu ça mille fois, reprit-il mais ce coup-ci, je veux que tu y *réfléchisses*, d'accord ?

– Pff, je me rappelle une époque où c'était marrant de traîner avec toi, soupira Jimbo.

– Pff, je me rappelle une époque où tu avais l'esprit ouvert.

– Va te faire enculer.

– Toi, va te faire enculer. »

Bizarrement rassérénés par cet échange, ils descendirent la ruelle jusqu'au point où elle séparait le jardin des Underhill et le mur de parpaings.

« Regarde-moi ça. Non, mais regarde-moi *ça*.

– C'est un mur en parpaings, avec des barbelés par-dessus.

– Et quoi d'autre ? »

Jimbo haussa les épaules. Mark désigna l'enchevêtrement de tiges et de feuilles qui prenait sa source aux extrémités du mur.

« Et toute cette merde, admit le rouquin. Plein de plantes sur les côtés.

– Les côtés, ouais. Qu'est-ce qu'il y a sur les côtés ?

– C'est des clôtures. Ou des espèces de grandes haies.

– Et à quoi ça sert ? Pourquoi ç'a été mis là ?

– Pourquoi ? Pour empêcher les gens de rentrer.

– Jette un coup d'œil aux autres propriétés du coin. Qu'est-ce que celle-là a de différent ?

– On peut pas y rentrer sans se faire vraiment chier.

– On peut même pas la voir, dit Mark. C'est la seule maison de tout le quartier qu'on voit pas de la ruelle. Est-ce que ça t'inspire quelque chose ?

– Pas franchement.

– Le type qui a monté ça, qui que ce soit, voulait pas qu'on regarde dans son jardin. C'est à ça que ça sert, tout ça, à empêcher les gens de voir le jardin.

– Tu réfléchis trop, dit Jimbo. Grave.

– Il cachait quelque chose. Regarde ce mur monstrueux ! Tu te demandes pas ce que c'était, son secret ? »

Le rouquin recula d'un pas, les yeux agrandis par l'incrédulité.

« T'es carrément le champion du monde de la connerie. Et malheureusement, t'as l'impression que tout ce que tu dis se tient parfaitement. Bon, on peut aller au parc, maintenant ? »

En silence, ils quittèrent la ruelle pour prendre Auer Avenue, laquelle n'était pas du tout une avenue mais juste une autre rue résidentielle bordée de maisons et de voitures en stationnement. En bas d'Auer, ils longèrent un pâté de maisons qui leur révéla deux couples mixtes assis sur leurs vérandas respectives. Ils entendirent en leur for intérieur ce qu'auraient dit leurs pères de pareil spectacle, avec une telle force qu'eux-mêmes gardèrent le silence tandis qu'ils débouchaient sur Sherman Boulevard et franchissaient un autre pâté de maisons, dépassant restaurants, marchands de vin et boutiques *discount* jusqu'à l'angle de West Burleigh Street. Sans attendre que le feu passe au rouge, ils traversèrent en courant la rue encombrée et pénétrèrent dans le parc.

Une petite foule grouillait sans but autour des six mètres de diamètre du bassin de la fontaine asséchée. Les sons de Phish et d'Eminem, rivaux, jaillissaient de deux radiocassettes placées face à face. Mark et Jimbo aperçurent au même instant le policier en uniforme adossé à la voiture de patrouille garée sur le côté.

Dès lors, leur démarche se fit moins naturelle, plus maniérée. Pour bien montrer leur indifférence à cette surveillance officielle, ils plièrent les genoux, laissèrent pendre une épaule et redressèrent la tête.

« Hé, les jeunes », appela le policier.

Ils feignirent de ne pas l'avoir remarqué auparavant. Souriant, il leur fit signe de le rejoindre.

« Venez me voir, tous les deux. J'ai quelque chose à vous montrer. »

Ils se dirigèrent vers lui d'un pas traînant. Ce fut comme un tour de magie : un instant, les mains du policier étaient vides, l'instant d'après, elles tenaient la photographie rectangulaire en noir et blanc d'un amateur de hard rock à l'air défoncé.

« Vous connaissez ce garçon ?

– C'est qui ? demanda Jimbo. Il a des ennuis, hein ?

– Et toi ? demanda le flic à Mark.

– Je le connais pas. »

Le policier leur montra la photo de plus près.

« Est-ce que vous l'avez déjà vu ici, le soir ? Est-ce que son visage vous dit quelque chose ? »

Ils secouèrent la tête.

« C'est qui ? » demanda une nouvelle fois le rouquin.

Le policier abaissa la photo.

« Il s'appelle Shane Auslander. Il a seize ans.

– Où est-ce qu'il va au lycée ? continua Jimbo.

– À Holy Name. »

Voilà qui expliquait beaucoup de choses. Pour les deux garçons, ceux qui fréquentaient Holy Name se divisaient en trois catégories de base : des intellos bien propres sur eux, obsédés sexuels honteux ; des brutes et/ou sportifs ayant sans arrêt des accidents de voiture dont ils sortaient quasiment sans une égratignure ; et, tout en bas de l'échelle, des fumeurs de joints s'interrogeant sur la virginité de Marie. Les membres de la troisième catégorie finissaient rarement le lycée.

« Qu'est-ce qu'il a fait ? Il a cassé une pharmacie pour piquer tout le Néocodion ? plaisanta Jimbo.

– Il n'a rien fait du tout, dit le policier. Sauf que depuis quatre jours, il est porté disparu.

– Disparu ? répéta le rouquin.

– Il s'est volatilisé, confirma son interlocuteur. Évanoui.

– Il s'est barré, c'est sûr, reprit Jimbo. Regardez la tronche de ce mec ! Ses parents l'ont balancé à coups de pied au cul dans une école catholique, et il a pas supporté.

– Shane Auslander, dit Mark en regardant le garçon sur la photo. Qu'est-ce qui lui est arrivé, à votre avis, monsieur ?

– Merci de votre dérangement. »

La photo avait déjà disparu dans l'enveloppe brune que l'agent tenait dans la main droite.

« Vous croyez qu'il est encore en vie ? insista Mark.

– Nous vous savons gré de votre coopération, monsieur », dit le policier.

Tandis que les deux garçons s'éloignaient, il fit signe à deux filles qui discutaient à voix basse, un peu plus loin sur l'allée. Bientôt Mark et Jimbo rejoignaient l'attroupement.

« Hé, regarde, y a un autre flic, lança le premier. Ils se pointent en couple. »

Un agent de police grand, mince et blond, s'employait à montrer la photo de Shane Auslander à quatre élèves de terminale de Madison High.

« Merde, lâcha Jimbo. C'est Raver, Sparkman, Tillinger et Beaney Jacobs. Il faut pas qu'ils nous voient.

– Quelqu'un devrait kidnapper un de ces enculés, avec leurs conneries de colliers de chanvre, admit Mark en partant vers le côté opposé de la fontaine. Hé, je parie que c'est ça qui est arrivé !

– Quoi ? »

Jimbo gardait l'œil sur Raver, Sparkman, Tillinger et Jacobs qui, horribles individuellement, constituaient en bande un vrai cauchemar.

« Ce mec a été kidnappé ici. Ou alors, on a pris

contact avec lui ici et on l'a attiré ailleurs, dans une bagnole ou chez quelqu'un, un truc comme ça.

– Ça va pas être très marrant, ici, ce soir, remarqua le rouquin.

– Ben, si tu as envie de te barrer, j'ai une idée d'où on pourrait aller », répondit Mark.

8

Durant les deux jours suivants, Mark se sentit tiraillé entre deux forces opposées : la maison de Michigan Street et sa mère. Toutes les deux exigeaient de lui énormément de temps et d'attention, la première ouvertement, le seconde passivement. Comme en proie à quelque maladie insidieuse, Nancy Underhill se glissait hors de chez elle le matin, y rentrait le soir, et restait d'une inactivité étonnante lorsqu'elle s'y trouvait. Elle « se reposait », ce qui consistait à disparaître des heures durant derrière la porte close de sa chambre. D'après Philip Underhill, expert incontesté en idiosyncrasies mentales et physiques de l'Américaine d'aujourd'hui, en particulier de son épouse, cette dernière subissait le contrecoup attendu depuis beau temps, et depuis beau temps retardé, des insultes qu'elle essuyait quotidiennement au service de la compagnie du gaz, sans parler des symptômes communs aux femmes faisant l'expérience d'un certain seuil physico-hormonal inévitable. En bref, elle se couchait et, avec de la chance, dormait pendant ses bouffées de chaleur. Aux yeux de son fils, elle donnait au contraire l'impression de ne presque jamais dormir, et le garçon ne la pensait pas en pleine ménopause.

D'après ce qu'il avait appris durant un cours d'éducation sexuelle obligatoire, les femmes qui franchissaient cette étape pouvaient être sur les nerfs en permanence. Ce n'était absolument pas le cas de sa mère, et il le regrettait : il aurait préféré une mégère emportée à ce fantôme dépourvu d'énergie.

Son père, lui, paraissait presque soulagé par ce changement. Nancy ayant enfin succombé aux indignités infligées par la compagnie du gaz, elle avait besoin de se reposer un peu avant d'atteindre le stade suivant, à savoir admettre qu'elle devait quitter cet emploi minable. Qu'elle travaille ne lui avait jamais plu : il s'y était résigné à l'époque où le salaire de son épouse les avait aidés à payer maison et voiture, mais depuis qu'il occupait son bureau de vice-principal à Quincy, il se contentait de le tolérer.

Philip se réjouissait que Nancy rentre à la maison fatiguée, épuisée. Il se réjouissait des choses mêmes qui provoquaient la détresse de Mark. Ce dernier croyait sa mère reconnaissante des distractions fournies par les clients indigents ou furieux, ainsi que des potins et de la compagnie que lui offraient Florence, Shirley et Mack. Son récent problème ne venait pas de son travail : elle le portait en elle, telle la conscience d'une maladie. Il lui faisait peur. Et c'était cela qui, en retour, faisait peur à Mark. Alors qu'il n'avait jamais considéré Nancy comme quelqu'un de peureux, on aurait dit qu'à présent une terreur bien particulière la figeait sur place.

Puisqu'elle ne pouvait ou ne voulait pas discuter de cette terreur, elle l'exprimait d'une autre manière, en se focalisant sur son fils. Elle se comportait comme si elle n'avait été inquiète que pour lui ; il ne pouvait pas rentrer le soir sans être soumis à un interrogatoire. L'essentiel de la conversation clairsemée qu'elle lui adressait concernait son emploi du temps. Où allait-il, avec qui y allait-il et à quelle heure rentrerait-il ? Sachant que la vérité aurait semblé trop extravagante, Mark se retrouvait à s'inventer tâches et courses que la Nancy de naguère aurait percées à jour en un instant. Aller voir les chiots nouveau-nés à l'élevage canin tenu par les parents d'un camarade de classe, visiter les expositions au musée du comté ou arpenter le petit chemin longeant la rivière Kinninnick étaient des activités qu'il appréciait lorsqu'il était à l'école primaire. À quinze ans, il ne voyait plus le garçon dont les parents élevaient des colleys bergers, et les dioramas d'Indiens attentifs ou de M. & Mme Néandertal, au Millhaven County Museum, ne conservaient rien de leur attrait désuet d'antan. Et quoique ses parents, d'un aveuglement quasi magique, n'aient aucune chance de l'apprendre, le petit chemin avait disparu quand une diminution de budget avait laissé les berges de la Kinninnick retourner à l'état sauvage, avant de devenir populaires, d'après le téléphone arabe des adolescents, en tant que lieu de drague gay.

Mark n'aimait pas mentir, mais il était sûr que dire la vérité aurait soulevé une centaine de nouvelles questions, à aucune desquelles il n'aurait pu répondre. Il ne pouvait expliquer pourquoi il était à ce point fasciné par la maison de Michigan Street, mais il l'était bel et bien. Il n'aurait pas même renié le mot « obsédé ». En fait, être obsédé lui plaisait, absorbait une bonne partie de ses inquiétudes pour sa mère. Quand son attention était focalisée sur la maison, Nancy aurait aussi bien pu se trouver à l'autre bout du monde.

Ou sur la lune. La maison semblait vider son esprit de ses soucis ordinaires et les y remplacer. Quoique le garçon sût cette idée absurde, le 3323 North Michigan Street lui semblait constituer dans son obsession un partenaire aussi actif que lui-même. Présente depuis le premier instant où s'était révélé à lui l'édifice, l'impression que ce dernier possédait une volonté, voire des désirs, s'était implantée en lui alors qu'il l'observait au côté de Jimbo, son skateboard à la main. Lorsque les deux adolescents retournèrent dans Michigan Street, Mark ressentit à peine ses hésitations initiales. Une moitié de lui-même avait envie de remonter l'allée empierrée et de fouiner autour de la maison ; l'autre moitié se satisfaisait de demeurer sur le trottoir et de contempler le toit, la véranda, les fenêtres de la façade. Sombres au point d'en être opaques dans l'après-midi, les vitres avaient désormais acquis une noirceur mate, morte. Pour voir quoi que ce soit à travers, il aurait fallu appliquer une torche électrique contre le verre.

Et que révélerait le faisceau ? Une pièce vide. Seulement songer à entrer était ridicule, et voir une poignée de salles poussiéreuses, abandonnées depuis une éternité, ne présentait aucun intérêt pour Mark.

Quelque chose, pourtant, le clouait sur ce trottoir, le poussait à résister quand un Jimbo irrité suggérait qu'ils rentrent chez lui pour regarder la télévision.

Au bout de vingt minutes, son ami le persuada enfin de partir. Tous les deux gagnèrent la chambre du rouquin et regardèrent en alternance pendant plusieurs heures des clips musicaux et des dessins animés remplis de gros mots, sur un vieux téléviseur portable Motorola. A vingt-deux heures quinze, Mark descendit. Il fit son possible pour ne pas lorgner Margo Monaghan en leur disant au revoir, à elle et à un Jackie écarlate en train de verser une bonne dose de whisky Powers dans son verre. Il rentra chez lui en dépassant vérandas désertes et fenêtres éclairées, revoyant le visage stupéfié de Shane Auslander et espérant que ce dernier se soit enfui à Chicago, à La Nouvelle-Orléans ou en tout autre endroit où l'on trouvait de l'herbe à profusion. Il traversa l'allée de sa maison, la véranda, puis franchit une porte qui n'était pas verrouillée. Il éprouva alors pour une raison mystérieuse une poussée d'appréhension, aussitôt rationalisée par le grognement peu accueillant de son père.

« Sablons le champagne, dit Philip en consultant sa montre. Il a cinq bonnes minutes d'avance sur son couvre-feu.

– Je regardais la télé chez Jimbo », dit Mark.

Allongée sur le canapé, sa mère s'arracha aux profondeurs de ses réflexions pour demander :

« Tu y es resté toute la soirée ?

– Pratiquement. On est allé faire un tour du côté de la fontaine, un moment.

– Je n'aime pas cette faune qui se réunit à la fontaine, grommela Philip. Ça va finir par poser des problèmes. »

Arrivé dans sa chambre, Mark alluma la radio. Une vieille chanson de Prince emplit l'air d'un parfum toxique. Le garçon délaça ses baskets et les jeta vers le placard. Ôtant ses deux T-shirts, il les laissa choir sur le sol. De même que ses chaussettes. Peu après, les dents brossées et diverses portions du corps plus ou moins lavées, il était de retour dans sa chambre. Il ramassa son jean et commença à fourrer ses vêtements dans le panier à linge sale en osier. Tandis qu'il se livrait à ces humbles devoirs, il se rappela que sa fenêtre donnait sur la ruelle et, donc, sur l'arrière de la maison qui s'élevait de l'autre côté. Lâchant ses habits, il se hâta de traverser la pièce pour plonger de la tête et des épaules dans la nuit fraîche.

La lumière qui s'échappait de sa fenêtre et de celle de la cuisine, au rez-de-chaussée, jetait de pâles rectangles oblongs sur le jardin irrégulier. Au-delà, il ne distinguait que des formes et de vagues suggestions d'autres formes. Un léger reflet luisait sur la clôture délabrée, devant l'obscurité trouble de la ruelle, dont le pâle clair de lune esquissait les contours. Derrière le mur en parpaings se dessinait le sommet embroussaillé de plusieurs arbres. Mark avait le vague souvenir des grands arbres qui s'élevaient derrière le mur, comme s'il les avait parfois aperçus du coin de l'œil plutôt que réellement vus. Un instant, la déception, telle la conscience ardente d'un échec, lui brûla les entrailles. Il ne réussirait jamais à voir l'arrière de cette maison depuis sa fenêtre, du moins pas avant octobre, quand les feuilles tomberaient.

Combien d'octobres avait-il...

... sans se préoccuper de regarder, ne serait-ce qu'une seule fois...

Mark alluma sa lampe de chevet, éteignit le plafonnier d'un coup de poing, et alla se mettre au lit pour continuer le livre qu'il avait prélevé quelques jours plus tôt sur une étagère de la cuisine, un exemplaire encore jamais ouvert d'un des romans de son oncle, dédicacé à ses parents. *Pour Philip et Nancy/De quoi s'occuper pendant les petites heures de la matinée/Avec mon affection/ Tim.* Lecteur d'occasion, au mieux, Mark avait hésité à tester l'œuvre de son oncle, mais il s'était vite surpris à apprécier *L'Homme divisé.* L'ambiance angoissante qui s'en dégageait le poussait à continuer. En outre, s'il en jugeait par le nom des rues, une bonne partie du livre se déroulait à Millhaven. Vingt minutes plus tard, toutefois, les lignes imprimées commencèrent à se fondre en des phrases de rêve. Le garçon éteignit la lumière, se retourna, et sombra sans effort dans le sommeil.

Tout comme un chauffeur de taxi rêve qu'il conduit, un boulanger qu'il fait du pain, il rêva qu'il se tenait sur le trottoir, devant la maison abandonnée – qui ne l'était plus. Hommes et femmes, certains accompagnés d'enfants, se pressaient sous l'étroite véranda et franchissaient la porte d'entrée dans un sens ou dans l'autre. Quand Mark regardait par les fenêtres, il voyait les fêtards, les visiteurs, les célébrants se déplacer dans un salon noir de monde. Parmi les arrivants se trouvaient des policiers, des pompiers porteurs de haches, en vêtements à rayures jaunes, des marins en costume blanc, un chauffeur de l'UPS [1], le patron de son père, un homme en combinaison de plongée, avec le masque et les bouteilles… ainsi que de petits enfants, des gamins de quatre ans qu'il avait connus à la maternelle mais jamais revus depuis. Chaque fois que s'ouvrait la porte, une musique joyeuse parvenait à ses oreilles. Mark avait une envie folle de gagner la véranda pour se joindre à la fête, mais quelque mystérieuse répugnance le retenait. Il se sentait timide, maladroit, déplacé : en dehors de M. Battley, qui ne comptait pas, les seules personnes qu'il connaissait étaient les enfants de la maternelle.

Sous la véranda, un œil bleu célèbre cligna à son intention, un célèbre sourire arrêta ses battements de cœur : Gwyneth Paltrow ! Et auprès d'elle – qui d'autre ? –, se tenait Matt Damon, souriant comme un fou et agitant la main comme pour dire *Allez, Mark, viens nous rejoindre !* Et là, près de Matt Damon, c'était sûrement Vince Vaughn ; et regardant par-dessus l'épaule de Vince, n'était-ce pas Steven Spielberg, le bras autour de Jennifer Lopez ? *Tu sais que ta place est ici, avec nous,* disait le sourire de Gwyneth. *Je ne peux pas croire que tu sois aussi bête !*

Résister à Gwyneth Platrow ? Contredire cette chère Gwynnie ? Il quitta le trottoir et s'engagea sur l'allée pour se diriger vers la fête. À son approche, les gens qui se tenaient sous la véranda commencèrent à rentrer dans la maison. D'abord Steven Spielberg et J. Lo, puis Ben Affleck – qu'il n'avait pas remarqué auparavant –, Matt Damon, et enfin Gwynnie elle-même.

---

1. United Parcel Service, transporteur de colis postaux. *(N.d.T.)*

Lorsqu'il atteignit les marches, seuls demeuraient là deux policiers squelettiques, la casquette repoussée en arrière sur le crâne, le bouton de col défait. Leurs dents jaillissaient de gencives rétractées comme celles de cadavres, et ils n'avaient que la peau sur les os. Quand ils se penchèrent vers lui, une odeur de pourriture jaillit de la maison, flottant au sommet d'une aigre vague musicale d'orgue de barbarie. L'un des flics tendit la main pour saisir la sienne. L'adolescent comprit que cette silhouette de chacal, pas plus vivante qu'une image sur une tombe égyptienne, voulait lui faire rencontrer Shane Auslander. Il bondit en arrière, le choc et la peur faisant battre son cœur plus vite, et constata qu'il n'avait pas été assez rapide. La main de chacal maculée de terre s'était refermée sur sa manche. Mark hurla d'affolement et, sans transition, se retrouva assis dans son lit, haletant comme s'il avait couru un marathon.

Petit à petit, la panique le quitta, il se leva et s'approcha de la fenêtre. Dans la nuit, quelque chose *était en train de se produire*. Une silhouette sombre, enflée, se glissait à travers les barbelés, au sommet du mur, pour – lui sembla-t-il – se laisser tomber dans la ruelle. Peut-être s'agissait-il d'un chat. Et peut-être cela avait-il sauté derrière le mur, pas devant. Une terreur renouvelée, aussi froide que de la glace sèche, empoigna l'estomac et les poumons de Mark. Ça n'était pas un chat, ou alors un chat aussi gros qu'un cochon. Et le garçon était presque certain que cela avait bondi vers lui.

La peur lui fit imaginer l'énorme créature, plus ou moins difforme, rampant à travers la ruelle puis escaladant l'inutile clôture de son père. Incapable de bouger ou de se détourner, il baissa les yeux. C'était là. Ça n'y était pas. Ça y était. Trop effrayé pour fermer la fenêtre afin de bloquer le passage à ce qui était peut-être en train d'envahir son jardin, il posa les mains sur l'appui et se pencha à l'extérieur. Un vague mouvement dans les ténèbres, en contrebas, lui révéla l'être qui se laissait glisser le long de la clôture bancale et se rapprochait de la maison. Bientôt, il aurait traversé la moitié du jardin, et ensuite... Deux orbes luisants, froids et réfléchissants comme des billes d'acier, se levèrent vers Mark. Frissonnant de terreur, ce dernier se rejeta en arrière et heurta douloureusement de la tête le bas de la fenêtre à guillotine.

Une seconde durant, il eut la très étrange sensation de s'être réveillé une deuxième fois. La maison, Matt Damon, Gwyneth Paltrow, les policiers morts-vivants aux dents proéminentes et aux mains sales n'avaient été qu'un rêve au sein du rêve.

Toutefois, il n'était pas au lit, il était toujours debout devant la fenêtre, et son crâne lui faisait un mal de chien. L'explosion de douleur ardente, prolongée, qui gonflait au point le plus sensible de sa tête semblait enraciner ses pieds au sol, l'ancrer plus fermement dans le monde rationnel. Malgré tout, Mark avait bel et bien l'impression de sortir d'un rêve. Il se pencha à nouveau dehors. Les yeux froids avaient disparu ; n'avaient jamais été là. Nulle monstruosité boursouflée n'avait jamais rampé vers la maison, bien sûr. L'adolescent ferma à demi la fenêtre et se remit au lit. Son cœur battait dans sa poitrine à la manière d'un animal emprisonné.

Trop troublé pour fermer les yeux, Mark resta éveillé durant ce qui lui parut constituer l'essentiel de la nuit. D'après des mesures moins subjectives et moins impatientes que les siennes, il s'endormit une demi-heure plus tard. S'il eut d'autres rêves, ils s'évanouirent de son esprit au moment où sa mère le réveilla en claquant la porte d'entrée, lorsqu'elle partit pour l'arrêt de bus de Sherman Boulevard. Son père serait déjà au rez-de-chaussée, lisant le journal dans le cadre de sa quête matinale de nouvelles sources d'indignation, et dévorant son habituel petit déjeuner suicidaire : quatre tasses de café et une viennoiserie couverte de sucre, à chaque bouchée de laquelle il ajoutait consciencieusement une généreuse couche de beurre. Philip n'avait pas de véritable travail à accomplir durant l'été, selon Mark, il se levait néanmoins chaque matin pour arriver à Quincy une ou deux minutes avant huit heures. Une fois là-bas, il classait des papiers ou discutait au téléphone jusqu'à dix-sept heures, moment auquel il ne pouvait plus décemment éviter de rentrer chez lui. Afin d'écarter tout contact avec lui jusqu'à la fin de l'après-midi, Mark n'avait donc qu'à attendre un quart d'heure pour gagner la cuisine.

Avant de traverser le couloir puis la salle de bains sur la pointe des pieds, il se glissa hors du lit, alla à la fenêtre et contempla le décor de ce qui avait été, il n'en doutait plus, un cauchemar secondaire, à demi éveillé. Le jardin paraissait aussi paisible qu'on pouvait s'y attendre. La clôture n'avait pas été aplatie davantage ; nul lambeau de peau ou de tissu n'était pris dans les barbelés. Pour autant que pût en juger le garçon, aucune empreinte humaine ou animale, ni quoi que ce fût de ce genre-là, n'avait été ajoutée aux traces laissées par Jimbo et lui durant les dernières semaines.

Dès qu'il arriva au rez-de-chaussée, Mark sortit par la porte de la cuisine. Il ne découvrit pas plus de signes d'intrusion qu'il n'en avait vu depuis l'étage. La terre tassée, entre les bandes herbues, dénonçait le passage d'une paire de DC Mantecas et rien de plus – en tout cas pas la moindre empreinte de sabots ou autre trace susceptible d'avoir été abandonnée par la créature qu'il s'était imaginé voir escalader la clôture.

Dans la ruelle, les pavés ne portaient aucune marque ou tache nouvelle, du moins aucune qu'il pût distinguer. Mais rien ne s'était laissé tomber du haut du mur, bien entendu. Rien, surtout pas un gros animal, n'aurait pu franchir les barbelés, tout là-haut, ni vu ni connu.

Éprouvant en partie le soulagement de l'homme qui vient de rompre sa dépendance envers un amour malsain ou une drogue séduisante, Mark rentra pour boire un verre de lait et manger un bol de céréales. Comme en imitation de la maison abandonnée, le *Ledger* du matin, froissé par la chasse à l'indignation de son père, s'imposa soudain à sa vue au milieu de la table du petit déjeuner. Cette fois, cependant, le garçon sut exactement ce qui avait retenu son attention. Un gros titre sur la une disait : LE SORT D'UN ADOLESCENT DE LA VILLE SUSCITE L'INQUIÉTUDE. Juste en dessous, Shane Auslander l'observait sans tout à fait croiser son regard. C'était la photo que Jimbo et lui avaient vue dans Sherman Park.

L'article lui apprit que Shane Auslander, élève de seconde à la Holy Name Academy et résident du North Side de la ville, était disparu depuis cinq jours. La dernière fois qu'on l'avait vu, il sortait de chez lui pour se joindre aux réunions quotidiennes dans Sherman Park, lesquelles avaient dernièrement fait l'objet de plaintes des voisins en raison du tapage et du chahut qu'elles généraient. On soupçonnait que de la drogue se vendait durant ces réunions, mais la police n'avait aucune raison d'estimer le jeune Auslander victime d'un crime lié à ce trafic. Elle craignait en revanche que sa disparition n'eût un rapport avec celle de Trey Wilk, quinze ans, parti de chez un camarade de classe en fin de soirée, dix jours plus tôt, et jamais arrivé chez lui. L'enquêteur chargé des deux affaires, le sergent Franz Pohlhaus, déclarait que toute connexion entre ces disparitions serait examinée avec rigueur et que ses services suivaient la moindre piste dont ils disposaient. En réponse à un journaliste, il ajoutait que, quoique nul ne pût dire si les deux garçons étaient morts ou en vie, les chances de dénouement heureux dans de telles affaires s'amenuisaient souvent avec le temps. Interrogé sur la période durant laquelle on pouvait escompter un retour en bonne santé des disparus, il avait répondu : « Nous n'avons que très peu d'expérience de ce genre de situation, ici, à Millhaven. »

Un nouveau coup d'œil à la photo de Shane Auslander fit surgir en Mark un souvenir déplaisant. Un fragment malvenu de cauchemar lui apparut : un être sauvage tendant une main osseuse pour l'arracher à la vie. La chair de poule envahit ses bras, sur lesquels ses petits poils noirs se dressèrent comme des plumes. Hâtivement, il passa aux pages culturelles et parcourut les critiques de films. Il n'avait rien à faire avant que Jimbo Monaghan ne se décide à sortir du lit, événement qui, l'été, se produisait rarement avant onze heures bien sonnées.

Mark porta sa vaisselle sale dans l'évier. Espérant à la fois épargner des inquiétudes inutiles à sa mère et préserver sa liberté d'action, il plia le journa et le jeta à la poubelle.

Sans avoir pris de décision consciente, il sortit dans le jardin par la porte de derrière. Ses pieds l'entraînèrent jusqu'à la surface de terre nue et d'herbe desséchée d'où la monstrueuse créature lui avait paru lever le groin pour le regarder. Il sourit, songeant qu'il aurait dû envoyer un e-mail à son oncle Tim pour l'informer que *L'Homme divisé* lui avait valu un cauchemar de première classe. Peut-être l'écrivain recevait-il sans cesse ce genre de courrier. *Votre livre m'a vraiment flanqué la trouille. Merci !* Mark ne se sentait pas tellement reconnaissant.

Il découvrit que, tout en menant une sorte de dialogue mental avec son oncle, il avait enjambé la clôture brisée de son père pour s'avancer au milieu de la ruelle. De jour, le grand mur était toujours très laid, il évoquait toujours un panneau *Défense d'entrer*, mais il n'avait plus l'air aussi sinistre. Beaucoup de gens prenaient des mesures que d'autres jugeaient excessives pour protéger l'intimité dont ils estimaient avoir besoin.

Et où se dirigeait-il à présent, sinon vers le bas de la ruelle, en direction de Townsend Street ? Et une fois là, de quel côté partirait-il ? À droite, vers Sherman Boulevard, où il pourrait tuer un peu de temps en faisant du lèche-vitrines, ou bien à gauche, vers Michigan Street ?

Il vint à l'esprit du garçon qu'il était en train de parcourir le même chemin que la veille, dans l'après-midi, lorsqu'il avait franchi sur son skateboard l'intersection de Townsend et de Michigan. Cette fois, il désirait se rassurer en constatant que la façade de la maison ne le fascinait désormais pas plus que le mur dressé derrière elle. Il désirait que son monde redevienne normal.

Mark dépassa le coin de rue, contempla durant un instant liminaire toute la longueur de Michigan Street, et sentit l'air contenu dans ses poumons se changer en vapeur. Avant même qu'il eût assimilé le plus petit détail, ses terminaisons nerveuses avaient enregistré une fondamentale sensation d'*anormalité*. Durant cinq ou six secondes, pas moins, cette Michigan Street si familière lui fit l'effet d'un territoire ennemi. Alors seulement, il en remarqua la profonde tranquillité. Drainée de toute vie et de toute dimension, aussi plate et morte qu'un paysage sur une affiche de cinéma. Skip était roulé en boule sur sa véranda, comme mort, lui aussi. Les genoux de Mark se mirent à trembler, son cœur à bégayer dans sa poitrine.

Avec une autorité énigmatique, appuyée, suggérant qu'il se trouvait là depuis le début, un homme massif se tenait en haut de Michigan Street, découpé contre le ciel mort, le dos tourné. En tout cas, il était là à présent. Peut-être y avait-il bel et bien été depuis le début, et Mark, tout au choc qu'il ressentait, ne l'avait-il pas remarqué. La sensation d'anormalité s'écoulait de cet homme, comprit l'adolescent – de cette silhouette qui lui tournait le dos. Il observa ses cheveux noirs mal taillés, ondulés, dépassant de son col, son large dos couvert d'un manteau noir qui tombait telle une plaque d'acier jusqu'à ses genoux. Une puissante et volontaire anormalité s'échappait de lui telle de la vapeur.

Non, songea Mark, cette créature n'était pas là depuis le début. Elle avait préparé la scène puis s'y était installée. Elle avait créé un effet dans le but d'attirer son attention. Avec la clarté qui se manifeste souvent dans le sillage de la terreur, le garçon comprit qu'on l'avertissait. De quoi, l'être qui se tenait en haut de la rue le lui ferait comprendre plus tard. Pour l'instant, savoir qu'il avait été averti devait lui suffire.

Une brusque compréhension s'épanouit au centre de sa peur. *Oh, c'est lui que j'ai vu cette nuit. C'est lui qui a escaladé la clôture pour entrer dans le jardin.* Il revit le groin imprécis se relever vers sa fenêtre, les yeux vides couleur acier se poser sur lui.

Puis l'une de ces nouvelles Chrysler à la ligne bizarre tourna à gauche en haut de la rue et roula juste à côté de la portion de trottoir où s'était tenue la *chose*, le dos tourné à Mark. Sous sa véranda, Skip se remit sur ses pattes péniblement et, sans trop de conviction, aboya à deux reprises. Tel le chien de M. Hillyard, l'adolescent se contraignit à se redresser. Le sol qui le soutenait s'inclina sur la droite, puis sur la gauche, et à nouveau sur la droite, avant de se stabiliser.

Tous les viscères de Mark et l'essentiel de ses membres semblaient trembler, mains genoux estomac cœur intestins. Regarder ses mains trembloter était presque amusant. À la manière dont bondissaient ses genoux, il était stupéfait que ses jambes de pantalon n'en soient pas animées. D'un coup, il transpirait comme un fou.

Faisons comme si tout était effacé, se dit-il. *Allons jeter un coup d'œil à cette baraque comme s'il ne s'était rien passé avant cet instant.*

Il allait perdre une ou deux minutes à observer une maison qui pourrissait de l'intérieur. Une fois fatigué de rester là, debout, il s'en irait.

Une phrase du livre de son oncle jaillit en lui : « Ce qui était en jeu, ici, songea-t-il, c'était la solidité du monde. » Très bien. À quel point le monde est-il solide ? Cette fois, il allait regarder comme il ne l'avait jamais fait auparavant. Ce qu'il y avait à voir, il le verrait bel et bien. Et si le bâtiment n'était rien d'autre qu'une coquille vide, il s'en irait en sachant qu'il avait vraiment besoin de maîtriser son imagination.

Posée à dix mètres de lui sur sa pelouse en pente très douce, la maison parut modifier subtilement son assise sans réellement bouger. Mark demeura rigide, aussi figé que l'avait été Skip quelques minutes plus tôt. Bien qu'elle présentât le même aspect, elle s'était transformée. D'une manière interne qu'il n'avait aucun espoir d'identifier, elle s'était adaptée à sa présence. Le garçon attendit. Des gouttes de sueur glissèrent sur ses flancs. Inconsciemment, il avait serré les poings ; les muscles de ses mollets et de ses bras s'étaient crispés jusqu'à la douleur. Tant il était concentré sur son observation, ses yeux semblèrent s'échauffer. Tout son corps lui donnait l'impression de lutter contre une force immuable.

Il n'osait pas cligner les paupières.

Puis il se demanda s'il n'avait pas vu quelque chose, en fait – un vague changement de texture d'une zone d'ombre derrière la fenêtre de droite. Trop ténue pour être définie, la différence avait failli lui échapper. Il ne pouvait avoir la certitude de ne pas l'avoir inventée car, au-delà des vitres, ne régnait plus qu'une grisaille charbonneuse uniforme. Pourtant, la seconde d'après, il lui sembla que la légère altération se produisait à nouveau, apportant cette fois une suggestion de solidité et de mouvement.

L'idée que l'être massif aperçu en haut de Michigan Street se tenait dans l'obscurité, le regardait, fit naître une soudaine pression dans sa vessie. Derrière la fenêtre, une portion indistincte de l'ombre généralisée flotta vers l'avant et acquit une indéniable texture. Un deuxième pas donna encore un peu de substance à ce qui pouvait presque être identifié comme une tête humaine au sommet d'un corps humain, plus petit et plus fin, peut-être, que celui de la créature l'ayant tant alarmé. Encore un pas coulé, et la silhouette noire, quoique toujours incertaine, se dessina de manière plus nette.

Pour Mark, elle semblait trop petite, trop fluette pour ne pas appartenir à une jeune fille. La personne qui occupait la maison s'était avancée pour le voir, pour être vue de lui. Elle demeurait immobile dans l'obscurité, déclarant sa présence, tout comme la maison elle-même avait déclaré la sienne. Regarde-moi, prends conscience de moi, je suis là. Maison et habitante l'avaient choisi, ce qui impliquait une invitation, une convocation, une sorte de pacte. Quelque chose avait été décidé. Il ignorait quoi, savait seulement que cela l'avait été en sa faveur.

Mark avança d'un pas. L'être se recula dans l'obscurité, redevenant invisible. Si le garçon voulait en conserver la faveur, il ne pouvait aller plus loin.

« Yo ! Ça t'arrive de faire autre chose ? » lança une voix derrière lui.

Surpris, il sursauta. Jimbo parvint à son côté en éclatant de rire. Il heurta de la pointe de son skateboard le dos de son ami.

« T'as fait un bond d'un mètre !

– Tu m'as surpris. Qu'est-ce que tu fais debout si tôt ?

– Ma mère a pété les plombs en lisant le journal, ce matin. Tu te rappelles que le flic nous a montré la photo d'un mec qui a disparu ?

– Shane Auslander, acquiesça Mark. Ouais, je l'ai vu aussi, cet article. Je parie qu'elle t'a interdit de retourner du côté de la fontaine.

– Et j'ai été obligé de promettre, approuva Jimbo. T'as une gueule de déterré. Sérieux. T'as pas dormi, cette nuit ? »

Mark ne pouvait s'ouvrir à lui de ce qu'il avait vécu depuis leur séparation de la veille. Tout cela lui paraissait totalement privé, comme un secret que lui seul pouvait connaître.

« J'ai très bien dormi. Comme un bébé. Comme une souche. Comme un mort. Maintenant, dis-moi un truc : tu crois qu'elle est vraiment vide, cette baraque ? Complètement vide ?

– Et ça recommence, soupira Jimbo. Tu veux qu'on aille flinguer des rats à la décharge ?

– Je suis *sérieux*. Qu'est-ce que tu en penses ? »

Le rouquin lança un regard irrité à la maison, puis se retourna vers Mark.

« C'est pas ça qui t'a fait démarrer, justement ? Le fait qu'elle soit vide ?

– En partie, ouais. Le fait qu'elle soit vide. Dans un quartier comme ça, on s'attendrait à ce qu'une maison vide soit visible comme le nez au milieu de la figure.

– Plutôt à ce qu'elle se fonde dans la masse, dit Jimbo. Honnêtement, je ne vois pas pourquoi tu en fais tout un plat.

– Je devrais peut-être y entrer, un de ces jours. Pour être fixé. »

Le rouquin leva les mains et recula d'un pas.

« T'es ouf, ou quoi ? Si tu veux savoir ce qu'il y a dedans, t'as qu'à regarder par la fenêtre. »

Mark savait en être incapable. Le champ de forces l'empêchait de quitter le trottoir. Entrer par effraction serait plus simple que remonter l'allée, monter les marches et regarder par la fenêtre à travers laquelle il avait vu la silhouette spectrale.

« On va passer chez moi, que je récupère mon skate », dit-il.

Ils passèrent la journée à rouler le long des larges marches en béton et des plans inclinés réservés aux handicapés dans un chantier de construction abandonné, sur Burleigh Street, à quelques arrêts de bus de là. Mark se contraignit à ne pas mentionner le 3323 North Michigan Street, et Jimbo lui en fut si reconnaissant qu'il prit de grandes précautions pour contourner le sujet chaque fois qu'il menaçait de s'en approcher. Ils avaient le chantier pour eux. Aucun garçon plus âgé ne se montra pour se moquer de leur technique ou tenter de voler leur matériel. Aucun solitaire silencieux n'apparut, comme cela arrivait parfois, pour leur faire honte du fossé existant entre leur talent et le sien. Mark et Jimbo manquèrent chacun trois fois le saut d'une brèche d'un mètre dans une balustrade de béton, mais n'en récoltèrent que des éraflures sur les poignets et des bleus sur les tibias. Vers midi, ils descendirent le pâté de maisons en skateboard, jusqu'à un Burger King où ils commandèrent des double-cheeseburgers au bacon, des frites et des milk-shakes au chocolat. Tout en festoyant, ils convinrent qu'Eminem avait changé le hip-hop à jamais, ouais, et que Stephin Merritt était le meilleur interprète des chansons de Stephin Merritt. Après le repas, ils retournèrent tranquillement au chantier, massèrent leurs meurtrissures et décidèrent de faire une nouvelle tentative pour franchir la fameuse brèche dans la balustrade en béton. Tous les deux y parvinrent dès le premier essai et, selon les immortelles paroles d'Eminem, ils demandèrent au monde s'ils pouvaient avoir son attention, SVP [1]. Durant le reste de l'après-midi, sauf pour quelques chutes sans gravité, ce fut comme s'ils étaient devenus l'un et l'autre infaillibles, et ils reprirent le bus pour Sherman Boulevard épuisés mais fiers, heureux, caressant leurs griffures et leurs bleus comme des médailles. Jamais plus ils ne partageraient une journée de plaisirs aussi simples. Ce fut la toute dernière fois qu'ils purent s'amuser de cette manière, ensemble, tels les jeunes garçons qu'ils étaient.

9

En parlant alors qu'il savait préférable de se taire, Mark s'attira une partie des difficultés à venir. Après le dîner, son père se retira dans son bureau, officiellement pour lire un article du dernier *Journal de l'éducation secondaire* mais tout aussi probablement pour feuilleter les vieux numéros de *People* et de *Entertainment Weekly* empilés dans son porte-journaux. Nancy, marchant au pilote automatique, avait préparé une cassolette de thon et une soupe aux champignons couverte d'une croûte de chips émiettées identiques à celles qui nourriraient les invités de son mari le jour de son enterrement. Quand Philip s'éclipsa, elle empila

1. « May I have your attention, please ? » Vers de la chanson d'Eminem « The Real Slim Shady ». *(N.d.T.)*

leurs trois assiettes et les emporta. Elle paraissait si distraite que Mark se demanda si elle se rappellerait le fonctionnement du lave-vaisselle.

Il la suivit dans la cuisine où, rêveuse, elle faisait couler de l'eau sur les assiettes. Son visage contracté en un réseau de rides soucieuses esquissa un sourire peu convaincant quand elle l'aperçut.

« Ça va, maman ? » demanda-t-il.

Elle répondit par la même phrase qu'elle emploierait deux nuits plus tard, quand il la trouverait assise au bord de la baignoire du rez-de-chaussée.

« Tout va bien.

– Tu es sûre. Je sais pas, tu as l'air un peu... »

Exerçant un visible effort pour imiter son état normal, elle redressa les épaules et lança à son fils un regard faussement contrarié.

« Un peu quoi ? »

La seule réponse qu'il trouva se révéla bien faible.

« Fatiguée ?

– Peut-être un peu. Tu sais quoi ? » À présent, son sourire était empreint d'une véritable chaleur. Elle caressa le sommet du crâne de Mark. « Je ne serais pas contre un peu d'aide dans la cuisine. Ton père s'énerverait si je le lui demandais, mais avec toi, il y a peut-être de l'espoir.

– Bien sûr, dit le garçon en tendant les mains vers les assiettes rincées. Je me disais aussi que tu avais l'air un peu préoccupé.

– L'air un peu préoccupé, répéta Nancy, comme si elle avait éprouvé sa compréhension d'une langue étrangère.

– Ouais, approuva Mark, à qui elle n'avait toujours pas passé les assiettes.

– Et pourquoi pas ? Au boulot, aujourd'hui, Mack et Shirley m'ont dit que des adolescents avaient été enlevés, dans le quartier. À Sherman Park ! Mack m'a dit : “Nance, j’espère que ton fils ne va pas traîner du côté de cette fontaine, le soir.” »

Sur ce, elle lui donna les assiettes dégoulinantes. Mark se baissa et commença à les insérer en bas du lave-vaisselle.

« Mais tu y vas, n’est-ce pas ? Jimbo et toi traînez autour de la fontaine presque tous les soirs ?

– Sans doute plus tant que ça. » Il se redressa et s’offrit à recevoir ce qu’elle voudrait bien lui passer ensuite. « Il y a des flics partout, là-bas, en ce moment. Ils posent un tas de questions. C’est trop bête.

– Je ne crois pas que ce soit bête. C’est ce que les policiers sont censés faire. »

Avec un soupçon d’agressivité, elle lui tendit deux verres à eau.

« Pas s’ils veulent attraper le coupable, insista-t-il. Là, le seul résultat, c’est qu’il va y avoir de moins en moins de jeunes à la fontaine, jusqu’à ce que plus personne n’y aille. Je ne crois pas que le criminel, s’il y a bien un criminel, s’arrête en si bon chemin. Je crois juste qu’ils ne sauront plus où le chercher. »

Il déposa les verres dans la machine et se retourna pour recevoir les deux suivants.

« Alors, que crois-tu qu’ils devraient faire, Mark ?

– Aller au parc, mais sans se montrer. Se cacher. Y aller déguisés. Comme ça, ils auraient peut-être une chance.

– Et vous utiliser comme appâts, vous autres ? Non, merci, calamité ambulante. » Elle lui posa un autre verre entre les mains, avant de prendre son bol de céréales dans l’évier. « Je crois que je ne veux plus que tu ailles au parc le soir. Du moins tant qu’on n’a pas attrapé le type qui a enlevé ces garçons. Si les Monaghan veulent laisser Jimbo s’y promener, ça les regarde. Ça n’est pas mon fils. Il peut y aller tout seul, ou bien vous pouvez tous les deux rester à la maison ou aller ailleurs. Tu pourrais t'inscrire à un groupe paroissial. La fille de Shirley, Brittany, s'amuse énormément dans le sien. C'est comme un club. Ils font même des boums.

– Je ne veux pas aller au groupe paroissial avec la fille de Shirley. S'il te plaît.

– Réfléchis-y. Brittany et toi, vous pourriez, je ne sais pas...

– Désolé, maman. Il y a quelque chose que je voulais te demander. »

Elle ferma la bouche sans achever sa phrase et hocha la tête, le front plissé. Sans savoir s'il s'agissait d'une bonne idée, Mark reprit :

« Est-ce qu'il y a des histoires qui courent à propos de la maison abandonnée qui est juste derrière la nôtre ? »

Un instant, Nancy demeura bouche bée et ses yeux perdirent leur clarté. Le bol de céréales lui glissa des mains et tomba au sol, se brisant en trois gros morceaux et un éclaboussement de poudre blanche. Elle contempla les éclats sans réagir.

« Qu'est-ce qu'il y a ? demanda Mark. Qu'est-ce qui ne va pas ? » ajouta-t-il, voulant cette fois dire tout autre chose.

Lentement, sa mère s'accroupit. Elle ne bougea pas les mains avant d'être au niveau du sol, moment auquel elle empila les trois morceaux de bol.

« Tout va bien, Mark, dit-elle. Va chercher la balayette et la pelle, tu veux ? »

Contrarié, se sentant presque rejeté, il alla prendre les objets requis dans le placard à balais. Lorsqu'il s'accroupit près de sa mère, elle les lui retira des mains.

« Va, je m'en occupe. C'est moi qui ai fait tomber cette saleté, non ? »

Mark se recula et la regarda pousser les fragments dans la pelle, récupérer la poudre, puis continuer de passer la balayette sur la même section de carrelage jusqu'à donner l'impression de rassembler des débris invisibles. Il était déterminé à ne pas la quitter avant qu'elle ne consente au moins à le regarder.

À l'évidence, tandis qu'elle débarrassait le sol de particules imaginaires, elle avait rassemblé son courage pour parler. Elle le fit sans lever la tête.

« Tu me parlais de cette maison abandonnée sur Michigan Street, c'est bien ça ? demanda-t-elle d'une voix délibérément dépourvue d'inflexion.

– Allez, maman, arrête de faire semblant. »

Elle releva les yeux vers lui.

« Tu crois que je fais semblant ? Que je fais semblant de quoi ?

– Je suis pratiquement sûr que tu sais quelque chose sur cette baraque, de l'autre côté de la ruelle.

– Tu peux croire ce que tu veux, dit-elle en cessant de passer la balayette sur le carrelage.

– C'est pour ça que tu as laissé tomber le bol, maman, ça crève les yeux. »

Nancy se remit sur ses pieds sans le quitter du regard.

« Laisse-moi te dire une bonne chose, Mark. » Elle lui fit signe de se pousser afin qu'elle pût jeter les éclats de porcelaine à la poubelle. « Tu n'as pas la moindre idée de ce qui crève les yeux ou pas. Pas la moindre.

– Alors, dis-moi, insista-t-il, plus inquiet de son attitude présente qu'il ne l'avait été plus tôt.

– Il est clair que tu as une bonne raison de t'intéresser à cette maison. Tu as fait quelque chose, Mark ?

– Qu'est-ce que tu veux dire ?

– Est-ce que tu as traîné autour ?

– Non.

– Tu as déjà essayé d'y entrer ?

– Bien sûr que non, renvoya-t-il, piqué.

– Très bien. *N'essaie pas.* Reste loin de cet endroit.

C'est ce que tout le monde fait. Tu t'es déjà demandé pourquoi ?

– Je n'ai remarqué cette maison qu'hier.

– Je le regrette. » Le regard de Nancy se fit plus intense. « Réponds à une question. Si je te dis que la raison pour laquelle tu n'avais encore jamais remarqué cette maison est que tous les gens du coin font mine de ne pas la voir, ça te paraît raisonnable ? » Il réfléchit un instant puis hocha la tête. « Bien, maintenant, je ne fais que des suppositions, d'accord ? Je crois qu'il s'est produit quelque chose de terrible, là-dedans – quelque chose de vraiment atroce, et c'est pour ça que personne ne veut plus entendre parler de cet endroit.

– Mais pourquoi est-ce que ce serait le cas de ceux qui sont arrivés trop tard pour être au courant ? »

Comme nous, aurait-il pu ajouter, mais il ne le fit pas.

« C'est *évident,* Mark. Il y a quelque chose d'anormal, et ils le sentent. Un de ces jours, la municipalité fera détruire cette maison. Jusque-là, il est préférable de l'oublier.

– D'accord, capitula Mark.

– Et c'est ce que je veux que tu fasses.

– Ben, je ne peux pas vraiment l'*oublier*, maman.

– Si, tu peux. À tout le moins, tu peux essayer. »

Elle avança d'un pas et l'empoigna par le bras.

« Parfait, dit-il, effrayé par l'expression intense qu'il vit dans les yeux de sa mère.

– Non, pas *parfait.* Promets-moi que tu resteras à l'écart de cette maison.

– OK.

– Dis-le.

– Je te le promets.

– Maintenant, promets-moi que tu n'y entreras jamais. » Elle ouvrit la bouche, la referma, l'ouvrit à nouveau. « Tant que je vivrai.

– Yo, maman, tu commences à me faire peur.

– C'est ce qu'il faut : avoir peur ne te fera aucun mal. Et ne me dis pas *yo*. Maintenant, promets.

– Je n'entrerai jamais dans cette maison. » Les yeux embrasés, elle hocha la tête. « Tant que tu vivras.

– Promets.

– Je promets. Lâche-moi, maman, d'accord ? »

Elle s'exécuta, mais le garçon croyait encore sentir les doigts incrustés dans sa chair. Il se frotta le bras.

« Alors, qu'est-ce que tu vas faire, ce soir ?

– On ira sans doute juste faire un tour, peut-être voir un film.

– Sois prudent », conclut-elle en posant précisément les doigts sur le bleu en formation qu'elle venait de lui infliger.

Son skateboard en main, il s'enfuit par la porte de derrière. À sa grande surprise, Jimbo l'attendait, adossé au mur en parpaings, de l'autre côté de la ruelle.

Ils commencèrent à remonter cette dernière en direction de la maison des Monaghan et de West Auer Avenue.

« Le parc, c'est plus la peine, dit le rouquin. Avec tous les flics autour de la fontaine, il n'y aura personne.

– À part les assassins pédérastes. Ça va être dur pour ces gars-là. “Ben, merde, où est-ce qu'ils sont tous partis ? J'ai encore deux places derrière la maison, sous la véranda.”

– Il reste les terrains de sport et les centres commerciaux. Tout ce qu'il faut, c'est quelques Mars et un van. »

Mark éclata de rire. *Quelques Mars et un van.*

Un autre sujet lui revint à l'esprit avec une telle rapidité que le choc faillit le faire reculer.

« J'ai posé des questions à ma mère sur cette maison, et elle a trop pété les plombs.

– Ah, ouais ? fit Jimbo, qui paraissait plus intéressé que Mark ne s'y fût attendu.

– Elle m'a fait promettre de ne jamais y entrer. Du moins tant qu'elle serait en vie.

– Ce qui te laisse dans les cinquante ans à attendre.

– Qu'est-ce qui peut lui faire penser que j'ai envie d'y entrer, d'abord ?

– Est-ce qu'elle sait que ça te rend complètement dingue ?

– Non, et je crois pas non plus que je sois dingue. Il y a quelque chose que je voulais pas te dire, mais je vais le faire quand même. Ensuite, tu pourras décider si je suis dingue ou pas.

– Où on va, à part ça ? On prend le bus pour aller en ville, histoire de voir s'il y a des nouveaux CD sympas ?

– Tu vas la fermer et m'écouter, oui ? »

Mark s'immobilisa. Après quelques pas, Jimbo s'arrêta à son tour.

« Quoi ?

– Ça t'intéresse ? Tu veux m'écouter ?

– Ouais, bien sûr, mais je pourrais aussi bien l'écouter dans le bus, ce truc dont tu voulais pas me parler.

– Je crois que j'ai vu quelqu'un à l'intérieur, aujourd'hui. »

Jimbo se rapprocha de son ami, la tête inclinée de côté. Il était donc enfin intéressé.

« Comment ça ? Par la fenêtre ?

– Évidemment, par la fenêtre, bouffon. Comment j'aurais pu voir quelqu'un autrement ?

– C'était qui ?

– J'ai pas assez bien vu. C'était comme si elle se tenait assez loin pour rester dans le noir, tu vois, mais assez près pour que je la distingue.

– Tu crois que c'était une femme ?

– Peut-être bien. C'est possible. »

Mark tenta de se rappeler ce qu'il avait aperçu : une

silhouette qui s'approchait de lui à travers des couches de ténèbres successives, puis reculait pour redevenir invisible. Une silhouette dépourvue d'âge ou de sexe précis, mais pourtant...

« On devrait aller jeter un coup d'œil, dit fermement Jimbo.

– Je croyais que tu voulais aller en ville.

– J'ai pas les moyens d'acheter des CD avant ce week-end, et toi non plus. »

Le rouquin repartit dans la ruelle en sens inverse.

« Moi aussi, j'ai demandé à mes parents s'ils savaient quelque chose sur cette maison. Ils ont dit qu'elle était déjà abandonnée quand on est arrivé ici.

– Ma mère devient dingue rien que d'y penser. Elle m'a fait promettre... bon, je te l'ai déjà dit. »

Le haut mur de parpaings s'élevait sur leur gauche. Jimbo le tapota au passage.

« Maintenant que t'en parles, il a l'air salement sinistre, ce machin, hein ? Je veux dire, c'est pas tout à fait normal, hein ? »

Au bas de la ruelle, les pavés cédaient la place à un bitume conventionnel. Montant sur leurs skateboards, il débouchèrent comme des flèches sur Michigan Street.

« La prochaine fois, je prendrai les jumelles de mon père, dit Jimbo. C'est de la bonne camelote. Avec, on voit pratiquement les empreintes de pied sur la lune. »

La maison reposait sur son étroit terrain, égale à elle-même. Ses fenêtres ne reflétaient rien du tout. Les marques de brûlure semblaient onduler sur les briques. Les roues des skateboards produisaient d'incessants grondements qui résonnaient aux oreilles de Mark comme des ondes de choc. On les aurait dits trois fois plus bruyants qu'à l'ordinaire, créant un tumulte capable de faire vibrer la vaisselle sur ses étagères et les fenêtres dans leurs encadrements.

Le chien de M. Hillyard leva sa longue tête, son gros nez, et poussa un aboiement découragé. Mark crut voir un rideau retomber en place derrière la fenêtre de la véranda. Ils avaient réveillé le chien. Qu'avaient-ils animé d'autre ?

« On pourrait retourner au chantier de Burleigh Street, dit-il. On a encore au moins une heure de jour.

– On reste là », décida Jimbo. L'idée de l'inconnue avait déclenché en lui un intérêt nouveau, rehaussé. « Si elle est là, elle va nous entendre. Peut-être qu'elle regardera encore par la fenêtre.

– Pourquoi est-ce qu'elle ferait ça ? »

La voix de Mark était emplie de doute mais son cœur battait.

« Pour te voir, dit le rouquin. C'est bien pour ça qu'elle l'a fait la première fois, non ?

– Si c'était bien une fille. Si c'était bien quelqu'un. »

Jimbo haussa les épaules et tournoya sur son skateboard – pour une fois avec une grâce raisonnable.

« Peut-être qu'elle s'est enfuie de chez elle.

– Peut-être. Ce qui est sûr, c'est que personne viendra l'embêter ici. »

Puis Mark s'interrogea : était-ce si évident ? Il se sentait plus mal à l'aise qu'il ne voulait bien le montrer.

Durant une heure, ils poussèrent leurs skateboards vers le haut de la rue et redescendirent en trombe, bondissant des trottoirs et décollant les quatre roues du sol. Quelques voisins les observèrent des fenêtres ou vérandas, mais nul ne se plaignit. Toutes les deux minutes au moins, un des deux garçons jetait un coup d'œil vers les fenêtres du 3323, sans rien voir qu'une surface opaque, comme si une pellicule en plastique avait été posée sur le verre.

Alors qu'il commençait à faire noir, Jimbo regarda la maison pour la millième fois, puis déclara :

« On est deux cons. On se conduit comme si on avait peur. On devrait aller regarder par la fenêtre, tout bonnement.

– Je peux pas, dit vivement Mark. J'ai promis à ma mère.

– T'as promis de pas entrer, pas de pas regarder par la fenêtre.

– En fait, j'ai plutôt promis de pas m'approcher de la baraque, corrigea-t-il, écorchant un peu la vérité. Je peux pas, c'est tout. » Il attendit une seconde. « Mais toi, t'as pas fait de promesse, hein ?

– Le seul endroit où j'ai dit que j'irais pas, c'est la fontaine.

– Alors, je suppose que tu pourrais jeter un œil », conclut Mark.

Le rouquin lui passa son skateboard et traversa la rue en courant, penché en avant telle une caricature de Groucho Marx. Il franchit le trottoir d'un bond, s'élança sur la pelouse et monta les marches en deux sauts. Une fois sous la véranda, il marcha en crabe le long du mur roussi pour rejoindre la fenêtre. Mark, qui ne distinguait plus que sa tête, le vit mettre les mains en visière autour des yeux pour regarder à l'intérieur. Jimbo se décala de quinze centimètres sur la droite sans baisser les mains. Trente secondes plus tard, il les laissait tomber, se redressait à moitié, haussait les épaules et se retournait. Secouant la tête, il leva les bras, les paumes en avant, pour marquer son incompréhension, puis il sauta de la véranda et retraversa la rue au pas de course.

« Alors, tu as vu quelque chose ou pas ? interrogea Mark.

– Il y a peut-être quelque chose là-dedans – quelqu'un, je veux dire. » Le rouquin plissa fortement les yeux, ce qui changea toute son expression en grimace. « Je ne sais pas exactement ce que j'ai vu. C'était comme si quelqu'un essayait de se cacher de moi.

– Un type ? Parce que j'ai vraiment l'impression d'avoir vu une fille, dans cette pièce, moi.

– Ah, ouais ? »

Mark hocha la tête. Durant la dernière demi-heure, cette impression avait grandi en lui : une jeune fille, ou une jeune femme, lui avait permis de l'apercevoir. C'était comme une annonce, ou une invitation.

« J'ai une idée, lança Jimbo. Il va faire nuit d'ici une demi-heure. On n'a qu'à rentrer chez moi prendre un ou deux trucs.

– Quoi ?

– Des *trucs*. »

Le rouquin mit son skateboard en position, sauta dessus et commença à dévaler la rue, pompant de tout son corps pour accélérer. Mark s'élança à sa suite. Avec deux mètres d'avance, Jimbo négocia le tournant, bondit sur le trottoir et continua de filer ainsi juqu'à atteindre la ruelle. Il sauta alors de sa planche, la prit en main et courut vers son domicile. Son ami trotta à sa suite en se disant que, quoi qu'il voulût prendre chez lui, il y mettait un bel enthousiasme.

Puis il se rappela : les super-jumelles.

« Tu m'attends là », lança par-dessus son épaule Jimbo qui traversa son jardin en courant jusqu'à la porte de la cuisine. Par la fenêtre, on voyait brûler une ampoule jaune au-dessus de l'évier ; derrière, la lumière du salon jetait un long rectangle sur le sol. Mark entendit le rouquin élever la voix, argumenter, puis son père répondre, plus fort, mécontent. Il entreprit d'attendre.

Lentement, par degrés, l'air s'épaississait. Les joints des pavés, aux pieds du garçon, s'emplirent d'ombres. Un timbre féminin, un alto familier, s'échappa de la cuisine, calme et aussi doux qu'un nuage d'été. Sa mère à son côté, Jimbo réapparut dans l'encadrement de la porte. Un instant, Mark souhaita pouvoir le laisser partir tout seul tandis que lui-même se glisserait dans la cuisine et passerait une heure en compagnie de Margo Monaghan. Le battant se referma et sa femme idéale disparut. Le rouquin le rejoignit, bondissant, un étui en cuir dans une main, un objet noir qui ressemblait à un gourdin dans l'autre, son skateboard serré entre le bras et le flanc. Quand il atteignit le bout du jardin, Mark constata que le gourdin était en fait une longue torche électrique Maglite.

« Ça marchera pas, imbécile, dit-il. Quand on pointe une lampe sur une fenêtre, la nuit, on voit que le reflet.

– Si on tient la lampe, ouais. Mais si c'est toi qui la tiens et moi qui regarde par les jumelles ?

– Ça marchera pas.

– Tu veux pas que ça marche, c'est tout. Tu veux pas que je voie ta copine.

– Ma copine, ouais, c'est ça. »

Tout au fond de lui, Mark savait que son ami avait raison : il voulait que l'expérience échoue.

Les lampadaires de Michigan Street jetaient sur le sol des flaques de lumière luisantes. La nuit était arrivée sans se faire remarquer. Le ciel semblait très légèrement plus sombre que le bleu d'encre de la terre. Une unique étoile en perçait le grand dôme.

« Je vois pas comment ça pourrait marcher », dit encore Mark.

Jimbo tourna la Maglite vers son visage et en fit jaillir le faisceau, l'éblouissant.

« T'as l'air d'avoir la trouille.

– J'ai pas la trouille : tu m'aveugles ! répliqua Mark en levant les mains devant ses yeux.

– Va te poster là-bas et bouge plus. » Le rouquin abaissa la torche et déplaça le faisceau en un long arcde-cercle erratique jusqu'à éclairer le trottoir, devant la maison des Rochenko. « Vas-y. Je continue de t'indiquer l'endroit.

– Et toi, tu vas te mettre où ?

– T'occupe. Va à ta place. »

De plus en plus irrité, Mark se dirigea vers l'ellipse jaune que dessinait la Maglite sur le trottoir. Par des fenêtres éclairées, le long de la rue, on distinguait des écrans de télévision. Dans un salon, un Noir d'âge moyen, en T-shirt Chicago Cubs, lisait un livre relié aussi gros qu'un dictionnaire. Dans le suivant, était assis un Blanc obèse, d'âge indéterminé, en T-shirt à mailles, une boîte de bière en équilibre sur l'estomac. Les lampadaires se découpaient contre le ciel à l'étrange luminosité, qui ne tarderait pas à s'assombrir encore. La chaleur mise à part, la rue rappelait à l'adolescent ces nuits de Halloween durant lesquelles il l'avait descendue, déguisé, mi-ravi, mi-terrifié, en imaginant que des présences occultes rôdaient autour de lui.

Lorsqu'il atteignit l'endroit fixé, l'ellipse disparut avec un cliquètement de la torche. Il posa son skateboard.

« OK, dit Jimbo. Une seconde. »

Indistinct, il traversa au petit trot la large poche d'obscurité qui séparait les lampadaires. L'étui à jumelles oscillait au bout de sa poignée tel un sac à main gonflé. Arrivé près de son ami, le rouquin lui posa la Maglite entre les mains. Mark l'alluma. Un faisceau de lumière jaune trancha l'air pour jeter une flaque lumineuse sur une pelouse déserte.

« Éteins ! siffla Jimbo.

– Pas la peine de faire dans ton froc, Jim-boy, dit Mark en obtempérant. Bon, très bien, et maintenant ?

– Maintenant, je vais là-bas et, toi, tu attends mon signal. » Il tendait le bras vers un point situé quatre ou cinq mètres plus bas dans la rue. « Ne fais rien avant que je te le dise.

– T'es vraiment chiant.

– Qui est-ce qui a lancé le truc ? Moi ? Attends le signal. »

Son skateboard toujours serré sous le coude, l'étui en cuir à la main, Jimbo tourna les talons et traversa la rue en diagonale, d'un pas nonchalant. Il semblait marcher avec une lenteur délibérée, comme pour garder son sang-froid tout en réduisant celui de son compagnon en lambeaux.

Le rouquin atteignit le trottoir d'en face, descendit encore la rue sur quelques pas, et se retrouva au bord de la cour du 3323. Posant son skateboard sur l'étroite bande d'herbe qui séparait le trottoir de sa bordure, il fit jouer le fermoir de l'étui. Mark distinguait à peine ses gestes. Un petit objet compact, sans doute la paire de jumelles, s'étant séparé de la sacoche en cuir, Jimbo se pencha pour poser cette dernière. Une fois redressé, il manipula un peu les jumelles avant de les porter à ses yeux. Mark, la torche tenue à bout de bras comme un bâton d'agent de police, posa le pouce sur l'interrupteur.

Son ami rabaissa les jumelles en secouant la tête, effectua un réglage, puis les leva de nouveau. Obtenir une vue nette de la maison sembla lui prendre une éternité. *J'ai l'impression qu'il n'est plus si pressé de regarder par cette fenêtre, finalement,* songea Mark. Puis il réalisa que Jimbo aurait du mal à voir la véranda, sans parler de la fenêtre, avant que la torche les éclaire. Deux, trois secondes s'écoulèrent lentement, puis une quatrième, une cinquième.

J'avais raison, se dit-il encore. *Maintenant qu'il est au pied du mur, il ne veut plus le faire.*

Et lui non plus, comprit-il. Pas comme ça. Ils s'y prenaient terriblement mal, ils abordaient la chose par le mauvais angle, de manière indiscrète et maladroite. S'il avait vraiment vu ce qu'il croyait avoir vu, cette danse lente, un pas en avant, un pas en arrière, la personne qui était là, la jeune femme, la jeune fille allait détester ce qu'ils s'apprêtaient à faire.

Un millionième de seconde plus tôt, l'absolue certitude d'avoir vu une silhouette féminine dans la maison s'était enracinée en lui.

Jimbo stabilisa les jumelles.

« Maintenant ! » ordonna-t-il

Sans hésiter, Mark appuya sur l'interrupteur et, de l'œil de la torche, jaillit un faisceau lumineux qui projeta un large cercle jaune terne sur la véranda. Avant même que le rouquin ne le lui demande, il le souleva jusqu'à la fenêtre. La flaque de lumière plate se répandit sur le verre à la manière d'une tache d'huile.

Jimbo se raidit et bondit en arrière. Les gestes dépourvus de coordination, quasi spasmodiques, il tituba jusqu'à la bordure du trottoir, baissant les jumelles, les laissant traîner par terre au bout de leur courroie. Ses genoux le trahirent. Il se plia en deux puis tomba assis sur la portion herbue. Tandis que son torse basculait en arrière, ses jambes se mirent à s'agiter.

Mark manœuvra à nouveau l'interrupteur, et la lumière s'éteignit. Dans l'obscurité soudaine, il distinguait Jimbo étendu sur l'herbe tel un cadavre, devant le 3325. La peur lui mordit l'estomac, au point qu'il craignit de ne pouvoir bouger. La seconde d'après, il se rendit compte qu'il avait déjà commencé à traverser la rue.

Il se sentait l'esprit curieusement vide. Tout son être, d'ailleurs, lui semblait curieusement vide, comme s'il avait été une feuille de papier blanc attendant pour s'éveiller la morsure brutale d'un crayon.

Les bras de Jimbo reposaient le long de ses flancs,

inertes, sa tête était renversée en arrière dans l'herbe. Mark, s'agenouillant près de lui, le vit battre des paupières. Il retint le coup de pied qu'un mélange d'anxiété et de peur aurait voulu lui faire donner dans les côtes de son camarade.

Le rouquin battit à nouveau des paupières, tourné vers le ciel. Il se lécha les lèvres.

« Qu'est-ce que t'as vu ?

– Waoh, fit-il, sans tourner la tête.

– Quand j'ai pointé la torche vers la fenêtre, t'as fait un bond en arrière de trente centimètres, quelque chose comme ça. Et puis tu t'es carrément évanoui.

– Ça, c'est ce que tu dis. » Les traits de Jimbo paraissaient tirés, creusés, comme brutalement vieillis. « Ce que je dis, moi, c'est que j'ai vu que dalle et que je veux me tirer d'ici. » Il croisa les mains sur l'estomac, inspira à fond et s'assit. « Tu veux bien prendre les jumelles de mon père ? »

Mark les ramassa sur le trottoir et les lui tendit.

« Où est mon skate ? »

Son ami ayant retrouvé la planche à la lumière de la torche, le rouquin se releva et la ramassa avec une telle lenteur qu'il semblait avoir les articulations douloureuses. Il tendit la main pour se faire remettre la Maglite qu'il glissa à sa ceinture. Les deux garçons refranchirent l'intersection et regagnèrent la ruelle côte à côte, mais Jimbo n'ouvrit pas la bouche avant qu'ils n'arrivent à la hauteur de la clôture délabrée et du mur en parpaings.

« On se voit demain », dit-il alors, ce qui intimait à Mark de ne pas l'accompagner plus loin.

Une déchirure dans la trame

10

Une fois retourné à Millhaven, à la suite du coup de téléphone angoissé de Philip, Tim Underhill interrogea presque autant de gens que l'aurait fait un journaliste consciencieux chargé d'un micro-trottoir une semaine avant des élections. S'il avait estimé un habitant de l'Alaska susceptible d'avoir vu Mark le jour de sa disparition ou de pouvoir lui fournir la moindre information sur ladite disparition, il aurait pris l'avion pour l'Alaska.

Au fur et à mesure que les jours passaient, il ressentait un désespoir croissant. Il se rendait compte qu'il aimait son neveu plus qu'il ne l'avait cru : pour ses promesses, sa remarquable beauté, la douceur sous-jacente de son caractère – ainsi que pour ses colères, ses frustrations et ses accès de bravade irréfléchie. C'était après tout un adolescent : si on voulait l'aimer, l'aimer raisonnablement, l'aimer bien, il fallait le prendre tel qu'il était. Tim avait souhaité que Mark lui rende visite à New York. Il estimait qu'un garçon comme lui devait voir la grande ville, sentir les millions d'ouvertures qu'elle offrait, commencer à en apprécier la bonté fondamentale sous un abord rugueux, en arriver à comprendre que New York City était en vérité le contraire de ce qu'imaginaient ceux qui n'y habitaient pas, qu'elle était plus honnête, plus généreuse et plus tolérante que les autres villes, petites ou grandes. Telle était en tout cas *sa* New York, et celle de la plupart des gens qu'il connaissait.

Après son retour à Millhaven, durant ses rencontres avec des hommes et des femmes ayant peut-être vu plus de choses qu'ils ne le croyaient – quoique sans doute pas –, Tim Underhill fut contraint d'admettre que, consciemment ou non, il avait considéré Mark comme une sorte de fils. Bien sûr, il ne pouvait s'en ouvrir à Philip que deux pertes successives avaient brisé, changé en une créature évidée, dépendante de son frère pour le moindre espoir qu'elle pouvait s'autoriser. En l'absence d'autre chose à faire, Philip continuait de travailler, mais puisque son « travail » ne recouvrait rien de sérieux depuis environ deux semaines, son bureau de vice-principal représentait surtout un refuge dépourvu d'associations émotionnelles, inévitables à son domicile.

Tim aurait voulu que Mark se soit bel et bien enfui du 3324 North Superior Street pour gagner le 55 Grand Street. Il aurait voulu mériter la rage de son frère, car la rage, selon lui, était préférable au désespoir. Quoiqu'il ne l'eût jamais avoué, Philip s'était installé dans le lugubre réconfort du désespoir au moment où la voix d'un commentateur de la WMTG, jaillissant du poste de radio de son bureau, l'avait distrait d'un griffonnage élaboré pour annoncer l'ajout décisif d'un troisième nom à ceux de Shane Auslander et de Trey Wilk. Cette annonce avait constitué la première information des nouvelles locales de quinze heures. Moins d'une heure plus tard, le sergent Franz Pohlhaus de la police de Millhaven, rapportait la découverte du cadavre de Dewey Dell, seize ans, dans les buissons longeant la rive est de la Kinninnick. On estimait que l'assassin avait été contraint de s'en débarrasser à la hâte, sans pouvoir le faire disparaître comme ceux d'Auslander et de Wilk. *Et de Mark,* s'était dit Philip, n'ayant qu'à demi conscience d'avoir tout juste abandonné l'espoir d'espérer.

Dewey Dell avait été retrouvé le long de la berge laissée à l'abandon le lendemain du retour de Tim à Millhaven. Le jour de son arrivée, l'écrivain avait trouvé Philip tendu comme une peau de tambour : s'il avait fumé, il aurait vidé quatre à cinq paquets par jour. Tim avait exigé que son frère l'accompagne dîner au Violet's, le restaurant gastronomique creusé dans les profondeurs du Pforzheimer. Par souci de correction, Philip s'était assez apaisé pour prendre un repas sans se lever entre les plats afin d'aller demander à la police si elle avait du nouveau. Ce soir-là, il estimait toujours que son fils avait pris un bus Greyhound pour Chicago, ou pour ailleurs, fuyant le souvenir de ce qu'il avait vu. Et il avait insisté pour rencontrer Tom Pasmore, semblant croire le détective capable de localiser Mark par magie. Durant leur première demi-heure au Violet's, son frère s'était efforcé de le convaincre que s'ils se présentaient chez lui et sonnaient à sa porte, Tom, tout ami qu'il était, refuserait autant de les recevoir que de s'occuper en aucune manière de leur affaire. N'y étant pas parvenu, il avait sorti son téléphone portable et prouvé ses dires. Tom Pasmore, toutefois, avait accepté de le rencontrer, seul, un peu plus tard dans la soirée.

Philip l'ayant quitté de mauvaise grâce, Tim avait piloté le véritable paquebot qu'était son Town Car de location jusqu'à Eastern Shore Drive, où le détective, enchanté de le revoir, avait pratiqué un peu de vaudou informatique : pour autant qu'il pût en juger, Mark n'était pas parti en bus à Chicago ni autre part durant le mois précédent. Pasmore avait promis d'apporter toute l'aide possible, mais refusé comme prévu de rencontrer le frère de l'écrivain, à moins que cette entrevue ne se révèle absolument nécessaire.

Le lendemain, Tim avait pris le petit déjeuner en compagnie de Philip, l'avait regardé partir travailler, puis avait entamé le processus laborieux consistant à sonner aux portes des voisins. Une fois lassé de ces démarches, il s'était rendu à Sherman Park, où il avait joint ses efforts à ceux de deux policiers, Nelson Rote et Tyrone Selwidge, qui s'employaient à interroger les passants à propos des garçons disparus. Rote et Selwidge disposaient de trois photos, lui de deux – toutes les deux de Mark. Lorsqu'ils montraient les leurs, il montrait les siennes. Nul ne se rappelait avoir vu aucun des adolescents quitter le parc avec qui que ce soit, quoique deux femmes poussant des landaus dussent déclarer que le visage de Mark leur était familier. Elles ne connaissaient pas son nom, mais elles l'avaient vu dans le quartier.

« Il est tellement beau, avait dit l'une des jeunes mères. Je veux dire *vraiment*. J'ai une copine qui... oh, pardon. »

Peu après quinze heures, le téléphone portable de Tim lança sa chanson aigrelette, et l'écrivain l'arracha littéralement de sa poche, faisant sursauter Jimbo Monaghan, dont il avait gagné le domicile après son retour sur Superior Street. Non, ça n'était pas un appel de Mark, en dépit de ce qu'il avait cru possible pendant environ deux secondes. C'était juste son frère qui venait d'apprendre le sort de Dewey Dell sur WMTG.

« Mark avait l'habitude de s'y promener. Juste là où on a trouvé le cadavre, au bord de l'eau. Et on le croyait en sécurité. Y avait un chemin et une piste cyclable. Tu ne l'aurais pas cru en sécurité, toi ? »

Tim supposait que si, sans doute.

« On n'est en sécurité nulle part, de nos jours », ajouta Philip.

À sa voix, Tim comprit qu'il ne croyait plus Mark

en vie. La douleur de sa mort était plus supportable que celle de l'incertitude.

« On a baptisé ce type, continua Philip. Le Tueur de Sherman Park. »

Ayant entendu qu'un cadavre d'adolescent avait été découvert, Jimbo Monaghan contemplait son visiteur avec de grands yeux.

Tim leva la main, la paume vers le bas, les doigts écartés, pour lui demander d'attendre quelques secondes.

« La presse donne toujours des noms ronflants aux cinglés qui ne se sont pas encore fait prendre, dit-il à Philip. Écoute-moi : je ne désespère pas encore, pour Mark. Le corps n'a pas été trouvé autour de Sherman Park, n'est-ce pas ? Et jusqu'ici, personne ne sait vraiment ce qui est arrivé à Auslander et à... comment il s'appelle, déjà ? Wilk.

– Il faut que tu reparles à Tom Pasmore.

– Il fait tout ce qu'il peut. »

Tim coupa la communication et glissa le petit téléphone dans sa poche de veste.

« Désolé, Jimbo. On en arrivait juste au passage intéressant. Donc, tu regardais par les jumelles, Mark a allumé la Maglite et... comment ça, tout est devenu noir ?

– Le truc suivant que je me rappelle, c'est d'être allongé sur l'herbe, avec Mark au-dessus de moi, qui me parlait.

– Qui disait quoi ?

– "T'as fait un bond de trente centimètres en arrière et tu t'es évanoui." Quelque chose comme ça.

– Et c'est bien ce qui s'est passé ? »

Jimbo se tortilla sur sa chaise, évoquant une souris sous le regard d'un chat attentif. Il y avait une boîte de Coca frais devant lui, un verre d'eau glacée devant

Tim. Le bruit de la porte de la buanderie qu'ouvrait Margo Monaghan remonta par l'escalier du sous-sol.

« Je crois, oui, dit le rouquin.

– Et c'est à cause de quelque chose que tu as vu ? »

Jimbo détourna le regard et haussa les épaules. L'écrivain se pencha en avant, posant les coudes sur la table.

« Mark t'a bien dit qu'il pensait avoir aperçu une jeune fille dans cette pièce ?

– Ouais, dit son interlocuteur en déglutissant, toujours sans le regarder. C'est pour ça que j'ai voulu me servir des jumelles, et tout ça. Je pensais qu'on pourrait peut-être la surprendre.

– Qui pensiez-vous que c'était ? »

Jimbo lui lança un rapide coup d'œil de côté.

« Peut-être une fugueuse.

– Et si ç'avait été le cas ?

– On aurait pu l'aider. Lui apporter à manger. On ne l'aurait pas dénoncée, ni quoi que ce soit. »

Son expression intense apprit à l'écrivain qu'il tentait de jeter sur Mark et lui-même l'éclairage le plus noble possible. Il dissimulait quelque chose, et Tim estima qu'il le faisait dans l'intérêt de son neveu.

« Alors, tu l'as vue, la fille en question ? » Jimbo croisa les bras. « On ne dirait pas, hein ?

– Je n'ai pas vu de fille. »

Le rouquin plissa son visage expressif et contempla la petite boîte de Coca-Cola aux couleurs criardes.

« Est-ce que tu crois que cette maison de Michigan Street a un rapport quelconque avec la disparition de Mark, Jimbo ? »

Il releva la tête d'un seul coup. Son regard croisa brièvement celui de Tim. Sa pomme d'Adam tressauta.

« Je détesterais être obligé de me dire qu'un enlèvement par un maniaque homicide est la seule manière d'expliquer cette disparition, reprit l'écrivain. La seule chose qui serait pire, ça serait de ne pas avoir d'explication du tout. »

Il sourit. Il se contraignait à progresser doucement.

« Écoutez, monsieur Underhill, je sais vraiment pas grand-chose. Je sais même pas si Mark a pas tout inventé.

– Si c'est le cas, il avait probablement une raison. »

Au regard franc du garçon, son visiteur comprit qu'il avait décidé de partager une partie de son secret.

« Il faut en parler à personne, d'accord ? » Tim s'adossa à sa chaise et croisa les doigts. « Quand la torche a éclairé la fenêtre, il m'a semblé voir un homme, à l'intérieur. Il se cachait tout au fond de la pièce. » Les mains de Jimbo tremblait. Il s'humecta les lèvres en regardant nerveusement la porte du sous-sol. « Il regardait droit vers moi. » Un frisson secoua son corps tout entier à la manière d'une décharge électrique. « J'ai vraiment eu la trouille.

– Pas étonnant, commenta l'écrivain.

– Il était trop balaise. Une grosse tête. Les épaules larges. Comme un footballeur.

– Et il était juste debout là, comme ça ?

– J'ai eu l'impression qu'il avançait. Qu'il se mettait exprès dans la lumière. Et puis j'ai vu ses yeux. Qui me regardaient. C'était comme des billes d'acier, ou quelque chose comme ça – argenté. Ensuite, je me suis détourné, mais il avait déjà disparu. Je me rappelle rien d'autre jusqu'au moment où j'ai vu Mark penché sur moi.

– Est-ce que tu as raconté ça à Mark ?

– Je voulais rentrer chez moi. Mais il est passé le lendemain, et là, je lui ai raconté.

– Ça a dû énormément l'intéresser. »

Jimbo accomplit toute une série de gestes qui signifiaient vous-n'imaginez-pas-à-quel-point, regardant vers le plafond, levant les mains, agitant la tête. Quand il se retourna vers Tim, ses yeux étaient aussi gros que des œufs. C'était réellement un comique-né et, en d'autres circonstances, cette petite comédie aurait fait rire l'écrivain aux éclats. Ce que le garçon déclara ensuite, toutefois, le prit totalement par surprise.

« *L'intéresser ?* Il m'a dit qu'une nuit, en regardant par la fenêtre de sa chambre, il avait vu le même type dans son jardin. Et le lendemain, il l'avait revu, debout en haut de Michigan Street, le dos tourné.

– Comment savait-il que c'était le même ? »

Jimbo se pencha en avant et se mit à chuchoter.

« Ce type-là, il est pas normal. Croyez-moi, il est vraiment reconnaissable. » Son visage se crispa sous un soudain accès de peur et il baissa encore la voix. « Vous vous rappelez l'espèce de fête après l'enterrement de Mme Underhill ? » Tim hocha la tête. « Mark l'a vu là, aussi.

– *Chez lui ?*

– Debout dans la cuisine, le dos tourné, face à la porte. Et personne d'autre ne l'a vu. »

Après avoir cherché longuement une question, l'écrivain finit par demander :

« Qu'est-ce qu'il faisait là, d'après Mark ? »

Les pas de Margo Monaghan résonnaient au sous-sol. Jimbo se pencha encore plus.

« D'après lui, c'était un avertissement. »

Le téléphone portable sonna à nouveau, faisant sursauter sur leur chaise le garçon et son interlocuteur. Cette fois, aucune hypothèse potentiellement déchirante ne s'imposa à l'esprit de Tim : il sut qui l'appelait avant d'entendre la voix de son frère. Incapable de terminer sa journée au bureau, Philip le suppliait de rentrer à la maison.

Porteuse d'un panier en osier jaune qu'emplissait le produit d'une lessive récente, la mère de Jimbo entra dans la cuisine. L'odeur des vêtements propres, encore imprégnés de la chaleur du sèche-linge, contrastait avec les traits tirés et l'expression malheureuse de Margo.

« J'espère que tu ne caches rien à M. Underhill, Jimbo, dit-elle en se postant près de son fils. Je sais qu'il y a des choses que tu estimes ne pas pouvoir me dire, mais là, c'est ta chance de te décharger de tout ce que tu as sur le cœur. Tu m'écoutes ? » Jimbo marmonna qu'il l'avait entendue. « C'est sérieux, mon garçon. Ton meilleur ami a *disparu*. Et un autre garçon a été retrouvé *mort*. Est-ce que je me fais bien comprendre ?

– Hin, hin », fit-il, incapable de la regarder dans les yeux.

Margo frotta le sommet du crâne de son fils de la paume de la main puis se détourna. Bientôt, ses pas résonnèrent dans l'escalier qui menait à l'étage. Tim considéra le garçon terrifié, assis de l'autre côté de la table.

« Même ta mère sait que tu me caches quelque chose », remarqua-t-il.

Jimbo parut s'avachir encore plus sur sa chaise.

« Mais elle n'est pas au courant de ce qui concerne cette maison, n'est-ce pas ? »

Le rouquin soupira. Il ne se faisait pas assez confiance pour regarder son visiteur dans les yeux.

« On n'aurait jamais dû s'en approcher. »

Tim se rappela avoir vu les deux garçons traverser Cathedral Square et emprunter Jefferson Street.

« Toi, tu ne voulais rien avoir à faire là-bas, hein ?

– Il a refusé de m'écouter. Mark est devenu ouf, plus ou moins. Bien sûr, il avait une très bonne raison de devenir ouf.

– Raconte », dit Tim.

Et Jimbo raconta – il raconta certainement plus de choses qu'il n'en avait eu l'intention.

Mark, dit-il, avait été un peu bizarre après l'incident de la Maglite, paraissant à la fois furieux et désorienté. Il estimait qu'on l'avait averti de ne pas tourner autour de la maison de Michigan Street, laquelle lui inspirait certaines idées fixes. Au même moment, sa mère devenait une source de préoccupation terrible.

Deux nuits après la grande peur et l'évanouissement de Jimbo, Mark était rentré une demi-heure après son couvre-feu. Au lieu de subir l'interrogatoire qu'il attendait, il avait trouvé sa mère assise sur la baignoire du rez-de-chaussée, hébétée et, lui avait-il semblé, terrifiée. Par la suite, son état avait paru se dégrader un peu plus chaque jour.

« Et puis, vous voyez, on pensait qu'il y avait deux personnes qui se cachaient dans la maison, continua Jimbo. Le grand type au manteau noir et une fille. On a passé des heures sur le trottoir d'en face, en espérant voir le type sortir. Il fallait bien qu'il achète à manger, non ? Surtout s'il gardait la fille prisonnière, comme on le croyait. À moins qu'en fait ce que Mark avait pris pour une fille n'ait été Shane Auslander. Il était plutôt fluet. Une après-midi, on a appelé les flics et on leur a dit que le Tueur de Sherman Park se cachait dans la maison, mais il ne s'est rien passé. Je ne sais même pas s'ils sont venus vérifier.

– Ils n'ont jamais visité la maison ?

– En tout cas, on les a pas vus. » Jimbo haussa les épaules puis les laissa retomber. « Et ils nous ont jamais rappelés non plus. C'est la dernière fois que j'essaie de faire quoi que ce soit pour les flics.

« Bon, donc, y a cette maison, et y a sa mère. Et sa mère *sait* quelque chose au sujet de la maison, il en est persuadé. Tous les jours, son état empire un peu. Il m'a dit : “On dirait qu'elle croit qu'il y a la peste, dans cette baraque. Elle est en train de devenir une de ces paysannes d'Europe de l'Est, d'où viennent ses ancêtres. Comme les vieilles qu'on voit dans *Dracula*, tout en noir." C'est ce qu'il m'a dit. Et qu'est-ce qui la préoccupe ? Ce qu'elle sait de cette maison, quoi que ce soit ! Du coup, Mark en est encore plus obsédé. » Jimbo jeta un coup d'œil à Tim en se mordant la joue. « Il se disait qu'à l'intérieur, y avait peut-être quelque chose qui pouvait expliquer pourquoi sa mère se traînait comme ça. Genre, des photos, ou des vieux journaux ou, je sais pas, des traces de sang, même. » Le rouquin avait l'air profondément mal à l'aise. Une trace de colère flamboya dans ses yeux. « Il voulait aller regarder. C'est comme ça que ça s'est passé. Depuis le fameux soir, on avait jamais vu rien ni personne dedans, et personne non plus y était entré ou en était sorti. Si le Tueur de Sherman Park ou n'importe qui d'autre s'y était caché, on aurait bien dit qu'il avait déménagé. Et vous savez quoi ? »

La colère marqua à nouveau son visage.

« Aucune idée, dit Tim.

– Cet enfoiré m'a pas fait confiance. Il allait briser sa précieuse promesse et il voulait pas m'emmener.

– Qu'est-ce qu'il a fait, Jimbo, pour l'amour du ciel ? interrogea l'écrivain, sentant qu'il tenait enfin quelque chose.

– Il s'y est introduit. Il a pété le carreau de la porte de derrière et il est entré. Il m'en a parlé après, mais sur le moment, il voulait pas de moi dans ses pattes. Alors, évidemment, cet enculé m'a menti. »

Cette nuit-là, Mark surprit Jimbo en l'appelant sur son portable, après dîner, pour lui suggérer qu'ils aillent voir ce qui se passait à la fontaine. Ensemble, ils ne risqueraient sûrement pas de subir le sort des garçons disparus. Le plus grand danger qu'ils encourraient serait de s'ennuyer encore plus dans Sherman Park que dans Michigan Street.

Cette proposition ravit le rouquin, lequel souhaitait rester aussi loin que possible de l'homme dont les yeux l'avaient trouvé à travers les jumelles de son père. Et quoique aller au parc revînt sans conteste à violer la lettre de leurs promesses – ils devaient bien l'admettre –, l'esprit, le sens de ces promesses demeureraient intacts, puisque la présence d'une demi-douzaine de policiers tels que les agents Rote et Selwidge garantissait la sécurité absolue de tout adolescent à trente mètres à la ronde de la fontaine. En fait, leurs parents auraient dû les supplier de passer leurs soirées dans Sherman Park.

Ils remontèrent donc la ruelle côte à côte, le retour de leurs occupations habituelles inspirant à Jimbo un bienheureux soulagement. Les derniers jours avaient eu pour lui un trop fort parfum d'emprisonnement onirique dans les desseins irrationnels d'un autre. À présent, il ressentait une légèreté d'esprit inattendue, comme libéré dans un monde restauré.

Sur West Auer Avenue, un homme vêtu d'un maillot de football de l'université du Michigan et d'un short gris, chaussé de tongs, lavait une Toyota Camry bleu marine dans sa courte allée où les roues avaient creusé de profondes ornières. Des muscles proéminents saillaient de ses bras et de ses jambes tandis qu'il frottait le capot. À l'approche des garçons, il regarda dans leur direction et sourit. Sans pouvoir s'en empêcher, tous les deux adoptèrent leur démarche de jeunes du quartier.

« Salut, les petits loups, lança-t-il. Qu'est-ce que vous fabriquez, ce soir ?

– On se balade », dit Jimbo.

L'homme s'appuya contre son véhicule et sourit de plus belle.

« Ça m'a l'air parfait. Faites gaffe à vous, d'accord ? »

La journée était encore chaude, certaines boutiques toujours ouvertes. Des caissiers désœuvrés, appuyés sur leurs comptoirs, jetaient des regards furtifs à leurs montres. Des voitures éparses empruntaient tranquillement le boulevard. Sur le même trottoir que les adolescents ne se tenaient qu'une vieille femme voûtée au point d'avoir le torse presque parallèle au sol, et un homme venant de se faire expulser de chez un marchand de vin qui balançait des coups de poing à un parcmètre. La première portait un panier en osier renfermant une unique petite laitue croquante.

« Je voudrais vraiment me tirer de ce trou perdu, dit Mark. Je devrais envoyer un e-mail à mon oncle Tim et lui demander si je peux venir vivre avec lui à New York.

– Tu crois qu'il voudrait ?

– Ouais, bien sûr. Pourquoi il voudrait pas ? »

Jimbo haussa les épaules.

« Je pourrais peut-être venir avec toi, dit-il la seconde d'après.

– Peut-être, admit Mark. Ou alors je pourrais y aller tout seul et t'envoyer une carte postale.

– Espèce de clodo à tête plate.

– C'est toi, le clodo à tête plate, renvoya Mark, et durant quelques instants, tous les deux ricanèrent comme des enfants.

– Y a plein de super-nanas qui vivent à New York. C'en est carrément rempli. Elles font la queue à tous les Starbucks de la ville.

– Ah ouais ? Et t'en ferais quoi ?

– Je saurais bien quoi en faire, dit Jimbo.

– Tu sais quoi faire avec ta main droite, ouais.

– J'ai pas entendu Ginny Capezio se plaindre.

– Ginny Capezio ? Arrête tes conneries. Elle est tellement en manque qu'elle se ferait ce type-là. »

Il désigna l'ivrogne qui, lassé de marteler le parcmètre, semblait chercher un endroit confortable où s'allonger.

Virginia « Ginny » Capezio avait administré de vigoureuses fellations à un certain nombre d'élèves de seconde de Quincy, parmi lesquels Jimbo, mais pas Mark. D'après elle, la fellation ne comptait pas comme un rapport sexuel.

« T'es jaloux, c'est tout », dit Jimbo.

Mark était jaloux, il l'admettait volontiers, mais de Jackie Monaghan, pas de son fils. Et aussi de n'importe qui ayant jamais couché avec une jolie femme, voire avec une femme à peu près jolie. Ginny Capezio avait les jambes grasses et un déconcertant début de moustache que son père lui interdisait d'épiler. Mark ne pensait pas que ses affabulations concernant la superbe et brillante Molly Witt, qui avait quitté Quincy l'année précédente après avoir suscité la concupiscence générale, aient jamais convaincu Jimbo. Il n'était même pas sûr de savoir pourquoi il avait menti à ce sujet : il l'avait fait dans un moment de faiblesse et, ensuite, s'était retrouvé coincé. Par bonheur, ils atteignaient l'intersection située devant l'entrée du parc, et l'obligation de surveiller la circulation pour être sûrs de pouvoir traverser sans attendre que le feu passe au rouge lui permit d'ignorer la remarque de Jimbo.

Tandis qu'ils traversaient en petites foulées, la même pensée les frappa au même instant : ils auraient dû emmener leurs skateboards. Les allées bordées de bancs, en elles-mêmes aussi propices à leur sport favori que les plans inclinés du chantier, convergeaient vers la large vasque incurvée de la fontaine, assez grande pour qu'on s'y amuse quasi sérieusement.

Sans rien savoir des ombres qui s'épaississaient autour d'eux, les garçons se mirent en marche vers la fontaine au milieu d'une longue et large allée, imaginant leurs skateboards en train de rouler et de rebondir sur les pierres plates cannelées. Ce plaisir virtuel serait le seul qu'ils tireraient de Sherman Park ce soir-là : un petit groupe de garçons en jeans amples était perché au bord de la fontaine, ignoré par les deux policiers qui avaient l'air de s'entretenir avec leurs copines au téléphone mais s'occupaient plus probablement d'affaires officielles.

La scène était déprimante à contempler. S'y joindre aurait été impensable. D'un même mouvement, les deux adolescents pivotèrent et gagnèrent le banc le plus proche. L'un des policiers les jaugea d'un long regard.

« Bon, qu'est-ce qu'on fait ? demanda Jimbo en bondissant sur ses pieds.

– Je crois que je vais rentrer, dit Mark. Je me sens pas très bien. »

Ils rebroussèrent chemin, longeant à nouveau les alignements de boutiques presque vides et de maisons bordées d'allées n'allant nulle part. L'homme au physique d'athlète qui lavait sa Camry les salua d'un geste lorsqu'ils passèrent devant lui, et ils agitèrent la main en réponse. Une fois dans leur ruelle, ils parcoururent les quinze mètres les séparant du jardin des Monaghan.

« Tu veux entrer ? demanda Jimbo.

– Pas maintenant, dit Mark. Demain, on ira faire un tour avec les skates, OK ?

– OK. »

Le rouquin feignit de lui donner un coup de poing dans le ventre, eut un large sourire, puis gagna en courant la porte de sa cuisine.

Mark attendit que son ami fût entré avant de continuer à descendre l'allée. Arrivé au bout, il tourna une première fois à gauche, sur Townsend Street, puis une deuxième pour prendre une Michigan Street qu'il remonta lentement, sur le trottoir de droite, observant les vérandas afin de vérifier que nul ne risquait d'assister à ce qu'il préparait.

Si on lui avait demandé ses intentions, il aurait répondu : *Je veux tester l'atmosphère.*

Sûr que personne ne l'observait, il gagna d'un pas rapide les abords du 3323, jeta un bref coup d'œil de l'autre côté de la rue, pivota sur ses talons et s'engagea en courant sur le terrain incliné. Une fois qu'il eut longé la maison pour s'engouffrer dans le jardin, il s'arrêta net, stupéfié par ce qu'il découvrait.

Pour la première fois, Mark réalisa que les autres résidents de Michigan Street avaient tondu les portions de pelouse visibles depuis la rue. Derrière la maison, ladite pelouse n'existait plus, remplacée par un enchevêtrement de hautes herbes et de ronces qui montait jusqu'à la taille du garçon et à travers lequel apparaissaient carottes sauvages et lis tigrés. Des cercles de feuilles mortes et de paille grise entouraient les troncs de chênes géants. Mark aurait pu se croire brusquement transporté dans un autre monde. Des insectes bourdonnaient. Dès qu'il s'engagea au sein des broussailles, un petit animal déboula près de son pied droit et s'enfonça au plus profond des hautes herbes. Abasourdi par ce qui avait été fait à l'arrière de la maison – changée au point d'en être méconnaissable –, il s'en rendit à peine compte. Il comprit qu'il était en train de contempler ce que le mur en parpaings avait pour mission de dissimuler.

Le long de la cuisine, du côté le plus élevé du bâtiment, on avait ajouté une construction de la plus haute excentricité. Pour Mark, elle suggérait à peine l'existence de quoi que ce soit qui pût être considéré comme une pièce ; toutefois, elle en abritait fatalement une. Une pièce équivalant à un grenier fortement mansardé. Le toit s'abaissait jusqu'à un mètre du sol, soutenu par un muret extérieur évoquant le flanc d'une gigantesque canadienne en tuiles. L'adolescent n'imaginait pas l'utilité d'un tel ajout : une longue pièce sans fenêtre, comprimée par un toit à l'inclinaison prononcée.

En l'espace de quelques instants, depuis qu'il avait contourné la maison, l'air s'était nettement assombri. Hâte-toi, hâte-toi, la nuit tombe. Mark fit bouger les fleurs de lis tigrés en se frayant un chemin à travers les hautes herbes. Un autre petit animal s'enfuit devant lui, affolé. Une odeur de pourriture sèche évoquant la jungle s'échappa d'un massif de liserons.

De près, la pièce surnuméraire se révéla de construction peu soignée et en très mauvais état. Rien n'y était vraiment droit ni aligné. De longs lambeaux de peinture s'étaient décollés des planches flanquant la porte de la cuisine. Le garçon monta trois marches vermoulues et regarda par le carreau étroit inscrit dans le battant. Une couche de poussière grise ne lui permit de distinguer que la forme vague des plans de travail et de l'entrée voûtée du salon, identique à celle de sa propre maison. La voûte creusée dans le mur aurait aussi bien pu être un trompe-l'œil. Il tourna le bouton de la porte, sans résultat.

Quoique le ciel fût encore presque clair, l'air avait franchi une nouvelle étape vers la nuit. Mark ôta son T-shirt de dessus et l'enroula autour de son poing droit. Il s'était imaginé en train d'accomplir ces gestes depuis qu'il avait quitté Jimbo ; à présent, il lui semblait agir mécaniquement, sans libre arbitre. Hâte-toi, hâte-toi, petit garçon, voilà qu'approche la sombre sombre nuit. Il donna un violent coup de poing dans la vitre étroite. Des éclats poussiéreux voltigèrent à l'intérieur, s'abattirent sur le sol en cliquetant, explosèrent en fragments plus petits encore. Avec une telle douceur qu'il le remarqua à peine, quelque chose d'étrange, d'aussi physique qu'une odeur, s'échappa à travers le carreau brisé et se referma solidement sur lui. L'encadrement soutenait encore des morceaux de vitre déchiquetés qu'il élimina par des coups secs efficaces. Il déroula ensuite le T-shirt, en chassa les éclats de verre, se le posa autour du cou et passa la main par l'ouverture. Ses doigts trouvèrent un bouton de porte à la fois rugueux et poisseux, presque gras. Il le tourna, ce qui déverrouilla la porte, avant de ressortir le bras. En accord avec le plan qu'il avait formé quelques heures plus tôt, ayant ouvert le battant juste assez pour laisser passer sa mince silhouette adolescente, il se glissa alors dans la cuisine obscure.

Durant une ou deux secondes, il éprouva une sensation de vide et de négligence qui suggérait un abandon absolu. Sur le mur de gauche, il remarqua une porte close qui devait ouvrir sur la pièce-tente. Puis ce qui s'était refermé sur lui quand il avait brisé la vitre se mit à le broyer comme un étau. Ses yeux le trahirent, et il se rendit compte qu'il était incapable de respirer. Désespoir et chagrin s'épaissirent autour de lui comme un nuage pestilentiel. Son estomac, ses intestins se mirent à bouillonner. Par quoi avait-il été envahi ? En proie à un dégoût frénétique, Mark poussa un cri. Il entendit à peine sa propre voix. Heurtant de la main la porte de derrière, il pivota vivement vers elle. Comme brusquement douée de vie, elle le frappa au torse et au coude. Des couches et des couches de gaze puante semblaient s'abattre sur lui à la manière de toiles d'araignées. Par bonheur, sa main droite trouva le bouton de la porte. Il se jeta à travers l'ouverture et claqua le battant derrière lui. Des toiles et des filaments invisibles parurent flotter à sa suite. Lorsqu'il se frotta les yeux, la vision de ses mains – tremblantes et tellement pâles – l'informa que la vue lui était revenue.

11

« Oh, tu m'as entendu causer avec Jackie Monaghan de cette histoire d'*héroïsme* ? demanda Philip. Crois-moi, il ne sert à rien d'aborder le sujet.

– Allez, fais-moi plaisir, dit Tim. Tom Pasmore m'en a vaguement parlé, l'autre jour, mais il ne connaissait pas toute l'histoire. »

Le paquebot de l'écrivain, dans lequel son frère avait accepté de monter, à la fois pour le confort et parce que, passager, il pouvait plus efficacement scruter les trottoirs, roulait sur Burleigh Street. Trois heures plus tôt, l'annonce concernant Dewey Dell, à la radio, avait autorisé Philip à échanger la souffrance aiguë de l'espoir suspendu contre le confort du désespoir, mais estimer son fils mort ne le dispensait pas d'agir comme si Mark était encore dans la nature. Après que Tim eut contourné deux fois Sherman Park, élargissant chaque fois le cercle, son frère avait refusé sa proposition de faire un troisième tour, encore plus large, et lui avait demandé de se diriger vers le lac.

Il fit mine d'examiner un groupe d'adolescents planté devant un drugstore. Enfin, il se retourna vers l'écrivain.

« L'héroïsme. Il y a de quoi rire, vraiment. La famille de Nancy était beaucoup de choses mais sûrement pas héroïque. » Détournant la tête, il parut regarder le pare-brise lui-même plutôt qu'à travers. « Tout ce que je peux dire, c'est qu'on devrait faire des recherches sur tous les membres de la famille de la personne qu'on veut épouser.

– Tu dois admettre que c'est un rebondissement sacrément bizarre dans l'histoire de Joseph Kalendar, dit Tim.

– Toute l'histoire de Joseph Kalendar est sacrément bizarre. Je n'arrive pas à croire que tu n'étais pas au courant de tout ça. Je suppose que c'est sorti pendant que tu étais encore en train de gambader en Extrême-Orient. Ce type-là était un bon charpentier, mais à part ça, il était complètement cintré. Il a violé et assassiné un paquet de femmes, et il a tué son propre fils. Il a sans doute éliminé sa femme, aussi, histoire d'avoir une jolie maison vide pour faire joujou.

– C'était en quelle année ?

– Kalendar a été arrêté en 1979 ou 1980, je ne sais plus trop. Prends Humboldt et rejoins Locust. On va dépasser ce petit parc, là-bas.

– Tu veux que j'aille dans l'East Side ?

– On ne sait jamais, répondit Philip, ce qui signifiait qu'on ne pouvait prédire où irait un adolescent s'enfuyant de chez lui.

– Est-ce que Nancy et toi avez jamais rencontré les Kalendar ? Après tout, c'était son cousin germain. »

Il secoua la tête.

« Je connaissais à peine l'existence de ce type jusqu'à ce qu'un jour, Nancy me dise que sa femme était venue la voir. À l'époque, on habitait Carrollton Gardens, à l'extrême ouest de la ville. Quelle erreur ! Je détestais ce coin-là. Il n'y avait que des snobs qui discutaient de golf et de fric.

– La femme de Kalendar est venue voir Nancy ? C'était quand ?

– Vers 72, quelque chose comme ça. C'était l'hiver – un hiver absolument affreux. On n'était mariés que depuis deux ans, à peu près. Quand je suis rentré du travail, Nancy était bouleversée. D'abord, elle n'a pas voulu dire pourquoi, et puis elle a fini par m'avouer que la femme de son cousin lui avait rendu visite. Je ne me rappelle plus son nom. Quelque chose comme Dora ou Flora... Bref. Elle voulait sans doute de l'argent. Bien sûr, Nancy était trop maligne pour lui en donner. On pensait à avoir un enfant, et j'aurais fait un bond au plafond si elle avait donné l'argent que je gagnais à la sueur de mon front à son taré de cousin.

– Et Nancy était bouleversée ?

– Complètement. Vraiment troublée par cette visite.

– Est-ce qu'elle se sentait coupable, à ton avis ?

– C'est une manière de le dire. Coupable et bouleversée. Ne fréquente pas ces gens-là, je lui ai dit. Ne les laisse plus jamais revenir ici.

– Et Kalendar, tu l'as rencontré ? » Philip frissonna. « Nancy a dû le fréquenter, en tout cas. Au moins pendant son enfance.

– Oui, bien sûr, elle le connaissait. J'imagine qu'enfant, il était à peu près normal, mais il est très vite devenu bizarre. Le problème, c'est que personne ne savait à quel point. Nancy a dit un truc sur lui, une fois, après son arrestation. Elle a dit que le simple fait de se trouver en sa compagnie était effrayant.

– Comment ça ?

– D'après elle, on avait l'impression que la pièce se vidait de son air. On n'a jamais su ce qui est arrivé à sa femme. Moi, je crois qu'il l'a tuée aussi et qu'il s'est débarrassé du corps. En tout cas, elle a disparu.

– Combien de temps après être venue voir Nancy ? »

Philip le considéra, l'air surpris.

« Un mois, un mois et demi. Nancy a appelé chez eux en pleine journée, en espérant que Kalendar serait dans le petit atelier qu'il louait sur Sherman Boulevard. Mais c'est lui qui a répondu, et il a dit qu'il ne savait pas où était sa femme. Myra, voilà, c'est comme ça qu'elle s'appelait. Pauvre conne. On ne peut que la plaindre de s'être mise avec un type comme ça.

– Mais il y a eu cette histoire d'héroïsme, pourtant ? »

Philip eut un petit rire.

« La première fois que Joe Kalendar s'est rendu célèbre. On approche de l'hôpital de Shady Mount. Prends à gauche. On va rouler un moment par là. »

Tim estima que son frère voulait emprunter Eastern Shore Drive, où le spectacle de belles maisons habitées par des gens dont les enfants fréquentaient selon la tradition familiale les universités Brown et Wesleyan le distrairait un peu de sa réalité. Il ne cherchait pas Mark, il cherchait à s'évader. Philip avait jeté l'éponge : à présent, il attendait tout simplement que la police retrouve le cadavre.

« C'est arrivé à peu près au moment où j'ai rencontré Nancy. L'été de mes dix-neuf ans, 1968. Bien sûr, toi, tu n'as pas pu en entendre parler : tu étais parti massacrer des communistes au nom du Christ, non ? »

Tim sourit.

« La plupart des gars de mon peloton les appelaient plutôt les bridés.

– Les thiongs, dit Philip. Les sales jaunes.

– Tu sais, tu peux toujours dire aux gens que tu y étais.

– Ça m'arrive, parfois.

– Ça ne m'étonne pas. Quoi qu'il en soit, Kalendar a sauvé la vie de deux enfants, c'est ça ?

– Le journal local en a fait tout un fromage. Il y a eu un court-circuit dans une prise, chez ses voisins, et paf ! un incendie. Il était dans les six heures du matin, et toute la maison s'est remplie de fumée en dix minutes. Joe Kalendar était en train de bricoler dans son jardin. Je suppose qu'il a senti l'odeur, ou quelque chose comme ça.

– Il jardinait à six heures du matin ?

– Ou il était sorti pisser, j'en sais rien, moi.

– Qui habitait la maison d'à côté ?

– Une famille noire, avec deux petites filles. Le père était conducteur de bus, ou je sais plus quoi. Ensuite, il a déclaré que Kalendar ne lui avait jamais adressé la parole depuis son arrivée dans le quartier, mais que ce qu'il avait fait prouvait que Noirs et Blancs pouvaient parfaitement cohabiter, du moins dans la ville de Millhaven. C'était juste le genre de conneries que les gens voulaient entendre. Surtout à ce moment-là, un an après les grandes émeutes – Detroit, Chicago, Milwaukee. Tout le monde a bu ça comme du petit lait et transformé Kalendar en symbole. » Il sourit. « Évidemment, Kalendar n'en avait rien à foutre des Blacks.

– Qu'est-ce qu'il a fait ? Il a porté secours aux enfants ?

– Il les a sauvées toutes les deux. Les parents n'étaient même pas encore sortis du lit quand il a défoncé la porte. Sans lui, tout le monde aurait été asphyxié. D'après le chauffeur de bus, il a carrément démonté la porte de ses gonds et il s'est rué à l'intérieur. Il a crié : "Où êtes-vous ? Où êtes-vous ?" Les gamines lui sont plus ou moins rentrées dedans, ou bien l'inverse. Il les a empoignées et il les a portées dehors.

– Et les parents étaient toujours au lit ?

– Ils étaient debout en face de la porte, à se demander quoi faire. À moitié dans les vapes, et tout ça, mais je n'ai pas l'impression que le chauffeur de bus aurait pu s'inscrire à la Mensa, de toute façon. Kalendar est retourné à l'intérieur, il s'est heurté à lui et à sa femme, et il a poussé tout le monde dehors.

– Donc, il les a tous sauvés.

– On peut voir ça comme ça. Et il n'était pas décidé à s'arrêter en si bon chemin.

– Il pensait qu'il restait des gens à l'intérieur ?

– Le chauffeur a dit à un journaliste que Kalendar faisait tout son possible pour retourner à l'intérieur quand les flics et les pompiers sont arrivés et l'en ont empêché. Toute cette histoire est ressortie quand il a été arrêté, c'est pour ça que je m'en souviens. »

Tim tourna à gauche, dans une jolie rue appelée An Die Blumen qui filait en direction du lac. Faisant à peine mine de chercher Mark, Philip laissa son regard dériver vers un petit groupe d'adolescents, garçons et filles, qui marchaient sur le trottoir, chargés de raquettes de tennis et de sacs de sport Adidas ou Puma. Tous arboraient cet air d'assurance aseptisée que confèrent de riches parents, des écoles privées et le sentiment de pouvoir tout se permettre.

« Je voudrais avoir les moyens de vivre dans le quartier, dit Philip. Au lieu de cet abruti de Jimbo Monaghan, Mark aurait des amis comme ceux-là. Regarde-les : ils ne risquent absolument rien. Ils vont traverser la vie en riant et en jouant au tennis. Et tu sais pourquoi ? Parce qu'on est très très loin de Pigtown. »

Tom Pasmore avait grandi dans la rue perpendiculaire suivante, et son enfance, Tim le savait, n'avait rien eu de stable ni de sécurisant. Comme il obliquait sur Eastern Shore Drive, Philip se mit à tourner la tête en tous sens pour contempler les manoirs. Dans l'un de ces derniers, un homme avait assassiné l'amant de sa femme ; dans un autre, un millionnaire amateur de costumes noirs et de havanes avait violé sa fille de deux ans ; dans un troisième, deux policiers qui arrondissaient leurs fins de mois comme tueurs à gages avaient abattu un homme d'une grande bonté et d'une intelligence brillante.

« Jimbo n'était pas une bonne fréquentation pour Mark, continua Philip.

– Tu plaisantes ?

– Crois-moi, je connais les jeunes, et ces deux-là filaient un mauvais coton. En fait, c'étaient deux *losers*. Et si tu veux mon avis, ils devenaient nettement trop proches. Ça, c'était évident dans la musique qu'ils aimaient. Ils n'écoutaient pas des gens normaux. Tous ces trucs farfelus, ça me faisait froid dans le dos. »

12

Le soir où Mark s'introduisit pour la première fois dans la maison abandonnée, la fille perdue, celle qu'elle avait refusé de secourir, revint voir Nancy Underhill. Le fils de Nancy était sorti pour la soirée et son mari avait disparu dans sa « tanière », où il demeurerait jusqu'à vingt-deux heures, moment auquel il en émergerait, annoncerait qu'il allait se coucher, et regarderait son épouse comme si le moindre écart dans sa routine avait pu être le signe d'un processus de pensée discutable. À vingt-deux heures trente tapantes, il se redresserait tout droit dans son lit et guetterait le bruit de Mark ouvrant la porte d'entrée ou bien entrant dans la cuisine par le jardin. S'il n'entendait pas le garçon rentrer avant son couvre-feu, il ordonnerait à sa femme de « mettre au point » une punition convenable pour « ton fils » puis s'allongerait à nouveau, se retournerait et, son devoir de P-DG des Underhill de Superior Street accompli, il se rendormirait paisiblement.

Nancy, assise sur le canapé, les jambes repliées sous

les fesses, une tasse de café froid posée devant elle sur la table basse, regardait sans la voir une rediffusion de *Raymond*. *Raymond* était du camouflage. Philip détestait cette sitcom et avait donc peu de chance de s'inquiéter de ses états d'âme s'il la surprenait en train d'en suivre un épisode.

Au lieu d'une scène dans laquelle un acteur dénommé Ray Romano feignait de se disputer avec son père, Nancy en voyait une tout autre, rediffusée sur l'écran de son œil intérieur. Celle-là ne se déroulait pas dans un salon d'une Long Island fictive mais dans la cuisine d'un pavillon minable bâti par un entrepreneur louche du nom de James Carrollton, lequel purgeait alors le deuxième de ses trois ans de prison pour fraude fiscale. Le rôle de Ray Barone, journaliste sportif, père de trois enfants, était tenu par Nancy Underhill, femme au foyer de banlieue, toujours sans enfant après deux ans de mariage. Devant elle, se tenait Myra Kalendar, l'épouse de son terrible cousin Joseph qui, adolescent, avait emporté chiens et chats du voisin jusqu'à de lointains terrains vagues et les avait aspergés d'essence à briquet, avant de les faire brûler. Il avait baptisé cette activité « fabriquer des torches ».

Myra, assise de l'autre côté de la table, dans l'affreuse petite cuisine banlieusarde, venait mendier de l'aide. Elle ne pouvait s'adresser qu'à Nancy. Elle n'avait pas d'amis, et Joseph l'aurait tuée si elle était allée trouver la police. Elle implorait non pour elle-même mais pour sa fille qui, depuis sa naissance, avait été le projet personnel et le jouet de Joseph Kalendar. Au moment de cet appel au secours, Lily, six ans, était inconnue de l'état civil et des services scolaires. Jusqu'à cet instant précis, elle avait aussi été inconnue de Nancy. Son père ne l'emmenait hors de la maison que la nuit, afin de la dissimuler aux voisins. La seule fois qu'elle avait réussi à sortir de jour – à s'évader ! –, elle s'était cachée dans la ruelle, ce qui avait rendu Joseph fou de rage et d'inquiétude. Lorsqu'il avait senti la fumée, constaté qu'elle s'échappait de chez un voisin noir ayant deux filles que Lily avait souvent vues jouer dans leur jardin, il avait supposé l'enfant réfugiée là. Mais quand il était revenu, toussant, les yeux rouges, imprégné d'une odeur de fumée, elle était sortie de sa cachette en sanglotant et avait imploré sa pitié.

Au lieu de quoi, selon Myra, elle avait reçu une correction exemplaire. Son père l'adorait, elle était l'amour de sa vie, et cette désobéissance allait lui coûter cher. Peu après, Joseph avait bâti une pièce spéciale pour enfermer sa fille chérie et un mur pour masquer la pièce. Mais ce n'étaient que deux des nombreuses modifications qu'il avait apportées à la maison.

La pire, c'était... Myra ne voulait pas en parler.

Le souvenir se déroulait encore et encore dans l'esprit de Nancy, tandis qu'elle regardait fixement l'écran du téléviseur. Myra qui sanglotait, elle-même qui tremblait, baissait la tête et songeait : *Philip a raison, elle est déséquilibrée. Rien de tout ça n'est vrai, elle invente.* Nancy savait ce qu'elle avait fait : elle s'était défilée. S'était dit : *Myra a fait une fausse couche, tout le monde le sait. Ils n'ont pas de fille, Dieu merci. Ils sont fous tous les deux.* La peur de son redoutable cousin l'avait conduite à trahir sa nièce. Huit ans plus tard, les gros titres des journaux avaient montré au monde de quoi Joseph Kalendar était capable, mais Nancy ne pouvait se mentir : elle, à l'époque, elle le savait déjà.

Mark la surprit en rentrant plus tôt qu'à l'ordinaire. Après lui avoir lancé un de ces regards qui lui étaient devenus familiers, il se déclara fatigué et disparut dans sa chambre. À vingt-deux heures, comme appelé par une des sonneries annonçant le début et la fin des cours à Quincy, Philip déboucha dans le salon et annonça qu'il était l'heure d'aller au lit. Nancy demeura assise là, seule, jusqu'à la fin de la bavarde émission suivante. Elle éteignit alors le téléviseur et, dans le silence brutal, réalisa que son pire cauchemar était devenu réalité. Le monde n'allait plus suivre son petit bonhomme de chemin bordé de garde-fous. Il y avait une déchirure dans la trame, et de sinistres, de terribles miracles allaient s'ensuivre. Ce fut ainsi que la situation lui apparut : une déchirure dans la trame de la vie quotidienne, à travers laquelle pouvaient se déverser des monstruosités. Et elles avaient bel et bien fait leur entrée, attirées par le vieux, le très vieux crime de Nancy.

Elle savait que son fils ne lui avait pas obéi. D'une manière ou d'une autre, Mark avait réveillé les Kalendar. À présent, ils allaient tous devoir en subir les conséquences, qui seraient de toute manière insupportables mais par ailleurs imprévisibles. Un ver géant dévorant la réalité à grandes bouchées avait été libéré. Désormais, ses palpeurs avaient localisé Nancy, son grand corps humide, gluant, rampait toujours plus près, si près qu'elle sentait le sol vibrer sous son poids.

Et les palpeurs de Nancy elle-même frémissaient d'angoisse. Quelques instants avant de se contraindre à relever les yeux vers le passage voûté qui menait à la petite salle à manger, elle sut que sa visiteuse était revenue. L'enfant se tenait là, une fillette de six ans en salopette tachée, ses pieds nus et sales posés à l'extrême bord du tapis aux couleurs passées, son dos maigre, menaçant, tourné à Nancy, ses cheveux collés par de la graisse, peut-être par du sang. La colère qu'elle exsudait demeurait suspendue entre elles deux, dans l'air mort, chargée d'une bonne dose de mépris. Lily avait franchi la déchirure dans la trame pour condamner sa tante qui l'avait trahie par faiblesse, condamner cette épave terrifiée, désespérée. Oh, la fureur, la rage qui imprègnent un enfant torturé ! Oh, la puissance de cette fureur ! Elle était aussi venue pour Mark, constata Nancy. Mark lui appartenait déjà à moitié. Il lui avait appartenu dès l'instant où l'infernale maison de Joseph Kalendar, surgie de la brume, l'avait fait choir de sa ridicule planche à roulettes.

13

Jimbo Monaghan ne parvenait pas à croire que des gens intelligents puissent se montrer aussi stupides. Si *lui* comprenait la raison de l'essentiel des paroles et des actes de Mark durant les cinq derniers jours, les autres n'auraient pas dû avoir tant de mal à la comprendre aussi. Particulièrement du fait de sa totale évidence. Mark, rentré chez lui en milieu d'après-midi, avait gagné la petite salle de bains du rez-de-chaussée pour pisser un coup et, dans une baignoire emplie d'eau tiède sanglante, avait découvert le cadavre nu de sa mère, avec un sac en plastique sur la tête. La pellicule de condensation qui recouvrait l'intérieur du sac l'avait empêché de distinguer le visage de la morte, dont il apercevait juste le nez et le trou sombre de la bouche ouverte. Une seconde plus tard, il avait remarqué le couteau à découper qui dégoulinait de sang sur le carrelage, près de la baignoire. *D'abord, j'ai cru que c'était une espèce d'horrible erreur,* avait-il dit à Jimbo. *Ensuite, je me suis dit que si je passais dans la cuisine et que je revenais, elle ne serait plus là.*

Son cœur lui avait paru cesser de battre. Il estimait être resté incroyablement longtemps immobile sur le seuil, à regarder sa mère et à tenter de comprendre ce qu'il voyait. Le sang lui battait les oreilles. Lorsqu'il avait avancé d'un pas, les genoux de la morte lui étaient apparus, flottant telles de petites îles pâles au milieu de l'eau rougie.

L'instant d'après, il s'était retrouvé debout au milieu de la cuisine, comme repoussé par un vent violent. Par la porte de la salle de bains, il voyait encore un des bras de Nancy, appuyé sur le bord de la baignoire. Il avait confié à Jimbo : « Je suis allé jusqu'au téléphone mural. J'avais l'impression de nager sous l'eau. Je ne savais même pas qui j'allais appeler, mais je suppose que j'ai fait le numéro de mon père, à Quincy. Il m'a dit d'appeler police secours et de l'attendre dehors. »

C'était exactement ce qu'il avait fait. Il avait appelé police secours, communiqué les informations essentielles, et était sorti pour attendre. Environ cinq minutes plus tard, Philip et les infirmiers étaient arrivés plus ou moins simultanément. Debout sous la véranda, Mark avait fait l'expérience d'une lucidité en suspens, engourdie – sans doute similaire, avait-il songé, à ce que ressentaient les fantômes et les morts en regardant les vivants vaquer à leurs activités.

Selon Jimbo, c'était la toute dernière fois qu'il avait vu clair dans ses propres émotions.

Le lendemain, Mark se présenta chez lui par la porte de derrière, l'esprit focalisé sur un plan aussi inaltérable que s'il l'avait préparé depuis des semaines. Il voulait s'introduire dans la maison de Michigan Street, et son ami devait l'accompagner. En fait, la présence de Jimbo était indispensable. Sans lui, il ne pourrait rien faire.

Il confessa avoir tenté d'agir seul et rencontré des problèmes imprévus. Son corps l'avait carrément trahi. Il s'était cru incapable de respirer et quasi aveugle. Toutes ces toiles d'araignées, beurk ! Mais rien de tout ça n'arriverait si Jimbo l'accompagnait, affirmait-il ; à deux, ils n'auraient aucun mal à pénétrer dans la maison, il le savait. Et une fois à l'intérieur, ils pourraient en visiter la partie la plus étrange, dont il n'avait pas encore parlé au rouquin : la pièce en forme de tente canadienne. Jimbo n'était-il pas curieux d'un truc pareil ? N'avait-il pas envie d'y jeter un coup d'œil ?

« Pas si le type est dans la maison.

– Essaie de te rappeler. Tu es sûr de l'avoir vu ? Ou bien c'est moi qui t'ai mis cette idée-là en tête ?

– Je ne sais pas.

– Ça n'a pas d'importance, assura Mark. Parce que si on est ensemble, tout ira bien.

– Je ne vois pas ce que tu veux dire.

– Tu protèges mes arrières, je protège les tiens. Je crois que le seul problème de cette baraque, c'est son atmosphère.

– Atmosphère ? répéta Jimbo. Là, je te suis vraiment plus.

– L'atmosphère, ça fait voir des trucs. Ça t'a fait tomber dans les pommes et ça m'a rendu malade – j'avais l'impression d'être couvert de toiles d'araignée. Mais c'était pas des vraies toiles, c'était juste l'atmosphère.

– D'accord, je vois ce que tu veux dire, vaguement, mais pourquoi est-ce que tu veux retourner là-dedans ?

– Il *faut* que j'y retourne, déclara Mark. Cette maison a tué ma mère. »

D'ac-coooord, articula Jimbo en silence, surpris de l'illumination qui venait de le frapper, comme portée par un ange messager. *Mark se sentait coupable et il n'en était pas conscient.* Le rouquin n'analysait pas en détail la psyché de son ami mais il était absolument convaincu que ce dernier n'aurait pas déliré ainsi si, le lendemain du jour où il avait rompu sa promesse, il n'avait pas trouvé le cadavre de sa mère dans la baignoire. De cela, il ne voulait rien dire. C'était indicible par définition. À la place, il ne cessait d'évoquer son plan à la con. Jimbo prit la décision de ne pas capituler, de combattre Mark sur ce terrain aussi longtemps qu'il le faudrait.

Durant les jours suivant, cette résolution fut si souvent mise à l'épreuve qu'il estima avoir été invité à accompagner Mark dans la maison de Michigan Street au bas mot une fois par heure. Après une dizaine de tentatives, il adopta l'attitude qu'il conserverait par la suite : feindre de prendre cette obsession pour une plaisanterie. La tactique aurait aisément pu provoquer la rage de Mark mais il la remarqua à peine.

Un jour de cette horrible semaine, Jimbo apprit de son père, l'ayant lui-même appris d'un policier dans un bar à flics, la Maison de Ko-Reck-Sion, qu'une équipe de cinéma de Los Angeles tournerait une scène d'un film de gangsters dans Jefferson Street en début d'après-midi. Il appela Mark, et les deux garçons décidèrent de prendre le bus pour le centre-ville, un quartier moins bien connu d'eux qu'ils ne l'imaginaient. Sachant que le 14 les emmènerait au-delà de la bibliothèque principale et du musée du comté, ils estimaient pouvoir trouver facilement Jefferson Street dans la portion du centre située sur la rive ouest de la Millhaven, ou dans les environs, là où cinémas, librairies, boutiques et grands magasins s'alignaient le long de Grand Avenue, jusqu'à Lafayette University.

Descendus du bus trop tôt, ils perdirent vingt minutes à errer au hasard avant de demander leur chemin à un type très propre sur lui qui, selon Jimbo, paraissait nettement trop intéressé par Mark – lequel, comme toujours, ne remarqua pas l'admiration dont il était l'objet. Ils remontèrent encore Orson Street sur un pâté de maisons et atteignirent le haut de Cathedral Square, avant de se rendre compte en se retournant qu'ils avaient déjà dépassé Jefferson Street. Afin de s'épargner du chemin, ils coupèrent par une des allées qui traversaient le petit parc. Jimbo réalisa avec un coup au cœur qu'au début de l'été, ils n'auraient jamais accompli un trajet pareil sans leurs skateboards ; cette fois, ils n'avaient pas même songé à les emporter.

« Il faut qu'on y entre, dit Mark. Tu le sais. Tu es en train de faiblir. Petit à petit, ma logique vient à bout de ta résistance. »

Au bas de Cathedral Square, ils tournèrent à gauche, dans Jefferson Street. À deux pâtés de maisons de là, une foule grouillait le long de l'hôtel Pforzheimer.

Mark bondit en avant et se retourna, dansant sur la pointe des pieds.

« Tu ne crois pas en ma logique imparable ? »

Il tendit le poing vers le bras gauche de Jimbo et lui décocha deux coups légers.

« Bon très bien, réfléchissons un peu, tu veux ? Il y a une maison vide, sauf qu'elle n'est peut-être pas vide, en fait.

– Elle est vide, affirma Mark.

– La ferme. Donc, il y a cette maison, d'accord ? Pendant très longtemps, tu ne la remarques pas vraiment, mais quand tu finis par la voir, tu te mets à passer l'essentiel de ton temps à la regarder. Ensuite, ta mère te fait promettre de ne pas t'en approcher. Ça te fout les noix, mais mais tu décides d'y rentrer quand même pour jeter un coup d'œil. Et le lendemain, tu découvres que ta mère s'est suicidée. Et *juste après,* tu perds carrément la boule, tu dis que c'est la faute de la maison et qu'il faut que tu y retournes pour la fouiller de fond en comble.

– Pour moi, ça ressemble à de la logique.

– Tu sais à quoi ça ressemble, pour moi ?

– Euh... à une super-idée ?

– À de la culpabilité. »

Mark le contempla avec de grands yeux, momentanément réduit au silence.

« C'est de la culpabilité. De la culpabilité pure et simple. Et tu ne le supportes pas. Tu t'en veux. »

Mark considéra les lampadaires, les véhicules en stationnement, les affiches bordant les immeubles de Jefferson Street. Il paraissait presque étourdi.

« Je te jure que personne ne me comprend. Pas mon père, et même pas toi. Mon oncle me comprendrait peut-être, lui – il a de l'imagination. Il vient ici, aujourd'hui. Il est peut-être déjà là. » Mark désigna le Pforzheimer sans savoir que j'étais en train de l'observer depuis une fenêtre du troisième étage. « C'est là qu'il descend. Au Pforzheimer. Ça coûte vachement cher, une piaule, là-dedans. Pour un écrivain, il gagne beaucoup d'argent. »

(C'était gentil, mais assez loin de la vérité.)

« On devrait peut-être aller le voir tout de suite, reprit Mark. Tu veux qu'on y aille ? »

Jimbo déclina. Un inconnu adulte et imprévisible venu de New York ne pourrait que compliquer les choses. Les deux garçons continuèrent de remonter la rue jusqu'à se trouver à environ six mètres de l'équipe de cinéma. Un homme trapu, pourvu d'une barbe à la ZZ Top et d'un badge à son nom autour du cou leur fit signe de s'arrêter.

« C'est le type qui joue dans *Sacrée famille*, dit Jimbo.

– Michael J. Fox ? T'es malade. Il est pas si vieux que ça, Michael J. Fox.

– Pas lui. Celui qui joue son père. Il doit être carrément vieux, maintenant. Il a toujours l'air en forme, cela dit.

– En forme ou pas, cette bagnole va le démolir », dit Mark, et tous les deux éclatèrent de rire.

Le problème, c'était que le père de Mark avait tout gâché. Les deux garçons avaient vu la voiture de Timothy Underhill s'arrêter devant la maison, et Jimbo s'était rendu compte que son ami était excité du simple fait de voir son oncle marcher vers la véranda. L'oncle en question lui avait paru assez sympa : un peu corpulent, en jean et blazer bleu décontractés. Il avait la tête de quelqu'un qui en a beaucoup vu, donc avec qui on peut facilement s'entendre.

Lorsqu'ils eurent éteint le radiocassette et furent sortis de la chambre, toutefois, le père de Mark lança une remarque stupide et péjorative avant même qu'ils aient achevé de descendre l'escalier – quelque chose à propos du « fils et héritier » et de « el fidelo compagno », ce qui leur donnait à tous les deux l'air stupide. Au moment des présentations, il appela Jimbo le « meilleur copino » de Mark, et insista pour les traiter comme s'ils avaient été en CM1, ce qui leur interdisait de rester dans la maison. Ensuite, il fit un caca nerveux à propos de l'heure à laquelle ils devaient rentrer. Le rouquin vit son ami devenir de plus en plus agité : on aurait dit qu'il venait de déposer dans la pièce une valise tictaquante et voulait foutre le camp avant qu'elle n'explose.

Une fois qu'ils eurent réussi à s'éclipser, Jimbo suivit Mark à regret jusqu'au 3323, où aucune non-silhouette obscure ne non-apparut par la fenêtre du salon. Il devait l'admettre : quoi qu'il en eût été auparavant, la maison était à présent aussi vide qu'une coquille d'œuf cassé. Il suffisait de la regarder pour s'en rendre compte. Le seul mouvement qu'elle abritait était celui de la poussière en train de se déposer.

« On va le faire, dit Mark. Crois-le ou non, on va le faire.

– Tu veux que je vienne pour le truc au funérarium, ce soir ?

– Si t'y vas pas, j'y vais pas, et comme il faut que j'y aille...

– Je suis donc el fidelo compagnono », conclut Jimbo.

Solitaire et massive sur sa petite colline, l'entreprise des frères Trott fit à Jimbo l'effet d'être un château avec oubliettes et armures. L'intérieur en était à la fois grandiose et un peu miteux. On les dirigea vers une petite pièce d'aspect vieillot, semblable à une chapelle, où quatre rangées de chaises faisaient face à un cercueil ouvert. Le rouquin jugeait la situation terrible, cruelle et de mauvais goût : on allait forcer Mark à contempler le visage de sa mère défunte ! Respecter les morts était une chose, mais que faisait-on du respect des vivants ? Il risqua un coup d'œil vers la silhouette pâle allongée dans le cercueil. La personne qui reposait là ne ressemblait pas tout à fait à Mme Underhill, plutôt à une sœur cadette qui se serait enfuie et aurait mené une vie totalement différente. Dès leur entrée, les deux adultes allèrent se poster au fond de la pièce, tandis que les adolescents s'asseyaient au dernier rang.

Le père de Mark lui tendit une carte ornée d'un coucher de soleil hawaïen d'un côté. Lorsque son ami la retourna, Jimbo découvrit le Notre-Père imprimé sous le nom et les dates de Nancy.

« Ça va ? » chuchota-t-il.

Mark tournait et retournait la carte entre ses mains, l'examinant comme s'il s'était agi d'un indice d'énigme policière. Il hocha la tête.

Deux minutes plus tard, il se pencha vers lui et chuchota :

« Tu crois qu'on pourrait se tirer discrètement ? »

Jimbo secoua la tête.

Philip Underhill ordonna à son fils de se lever et de présenter ses respects à sa mère. Mark obéit, remontant l'allée centrale jusqu'au cercueil. Son père mit alors en scène un instant dramatique, lui passant le bras autour des épaules, ce qu'il avait probablement fait pour la dernière fois alors que le garçon était âgé de dix ans. Il ne pouvait pas s'en empêcher, songea Jimbo. En fait, il ne se rendait même pas compte qu'il posait pour l'objectif d'un imaginaire photographe ; il se croyait sincère. Le rouquin vit son ami frémir à ce contact.

Il se leva pour le rejoindre dès que Philip, renonçant, se fut éloigné. Il s'approcha de lui lentement, peu soucieux de contempler cette non-Nancy fardée, dans le cercueil, mais il ne supportait pas l'idée de le laisser seul en pareil lieu. Arrivé à son côté, il lui jeta un coup d'œil et comprit, par un adoucissement de son regard, qu'il lui était reconnaissant de sa présence.

« Combien de temps je suis censé rester là, à ton avis ? demanda Mark d'une voix presque trop basse pour être audible.

– Tu peux t'en aller quand tu veux. »

Il contemplait sa mère dans le cercueil, le visage figé en une sorte de masque dépourvu d'expression. Une larme lui perla au coin de l'œil gauche, puis du droit. Jimbo sursauta et observa à nouveau son ami : le masque s'était mis à trembler. D'autres larmes s'accumulaient dans ses yeux. D'un coup, le rouquin eut envie de pleurer, lui aussi.

Au fond de la pièce, Philip Underhill chuchota sur un ton pompeux et théâtral : « On est obligé de plaindre ce pauvre gosse », et les larmes de Jimbo se tarirent. S'il avait entendu, Mark aussi.

Les garçons échangèrent un regard. Le visage de Mark était devenu écarlate. Timothy Underhill dit quelque chose, trop bas pour être audible, et cette fois, oubliant presque de baisser la voix, le veuf déclara :

« C'est Mark qui l'a trouvée, cet après-midi-là... il revenait de Dieu sait où... »

Jimbo entendit son compagnon hoqueter.

« Quand je suis arrivé à la maison, on était en train de la porter dans l'ambulance, continuait Philip.

– Oh, non », soupira son frère.

Le visage rigide mais toujours empourpré, Mark s'écarta du cercueil et tourna les talons. Quelques minutes plus tard, ils ressortaient tous dans la fournaise. Un soleil colossal brillait trop près de la terre, et sa lumière brûlait les yeux de Jimbo. Le père de Mark boutonna sa veste, redressa sa cravate et entreprit de descendre la colline d'un pas de représentant partant conclure une vente. Timothy Underhill lança aux garçons un regard empli de compassion puis suivit Philip le long du chemin pentu. Des vagues de chaleur ondulées s'élevaient du toit de la Volvo.

Mark fourra les mains dans les poches de son jean et jeta un regard furieux à la pelouse bien entretenue, trop verte pour être honnête, qui s'interrompait au bord du chemin, comme tranchée au couteau.

« Je déteste mon père », dit-il d'une voix raisonnable au point d'en être inquiétante.

Avec un bref frisson électrique de panique, Jimbo se demanda comment son ami pourrait supporter les obsèques.

14

Pour Mark, le jour de l'enterrement de sa mère tourna autour de l'instant où la dure motte de terre argileuse gris-brun portant la marque de la pelle du fossoyeur quitta sa main droite pour s'engouffrer dans les mâchoires de la tombe et s'abattre sur le cercueil. Avant, il s'était demandé s'il pourrait supporter tout ce qu'exigerait de lui la journée ou s'il ne risquait pas de succomber à diverses catastrophes internes ou externes. Il s'était vu s'évanouir, comme Jimbo sur la pelouse de Michigan Street ; bien pire, il s'était aussi vu s'effondrer en proie à une crise d'épilepsie, les yeux exorbités, l'écume aux lèvres. Ces humiliations se produiraient devant les personnes assemblées au cimetière de Sunnyside. Le pasteur ouvrirait sa grande Bible ; les Monaghan, les Shillington, les Taft, plus une ou deux idiotes de la compagnie du gaz, voire quelques profs, se tiendraient devant la tombe, l'air triste et digne ; y compris Jackie Monaghan qui, certainement en proie à une gueule de bois des plus douloureuses, aurait désespérément besoin d'une petite rasade médicinale ; Philip regarderait droit devant lui, les mains croisées sur son ventre rebondi, enrageant d'impatience. Et voilà que Mark mettrait tout le monde mal à l'aise et se ridiculiserait en se tordant et en bavant, animé de soubresauts, sur la superbe pelouse du cimetière. Ou bien le ciel s'obscurcirait brutalement, une pluie diluvienne s'abattrait sur l'assemblée, et un éclair jaillirait du firmament pour le carboniser sur place.

Les catastrophes internes étaient bien pires, car elles mettaient en jeu une mort douloureuse provoquée par la mécanique peu fiable, surchauffée, qu'était son corps. Étant pires, elles étaient donc bien plus probables. Crise cardiaque, rupture d'anévrisme, hémorragie cérébrale – le bon sens lui disait qu'il avait bien plus de chance d'être victime d'une hémorragie cérébrale que de la foudre.

Au visage de son père, on devinait qu'il comptait les minutes le séparant du moment où il pourrait partir. Mark, tout en considérant son expression raide, contenue, réalisa qu'il allait demeurer enchaîné à cet homme pendant de longues, longues années.

Un peu à l'écart du groupe, vêtu d'un costume bleu marine, portant des lunettes de soleil à monture en nacre, aux verres d'un bleu étrange, et une casquette WBGO bleu sombre ornée d'un homme jouant du saxophone ténor, l'oncle Tim avait l'air de jauger du regard toutes les personnes présentes. Peut-être le père de Mark laisserait-il ce dernier passer une ou deux semaines chez son frère.

L'adolescent écouta les paroles du pasteur en se disant que ce dernier avait l'air d'un brave type. Il s'exprimait avec lenteur, de manière agréable, et possédait cette sorte de voix grondante, sincère, qui seyait si bien aux hommes politiques et aux commentateurs. Tous les mots qu'il prononçait semblaient raisonnables et choisis avec soin. Mark les comprenait tous un à un alors qu'ils pénétraient sa conscience. Leurs assemblages en phrases, toutefois, lui paraissaient si dépourvus de sens qu'ils auraient aussi bien pu être dits en une langue étrangère – en basque ou en atlante. Il avait une conscience exacerbée du souffle qui allait et venait dans sa gorge, du sang qui courait dans ses veines, de la brûlure du soleil sur le dos de ses mains.

Le pasteur se recula. Une espèce de chariot-élévateur descendit le cercueil dans la tombe ornée de gazon artificiel que deux hommes écartèrent, une fois la bière déposée tout au fond. Le père de Mark fit les quelques pas qui le séparaient du tas de terre pyramidal arraché à la fosse. Il en ramassa une poignée de la taille d'une balle de base-ball, se pencha au-dessus du tombeau et tendit le bras. La terre quitta sa main et s'abattit sur le couvercle du cercueil avec un *chtoc* sonore qui fit craindre à Mark d'être soudain frappé de cécité et de surdité. Une seconde durant, le monde se fondit en des centaines de particules filantes rouges et blanches, bébés comètes qui finirent par redessiner la silhouette de Philip Underhill s'essuyant les mains en s'écartant de la tombe. La tête lui tournait ; le centre de sa poitrine semblait empli d'un air effervescent légèrement plus frais que le reste de son corps. L'oncle Tim s'avança à son tour, tenant lui aussi une balle de terre dans une main.

Le caillou qu'elle renfermait frappa le cercueil avec le bruit sec et creux d'une main sur une porte en bois massif.

Toujours un peu désincarné, Mark s'approcha de la pyramide de terre et en arracha une motte qui portait de longues stries sur sa surface la plus large. Cette portion de glaise avait été passée à la moulinette. Elle avait été poignardée au ventre, mordue, coupée en deux. L'air frais qui emplissait la poitrine du garçon remonta à la base de sa gorge. Ses pieds l'entraînèrent avec une assurance étonnante jusqu'à la profonde tranchée creusée dans le sol. Il laissa la motte aux bords déchiquetés glisser de sa main, et elle frappa le couvercle avec un tintement haut perché qui lui évoqua une désagréable sonnette. Un frisson le traversa.

Quoi qu'en dise Jimbo, Mark comprit soudain qu'il avait *vu* la force l'ayant arrêté juste derrière la porte de la maison. Il avait *vu* la force qui avait tué sa mère. Elle s'était tenue en haut de Michigan Street, le dos tourné. Il se rappelait les cheveux sombres emmêlés, le dos large, le manteau noir pendant comme une plaque d'acier et l'impression d'anormalité fondamentale qui émanait de la silhouette. Cette anormalité s'était infiltrée en Nancy et l'avait empoisonnée au point qu'elle avait bondi dans la tombe.

La journée pivota sur son axe, et la peur se changea en clarté. Deux tâches l'attendaient. Il devait en apprendre le plus possible sur l'histoire du 3323 Michigan Street et ceux qui y avaient vécu, afin de mettre un nom sur l'être maléfique. Et il devait plus que jamais en découvrir les secrets. Il ne disposait d'aucun autre moyen de venger sa mère. Des images de lui-même en train de fouiller des placards, d'arracher des lattes de plancher, défilèrent à toute vitesse dans son esprit. D'après Jimbo, c'était la culpabilité qui se dissimulait derrière ces désirs, mais Jimbo se trompait. Ce qu'il ressentait, c'était de la rage.

Véritable liste d'instructions, sa lucidité toute neuve l'accompagna durant le trajet qui les ramena à Superior Street et le poussa dans la maison. Le bruit blanc de son but bourdonnait dans sa tête. Les obsèques étaient achevées, il était temps de préparer l'étape suivante, hâte-toi hâte-toi les minutes s'enfuient.

Des hommes et des femmes franchissaient la porte d'entrée, mais Jimbo n'était pas parmi eux. Le père de Mark et son oncle disposèrent sodas, cassolettes et gâteaux au café apportés par les Shillington et les Taft, et bientôt, une foule aussi dense qu'un nuage de mouches autour d'un cadavre ensanglanté environna la table de la salle à manger, se fracturant et se recollant à nouveau à mesure que ses membres passaient dans le salon, assiettes en carton et gobelets à la main. Les Rochenko arrivèrent main dans la main, timides et mal à l'aise. Quelques instants plus tard, le vieil Hillyard passa la porte, ne se préoccupant de serrer la main de personne, serrant en fait une canne dans l'une des siennes et gardant l'autre au fond de sa poche de pantalon. Au grand dam de Mark, M. Hillyard accrocha son regard et s'approcha de lui en boitillant. Alors qu'il faisait plus de trente degrés, le vieillard portait une épaisse chemise à carreaux, un vieux pantalon en velours tenu par des bretelles et une paire de bottes de cow-boy incongrue.

« Je suis vraiment désolé pour ta mère, fiston, dit-il. Je te présente mes condoléances. Si je peux faire quoi que ce soit pour toi, tu n'as qu'à demander. »

Comme si ça risquait d'arriver, songea Mark avant de le remercier.

« Je te vois quasiment tous les jours avec le gamin des Monaghan, sur vos planches à roulettes, reprit Hillyard. Ça fait vraiment un boucan d'enfer, vos machins. » Son visage se contracta en un réseau de rides profondes, et l'adolescent réalisa qu'il souriait. « On dirait que vous faites des progrès, tous les deux. J'aimerais bien être encore capable de me déplacer comme ça. » Il agita sa canne. « Ça allait très bien jusqu'à ce que je me torde la cheville, l'autre jour, en descendant de ma véranda. Je suis tombé comme un sac de patates. Maintenant, j'ai même du mal à marcher jusqu'à l'épicerie. » Il se pencha en avant et chuchota : « Pour te dire la vérité, fiston, j'ai même du mal à marcher jusqu'au petit coin quand j'ai envie de faire pipi en plein milieu de la nuit.

– Là, je ne peux rien pour vous, dit Mark qui brûlait désespérément de s'éloigner.

– Toi et le rouquin, vous passez énormément de temps à reluquer la maison vide, en face de chez moi, reprit le vieil Hillyard, ce qui l'horrifia. Vous envisagez d'y emménager ?

– Excusez-moi, mon père a besoin de moi », balbutia le garçon, avant de reculer pour avoir une meilleure vue de la porte d'entrée.

Le patron de son père, M. Battley, venait d'apparaître à la tête d'une délégation d'employés du lycée qu'il ne connaissait tous que trop bien. Dans leurs tenues professionnelles, costumes gris et chemises blanches, ils ressemblaient à des agents du FBI – mais sous-payés.

La maison n'avait encore jamais accueilli autant de monde. La foule débordait du salon dans la salle à manger, vers laquelle se dirigeaient à présent comme un seul homme les salariés de Quincy, et même dans la cuisine. Si la plupart des gens parlaient doucement, leurs voix créaient pourtant un brouhaha à travers lequel il était ardu de distinguer le moindre mot. Ordinairement, cet état de fait aurait provoqué de furieuses récriminations chez Philip, mais ce dernier semblait plus détendu, plus à l'aise, qu'il ne l'avait été de toute la journée. Avec l'air d'un hôte ayant décidé de laisser sa réception se charger d'elle-même, il suivait désormais M. Battley vers le buffet, et Mark soupçonnait qu'il demeurerait au côté de son patron jusqu'à ce que le principal fasse ses adieux, après s'être collé assez de nourriture gratuite derrière la cravate.

Quand l'adolescent se retourna vers le salon, il découvrit M. Hillyard en train d'ennuyer à mort les Rochenko. La famille Monaghan franchissait la porte. Margo en tête, donnant comme toujours l'impression qu'une star de cinéma entrait par erreur ; puis Jackie, rougeaud et souriant, donnant comme toujours l'impression qu'il ne verrait aucun inconvénient à ce qu'on lui propose une petite goutte de raide ; et enfin Jimbo qui lança à son ami un regard évaluateur non dénué d'affection.

Avant que Mark puisse lui faire signe de le rejoindre dans la cuisine, son oncle Tim apparut près de lui avec une offre inattendue.

« Je crois que tu devrais venir passer une semaine ou deux avec moi à New York. En août, par exemple ? »

Aussi ravi que surpris, Mark déclara qu'il en serait enchanté et demanda si Tim avait parlé de cette visite à son père.

« Je vais le faire », assura l'écrivain, avant de sourire à son neveu et de fendre la foule, à la recherche de Philip.

Durant les dix minutes suivantes, le garçon perdit Jimbo de vue, alors que voisins et collègues lui tapotaient la joue ou bien lui empoignaient le bras et lui répétaient encore et encore, toujours avec l'air de communiquer une vérité primordiale, les mêmes remarques inutiles et déprimantes. *Ce doit être terrible pour toi, fiston... Elle est plus heureuse, à présent... Dieu n'agit jamais sans raison, tu sais... Oh, je me rappelle quand ma maman à moi est morte.*

Finalement, il repéra son ami qui le couvait du regard, juste derrière le passage voûté conduisant à la salle à manger, et il s'approcha de lui.

« Ça va ? demanda Jimbo.

– Mieux que tu ne pourrais le croire. »

Leurs deux pères discutaient tranquillement à quelques pas de là, leur tournant le dos. Un peu plus loin, M. Battley battait des gencives à l'adresse de l'oncle Tim.

« Parfait, dit Jimbo. Écoute... » Les coins de sa large bouche s'affaissèrent ; ses yeux s'étrécirent pour lui lancer un regard de pure angoisse. « Je suis vraiment désolé pour ta mère. J'aurais dû te le dire tout de suite mais je savais pas comment. »

Sans prévenir, l'émotion gonfla en Mark, carbonisant tout ce qu'elle touchait. Durant deux secondes, un abîme de sentiment s'ouvrit devant lui, et la simple pression de l'air sur ses épaules menaça de l'y jeter. Il exhala, s'entendit émettre un bruit étranglé, inarticulé, né du chagrin.

La voix de Jimbo arriva à son secours.

« T'es sûr que ça va ?

— Je crois, oui », dit-il en s'essuyant les yeux.

Son corps vibrait encore d'émotion.

« Est-ce que Nancy n'était pas parente d'un type bizarre qui habitait dans le coin, autrefois ? Je ne sais plus qui m'a parlé de ça, une fois, disait Jackie Monaghan, derrière lui.

– Qui que ce soit, il aurait dû la fermer, répondait Philip.

– J'ai un peu perdu les pédales, pendant une seconde », avoua Mark en se demandant de quoi parlait Jackie.

À présent, ce dernier disait que le parent de sa mère avait risqué sa vie pour sauver des enfants. L'adolescent tourna la tête juste à temps pour le voir confier à son père que lesdits enfants étaient noirs. Là, c'était parti, songea-t-il. La conversation ne tarderait pas à tourner au vinaigre.

« Ben, c'est pas étonnant, dit Jimbo.

– Non, c'est pas à cause de l'enterrement. C'est juste que j'ai capté un truc que j'aurais dû voir bien plus tôt. En fait, je sais pas comment j'ai fait pour rater ça.

– Quoi ? »

Mark s'approcha plus près de son ami et lui chuchota :

« C'était *la maison.*

– Comment ça, la maison ? » La compréhension jaillit dans les yeux de Jimbo. « Oh, non. Non, mec. Allez.

– C'est la pure vérité. Tu l'as pas entendue m'engueuler parce que j'y avait seulement pensé. Pose-toi la question : pourquoi est-ce qu'elle se serait tuée ?

– J'en sais rien du tout, répondit le rouquin, désespéré.

– Exactement. Je suis pas resté assez loin de la maison, et quelque chose qui était dedans l'a tuée. C'est ça qui est arrivé, Jimbo. On peut plus tourner autour du pot, maintenant. Il faut qu'on y rentre. »

Dans le silence qui marquait l'incapacité de Jimbo à répondre, les deux garçons entendirent clairement Philip Underhill déclarer :

« Je n'aurais jamais dû me choisir une femme dans une bande de tarés pareils. »

Mark pâlit. Sans que Philip et Jackie le remarquent,

il passa près d'eux et s'enfonça à travers la foule rassemblée autour de la table. Jimbo se hâta de lui emboîter le pas et le rattrapa à l'entrée de la cuisine où, étonnamment, il s'était arrêté net.

Quand Jimbo parvint au côté de Mark, il fut frappé par l'expression de son visage. Sa bouche était entrouverte, son profil visible devenu blanc. En dehors d'une petite veine bleue battant juste au-dessus du V de cheveux sur sa tempe, il aurait aussi bien pu être sculpté dans le marbre.

Le rouquin n'osa pas regarder dans la pièce. Après avoir aperçu cet être à travers les jumelles de son père, la dernière chose dont il avait envie, c'était de le revoir dans la cuisine de Mark Underhill. L'idée de cette formidable présence se tenant devant lui fit déferler une vague de peur sur son estomac.

Il ne sut pas combien de temps il demeura ainsi, trop terrifié de ce qu'il pourrait découvrir pour tourner la tête. Mark ne bougeait pas. Pour autant qu'on pût en juger, Mark ne respirait même pas. Il sembla à Jimbo qu'ils restaient là une éternité, lui-même immobilisé par l'immobilité de son ami. Autour d'eux, le monde s'était figé également ; mais la veine bleue sur la tempe de Mark battait, battait, battait. Le rouquin avait l'impression qu'une énorme langue maladroite occupait sa bouche asséchée.

La conscience de sa lâcheté le contraignit enfin à se tourner pour affronter ce qui s'était introduit dans la cuisine de Mark. La moitié de l'oxygène, dans les environs immédiats, parut s'évaporer, et la lumière diminua comme si quelqu'un avait soufflé sur un rhéostat sensible plutôt que de le tourner. Une vague odeur d'excrément et de pourriture, évoquant celle d'un lointain cadavre en putréfaction, corrompait l'air.

Un bruit semblable à un bourdonnement d'insectes filtrait à travers la contre-porte.

Mais ce qu'il vit après avoir tourné la tête, ce fut simplement M. Shillington, appuyé à l'évier près de Mme Taft, laquelle paraissait déprimée de ce qu'il lui disait. Quand tous les deux mirent un terme à leur conversation pour observer les garçons, Jimbo vit de l'agacement dans les yeux de l'homme, des larmes dans ceux de la femme. Deux pensées lui vinrent littéralement au même instant : *M. Shillington et Mme Taft avaient une liaison ; il vient de la larguer,* et *Durant une ou deux secondes, le temps s'est arrêté, si bien que ces secondes-là ne se sont jamais déroulées.*

Jimbo ressentait au centre de son être que quelque grande machine avait interrompu son action, s'était reposée un instant, puis lourdement ébranlée à nouveau.

« Il a toujours le dos tourné », disait Mark près de lui.

Les mots atteignirent le rouquin comme par l'intermédiaire d'un processus de traduction d'une langue étrangère. Lorsqu'il en eut enfin absorbé le sens, il ne comprit pas mieux la phrase qu'ils formaient. Le seul homme présent dans la cuisine était M. Shillington qui faisait mine d'être ravi que deux adolescents le regardent fixement.

« Quelque chose dans l'œil de Linda, dit-il en souriant. Mme Taft avait quelque chose dans l'œil et j'essayais de l'en débarrasser.

– Qui ça ? chuchota Jimbo.

– Tu l'as pas vu ? répliqua Mark en se tournant vers lui avec une incrédulité stupéfiée.

– Non, mais il s'est passé quelque chose, dit le rouquin.

– Hé, ne te fais pas d'idées fausses, mon gars », lança M. Shillington.

Son long visage osseux subissait un intéressant changement de couleur, se couvrait de taches rouges sous les pommettes, tout en devenant très blanc au-dessus des yeux.

« Il s'est passé quelque chose, oui, dit Mark.

– Mais non, *pas du tout* », insista M. Shillington.

Linda Taft se recroquevillait sur elle-même, le nez plissé, le regard fuyant.

« Désolé, reprit Mark. C'est pas à vous que je parle. » Il s'adressa de nouveau à Jimbo. « Tu l'as vraiment pas vu, entre eux et la porte, le dos tourné ? »

Jimbo secoua la tête.

« Il n'y avait que nous deux dans cette pièce avant que ton ami et toi n'entriez, Mark.

– Bon, eh bien, on va ressortir. Comme ça vous pourrez reprendre votre petite séance de chirurgie des yeux. Viens, Jimbo. »

Avec de grands yeux d'agneaux innocents, Linda Taft et Ted Shillington regardèrent Mark traîner son ami dans la pièce. Quand il atteignit la porte, il la poussa et propulsa le rouquin dans le jardin. Le battant claqua derrière eux.

Vaguement, Jimbo entendit Linda Taft demander : « Tu n'as pas senti quelque chose de bizarre ?

– Il. Était. Là, déclara Mark dans le murmure le plus fort qui fût. Debout près de la porte. Face au mur, si bien que je n'ai vu que son dos.

– J'ai ressenti quelque chose, admit son compagnon qui avait toujours l'impression d'être quasi endormi.

– Dis-moi. *Dis-moi,* Jimbo. Il faut que je sache.

– Quelque chose de terrible. Pendant un moment, il m'a semblé que j'avais du mal à respirer. L'air s'est assombri et puis... elle a raison, Mme Taft : j'ai senti une odeur désagréable. »

Mark hochait la tête. Ses yeux paraissaient rétractés à l'intérieur de son crâne, sa bouche n'était qu'une ligne crispée.

« Merde, j'aurais voulu que tu le voies aussi. »

Jimbo lui fit part de la pensée qui venait de le traverser :

« Ils l'auraient vu aussi. M. Shillington et Mme Taft.

– J'en doute », dit Mark. Un vague sourire étira ses lèvres puis disparut. « Mais ç'aurait été assez intéressant, s'ils l'avaient vu. » Il envisagea la possibilité. « Je crois que je suis content que ç'ait pas été le cas.

– En tout cas, je suis content que, *moi*, je l'aie pas vu.

– Il veut pas que tu le voies.

– Qui c'est ? » demanda Jimbo.

La question avait sonné comme une étrange petite plainte.

« Ce doit être le type qui habitait la maison, autrefois. » Mark empoigna le rouquin par le bras et, durant une seconde intense, le secoua comme une poupée de chiffons. Il avait les yeux énormes, bien plus sombres qu'à l'ordinaire. « C'est évident. Et c'est à cause de lui que ma mère est morte. Tu sais ce que ça veut dire. » Jimbo le savait mais il décida de rester muet. « Ça veut dire que, toi et moi, on est sûrs de trouver qui est ce fils de pute. Je veux voir son visage. C'est ça que ça veut dire. Et on va plus discuter là-dessus. »

Jimbo réalisa que Mark le tenait. Il était ferré. Il acceptait les aspects les plus saugrenus de la théorie. Théorie qu'il avait admise en admettant ce que son ami disait avoir vu dans la cuisine. Une fois qu'on prend au mot quelqu'un qui parle d'un homme invisible, c'est sa raquette qu'on utilise sur le court de tennis, et il ne sert à rien de prétendre le contraire.

« T'as pas peur ?

– Je crois pas qu'il puisse nous arriver quoi que ce soit si on y entre en plein jour.

– Même s'il est là-bas, je suppose que je réussirai pas à le voir, de toute façon. » Il sentait monter en lui l'envie de pouffer, aussi nerveusement que ce fût. « Si je t'envoyais chier, tu irais tout seul, hein ?

– Bien sûr. »

Jimbo poussa un soupir qui semblait remonter de la plante de ses pieds.

« Bon. Quand est-ce qu'on va faire ce truc que j'avais juré de jamais faire ?

– Demain matin, dit Mark. Je veux qu'on ait un max de temps. »

Que font les habitants de Millhaven à dix heures du matin, un dimanche de juin ? La plupart de ceux qui assistent à un service religieux sont déjà rentrés chez eux, ont échangé la chemise et le pantalon qu'ils portaient à St. Robert ou à Mount Zion – à Millhaven, presque plus personne ne met costume et cravate pour aller à l'église – contre des T-shirts et des shorts, et ils tondent leur pelouse ou travaillent dans leur atelier. Certains traversent la ville en voiture pour aller voir leur mère, leur frère, ou leurs oncles et tantes. Énormément de femmes préparent le repas pour les parents qui se présenteront quelques heures plus tard, prêts à déjeuner. Énormément d'hommes s'apprêtent à empiler les briquettes du barbecue et se demandent s'ils ne devraient pas aller chercher quelques côtelettes de porc bien juteuses à la boucherie. Un certain nombre regardent l'émission *Sunday Morning* de Charles Osgood sur CBS, et un bon tiers de ceux-là sont encore au lit. Des centaines de personnes des deux sexes partagent leur temps entre la lecture du *Ledger* du dimanche et le petit déjeuner. Des centaines d'autres sont encore endormies, et une partie d'entre elles, celles qui ont le teint terreux et mauvaise haleine, s'éveilleront avec la gueule de bois. Les amateurs de jogging trottinent dans le parc ou le long des routes ; les commerçants ouvrent leurs boutiques ; les jeunes couples s'éveillent sous des draps froissés et s'enlacent parmi des flèches de lumière solaire.

Dans le quartier de Sherman Park, ex-Pigtown, des femmes de chambre changent les draps au vénérable hôtel St. Alwyn. Les golfeurs pilotent leurs voiturettes, aussi joyeusement qu'il est possible à des golfeurs, sur les allées du Millhaven Country Club, où les jardiniers surveillent les greens qu'ils entretiennent. D'intrépides enfants batifolent dans les grandes piscines de Hoyt Park et Pulaski Park qui, à dix-sept degrés, sont encore un peu froides pour la plupart des gens, si jeunes soient-ils. Un matin de juin, Pa nous avait tous emmenés jusqu'à Hoyt Park, et Philip était ressorti de l'eau avec les lèvres bleu vif.

Dans Superior Street, le seul endormi reste Jackie Monaghan qui ne s'éveillera pas avant encore deux heures, en gémissant de douleur. Margo Monaghan est en train de mettre au four un plat de gâteaux à la canelle. Au 3324, Philip Underhill, assis sur son canapé vert élimé, défoncé, partage ostensiblement son attention entre le journal ouvert sur ses genoux et l'évangéliste qui rugit et plastronne à la télévision, tout en s'interrogeant sur l'identité du fameux Tueur de Sherman Park et en se demandant combien d'adolescents il fera disparaître avant d'être enfermé. De chaque côté du vice-principal en proie à ces sombres pensées, une fragile tranquillité imprègne les domiciles des Taft et des Shillington. Ted Shillington, debout dans son jardin, fume une cigarette, à demi conscient du fait que sa femme le contemple avec colère par la fenêtre qui surmonte l'évier. Alors qu'elle range la vaisselle du petit déjeuner dans une cuisine identique, deux maisons plus bas, Linda Taft se choque elle-même en souhaitant que M. Hank Taft tombe mort d'une crise cardiaque avant d'entrer pour lui demander ce qu'on mange à midi.

Distrait et mélancolique, Ted Shillington remarque à peine la chevelure flamboyante et la démarche coulée de Jimbo Monaghan qui traverse son champ de vision sans dire un mot. Quand l'adolescent passe entre l'affreux mur de parpaings et la clôture affaissée des Underhill, Ted n'y prête aucune attention, pas plus qu'à la silhouette de Mark Underhill qui enjambe tranquillement la clôture pour rejoindre son ami. Les garçons se hâtent vers le bas de la ruelle pour rejoindre Townsend Street, à l'insu de Ted Shillington, lequel vient de réaliser que quelqu'un l'observe avec un sentiment – s'il en juge par la sensation qu'il ressent sur la nuque – proche de l'hostilité. Inconscient de la banalité de son désir, il se dit que si sa femme, Laura, et le mari de Linda, Hank, étaient sujets à une violente passion secrète qui les pousserait à s'enfuir de Superior Street la main dans la main, tout irait pour le mieux. Cela pourrait arriver, elle et lui ensemble, non ? Pourquoi une solution aussi satisfaisante, aussi libératrice, aussi chargée de délectable absolution, serait-elle inenvisageable ? Pourquoi serait-elle automatiquement interdite ?

Sans un mot, les garçons atteignent le bas de la rue et tournent en direction de Michigan Street. La présence intense de Mark, farouchement concentré, près de lui fait que Jimbo voit tout ce qui l'entoure en couleurs plus vives qu'à l'ordinaire : les pavés, à leurs pieds, luisent d'un gris verdâtre pour lequel il se rend compte qu'il éprouve une sorte de nostalgie prématurée, comme s'ils étaient disparus ou devaient bientôt disparaître ; la poussière qui scintille au soleil, au bout de la ruelle, est d'un brun-doré flamboyant ; Jimbo n'en a jamais vu d'aussi belle – une lumière blanc-jaune irradie les particules en suspension – et une émotion sans nom lui serre la gorge.

Ainsi franchissent-ils l'angle familier et entrent-ils sur une Michigan Street éblouie. L'éclat du soleil y pend tel un rideau dense luisant qu'ils traversent en espions, en voleurs. Il apparaît à Jimbo qu'au contraire de Mark il est très effrayé, si bien qu'il ralentit l'allure de moitié. Son ami lui jette un regard agressif.

« Bouge-toi, camarade, il va rien t'arriver du tout.

– Super », renvoie le rouquin.

Le long de la rue, les vérandas sont désertes, mais pour autant qu'il le sache, la moitié du quartier pourrait les observer par les fenêtres. Devant la deuxième maison, du côté droit, trois tournesols géants semblent les suivre de leur énorme œil unique. Des rayons ébouissants entourent chacune des fleurs. Tout ce qu'il contemple, remarque Jimbo, est défini par une aura électrique crépitante.

Le vieux Skip endormi sous sa véranda constitue l'aspect le plus paisible de Michigan Street, se dit-il.

Mark arpente le trottoir vivement mais sans hâte évidente, et son ami demeure à sa hauteur. Le bitume semble se soulever et s'abaisser au rythme de leurs pas, le 3323 inspirer et expirer, gonflant à chaque inhalation.

Quand un coude se plante dans ses côtes, Jimbo se rend compte qu'il avait cessé d'accommoder.

« Bon, maintenant, on va passer derrière, dit Mark. Et sans courir, d'accord ? »

Sans attendre de réponse, il quitte le trottoir et s'avance sur la pelouse d'un pas décontracté. Ses jambes se balancent sous lui, tout son corps oscille avec élasticité. Sa grâce naturelle l'emporte entre les maisons, hors de vue, avant qu'un éventuel observateur ait pu remarquer sa manœuvre. Derrière lui,

Jimbo a l'impression de se déplacer tels un chameau, une mule, une bête maladroite incapable de prendre de la vitesse sans redistribuer son poids.

Derrière la maison, l'ampleur du désordre lui donne un haut-le-corps. Certaines des herbes lui montent jusqu'à la taille ! Ce que Mark appelle la « canadienne », lourd comme une balafre, accroche sa masse pentue juste à côté de la porte de la cuisine, s'achevant par un petit mur ridicule, et empiète d'environ cinq mètres dans le jardin changé en jungle. Cette dépendance a été mal bâtie, et quoique ce soit la portion la plus récente de la maison, elle s'effondrera bien avant le reste. Jimbo n'aime pas du tout l'aspect de ce toit en pente, non, vraiment pas.

« Très bien », dit Mark, avant de s'avancer entre les herbes, sur l'amorce de chemin qu'il a tracée plus tôt.

Marchant derrière lui, le rouquin voit la maison inspirer et expirer à chacun de ses pas, et il commence à s'affoler.

« Calme-toi, nom de Dieu », lance son compagnon, ce qui lui fait réaliser que les inspirations et expirations sont siennes.

Mark bondit en haut des marches pour gagner la porte. Jimbo le suit d'un pas lourd. Il remarque le carreau cassé dans le battant et, à travers, contemple ce qui évoque une brume ou un nuage, puis se révèle être le plafond crasseux de la cuisine. Lui adressant un sourire sinistre, son ami se place de profil et se plaque contre la porte. Il passe le bras par la vitre brisée. Son sourire se tord en une grimace. La poignée tourne, le battant pivote. Sa bouche n'étant plus désormais qu'une fine ligne dure, Mark fait signe à Jimbo de le suivre. Quand le rouquin pose le pied sur le seuil, il lui referme une main sur le poignet et, sans plus de cérémonie, le propulse dans la cuisine.

Le ciel rouge

15

De temps à autre, durant notre enfance, Philip et moi avions droit aux discours de Pa sur la gent féminine – jamais quand Ma était à portée d'oreille, bien sûr. Pa nous instruisait sur les femmes lorsque nous l'accompagnions faire ses « courses » du dimanche, à savoir rencontrer ceux de ses amis que Ma n'aimait guère – ou détestait. Des étapes rafraîchissantes dans les tavernes et bars locaux formaient le tissu conjonctif entre ces visites de courtoisie. Philip et moi étions en général autorisés à l'accompagner dans la maison ou l'appartement de ses amis une fois sur trois. Nous avions le droit d'entrer dans les tavernes avec environ la même fréquence.

Pénétrer avec Pa chez ses amis ou dans les bars de Sherman Boulevard ou Burleigh Street qu'il fréquentait n'était qu'à peine plus satisfaisant que devoir l'attendre. Dans la voiture, nous pouvions écouter la radio, dans les tavernes boire des Cocas. Aussi bien dans la voiture qu'au Saracen Lounge de l'hôtel St. Alwyn – ou au Sam n' Aggie's Auer Corner, ou à la Noddy's Sportsmen's Tavern –, Pa nous laissait la plupart du temps nous quereller tandis qu'il vaquait à ses occupations du moment. Parfois, je voyais de l'argent changer de mains, souvent pour passer de la sienne à celle de quelqu'un d'autre, mais de temps en temps en sens inverse ; parfois, il aidait un de ses amis à déplacer des caisses ou des objets lourds tels que scies électriques ou chauffe-eau d'un endroit, disons un entrepôt, à un autre, disons un garage. Dans les bars et tavernes, il nous installait à une table, le long du mur, nous commandait des Cocas et nous laissait là une heure ou deux tandis qu'il buvait de la bière ou jouait au billard avec ses potes. Un jour, il nous ordonna de rester dans la voiture pendant qu'il « allait discuter avec un type » au Saracen Lounge. Au bout d'une demi-heure, je sortis, regardai par la fenêtre du bar, et ne vis Pa nulle part. Avec un creux à l'estomac, je compris qu'il nous avait laissés, qu'il nous avait vraiment abandonnés là, mais je sus aussi qu'il reviendrait. Et il finit en effet par réapparaître, au coin de la rue, les yeux emplis de belles excuses.

Les théories et opinions de Pa sur les femmes ne semblaient pas s'appliquer à Ma, laquelle, c'était entendu, se rangeait dans une catégorie à part, se distinguait des autres représentantes de son sexe, principalement du fait qu'elle était au-delà de toute critique et, de toute façon, trop proche pour être observée en entier : lorsqu'un arbre emplit toute votre lorgnette, le reste de la forêt acquiert un certain degré d'abstraction. Grâce à ce mode de raisonnement, Pa s'arrangeait pour développer une théorie franchement hostile aux femmes sans inclure la sienne dans sa condamnation générale.

« Les garçons, dit-il (ce jour-là, nous hantions les profondeurs enfumées, tachées de bière du Saracen Lounge ; deux vauriens dénommés Bisbee et Livernoise se penchaient au-dessus de la table comme si ç'avait été eux, pas nous, les garçons auxquels il s'adressait), il y a deux sortes de femmes, et vous feriez bien de vous méfier des deux.

– Parfaitement », ponctua Livernoise, qu'on appelait communément « Gambettes », un type que Ma haïssait.

« Celle de la première catégorie agit comme si tu étais le palefrenier et elle la jument de course. Tout ce que tu possèdes lui convient tant que tu le possèdes. Bien sûr, chaque fois que tu fais mieux, ça l'enchante, mais elle s'attend toujours à ce que tu restes à ce niveau-là ou à ce que tu t'améliores. Le truc avec cette femme-là, c'est que tu n'as pas le droit de revenir *en arrière*. Une fois que tu es passé aux steaks et aux rondelles d'oignons frites, pas question de ramener le beurre de cacahuète et les hot dogs. Donc, d'entrée, tu as la pression. S'il n'y a pas à bouffer dans sa mangeoire, ou si c'est moins bon que la dernière fois, la jument quittera l'écurie. Elle te dira qu'elle t'aime, mais qu'elle s'en va quand même, parce que sa dignité compte plus pour elle que l'amour. Tu piges ? Ce que tu partageais avec elle n'était pas du tout ce que tu croyais. Tu croyais que c'était de l'amour, de la confiance, ou même des bons moments, quelque chose comme ça, mais depuis le début, il n'était question que de sa dignité.

« La deuxième catégorie ressemble à la première, sauf que la dignité est remplacée par le statut social et les biens matériels. Les femmes de ce genre-là ont un tiroir-caisse à la place du cerveau. Si tu en épouses une, tu te retrouves dans la merde, et plus ça va, plus tu t'y enfonces. Tu finis par y être plongé jusqu'au cou, à te démener pour garder la tête à l'air libre. Tu pourrais aussi bien t'engager dans l'armée, parce que tout ce que tu fais de ta journée, au bout du compte, c'est recevoir des ordres.

– Ça, c'est les Juives, dit Bisbee, à moins que ça n'ait été Gambettes Livernoise. Je suis sorti avec une gonzesse comme ça, à une époque, et elle était juive à cent pour cent. Elle s'appelait Tannenbaum.

– Elle peut être juive, elle peut être baptiste, elle peut être n'importe quoi, dit Pa. La Juive est peut-être plus douée pour ça, mais une petite salope anglo-saxonne blonde, avec pas plus de nichons que Gambettes ici présent, est capable de croiser les jambes en disant “diamants” aussi bien que si elle s’appelait Rachel Goldberg.

– T’as très bien résumé la question, approuva Bisbee (je crois). Tes gamins devraient prendre des notes, sauf que cette discussion passe largement au-dessus de leurs petites têtes.

– Attention, reprit Pa avec une lueur étrange dans le regard. Il y a une troisième sorte de femmes, mais elle est extrêmement difficile à trouver. Et on n’a pas forcément envie de la trouver, parce que c’est le genre qui te passe le cerveau à la moulinette nettement plus vite que les deux autres.

– Pas la peine d’en parler maintenant, dit Gambettes Livernoise en agitant les mains.

– Préserve la précieuse innocence de ces garçons », dit Bisbee.

Aucun de ces deux abrutis ne savait plus que nous ce que Pa se préparait à dire.

« Ils sont assez vieux pour assimiler cette information-là. Par ailleurs, le devoir sacré d’un père est de superviser l’éducation de ses fils. Ils doivent savoir... » À ce moment, il regarda droit vers mon frère et moi. « ... Que la vaste majorité des femmes qu’ils rencontreront dans leur vie s’inscrira dans les deux premières catégories, mais qu’une fois de temps en temps, ils en croiseront une de la troisième.

– Ça, c’est la vérité du bon Dieu, les enfants, dit Bisbee.

– Celle de la première catégorie reste avec toi aussi longtemps que tu réussis, alors que celle de la deuxième finit par s’élire P-DG de ta petite personne, continua Pa. Les deux prennent tout ce qu’elles peuvent prendre des deux mains, mais la seconde le fait plus franchement, parce que, dès le départ, elle en veut plus que tu n'en as. Celle de la troisième catégorie, en revanche, se fout complètement de ce que tu as en banque, et elle n'en a rien à cirer de la bagnole dans laquelle tu roules. Et c'est ça qui la rend tellement *dangereuse.*

– Elle a l'air innocent, dit Legs Livernoise.

– Exa-que-tement, confirma Pa. Ça, c'est une femme qui est capable de se projeter dans l'avenir et qui t'attend derrière les virages avant même que tu n'y arrives. Elle a toujours une case d'avance. Tu ne sais pas trop d'où elle vient, mais tu sais qu'à coup sûr, elle n'est pas d'ici. Elle a quelque chose de *différent.* En plus, elle a tellement d'avance que tu ne la rattrapes jamais. Parce que si tu y arrivais, ça ne serait plus amusant. Tout son jeu consiste à te laisser dans le vague. Elle te veut dressé sur la pointe des pieds, les yeux et la bouche grands ouverts. Si jamais tu dis : “Le ciel est d'un joli bleu, aujourd'hui”, elle te répond : “Oh, le bleu, c'est jamais que du bleu. Hier, le ciel était rouge.” Alors, tu essaies de te rappeler et tu te dis qu'hier, peut-être bien que le ciel était rouge, en effet.

– Et peut-être que t'avais la tête dans le cul, dit Bisbee. Excusez mon franc-parler, les garçons.

– Dans le sien, plutôt, corrigea Livernoise.

– C'est exact, dit Pa. Vous êtes trop jeunes pour savoir ce que c'est que le sexe, les enfants, mais il n'est jamais trop tôt pour apprendre quelques faits. Le sexe est une activité que partagent les hommes et les femmes, sauf qu'on y prend plus de plaisir qu'elles. C'est différent avec chaque personne. Parfois, c'est nettement mieux que d'autres. » Il s'interrompit et son expression se fit réfléchie, sérieuse. Pour la première fois, je mesurai à quel point il était ivre. « Ne répétez rien de tout ça à Ma, sinon je vous fais sauter vos petites caboches. Je plaisante pas. » Il pointa le doigt vers nous et le laissa ainsi jusqu'à ce que nous hochions la tête. « Très bien. Le problème, c'est qu'avec cette troisième femme, le sexe est toujours génial. Sauf quand il est absolument nul, mais c'est assez rare, et pour elle, le sexe nul arrive presque au même résultat que le sexe génial. Parce que de toute façon, tu penses énormément à elle. Cette femme-là ne s'intéresse pas aux mêmes choses que les deux premières. Elle ne veut pas s'introduire dans ton portefeuille, elle veut s'introduire dans ta tête. Et une fois qu'elle y est, il lui pousse des racines, elle balance des crochets d'abordage, elle fait tout ce qu'elle peut pour s'assurer que tu ne puisses pas les en faire sortir.

« Vous vous rappelez ce que j'ai dit : elle n'en a rien à foutre des bijoux, des maisons et de tout ce qu'on peut acheter avec de l'argent. Elle veut autre chose à la place, et cet autre chose, c'est toi. Elle te veut, *toi*. Corps et âme, mais surtout âme. Elle ne tient pas tellement à ce que tu sortes dans le monde, t'amuser avec tes amis, elle te veut dans son monde à elle, un endroit dont tu n'avais jamais rêvé avant d'y arriver. Pour ce que tu en sais, là, le ciel est rouge toute la sainte journée, le haut est en bas et toutes les rivières coulent vers la source.

– Pourquoi est-ce que le ciel est rouge, papa ? demanda Philip qui réfléchissait visiblement depuis quelque temps à cette question.

– Pour griller les petites andouilles comme toi », répondit Pa, tandis que ses affreux compagnons éclataient de rire.

Je me suis souvent dit que Philip est devenu ce qu'il est à cause du genre de personne qu'était Pa. Peut-être mon frère serait-il le même connard intransigeant, timoré et égoïste si Pa avait été quelqu'un comme Dag

Hammarskjöld, ou même Roy Rogers [1], mais je ne le crois pas.

Parfois, à divers moments de la journée, toujours de manière totalement inattendue, je me rappelle le petit garçon assis près de moi dans le Saracen Lounge, en train de demander : « Pourquoi est-ce que le ciel est rouge, papa ? » Ça me donne envie de pleurer, envie de frapper le bureau à coups de poing.

16

Mark franchit la porte à la suite de Jimbo avec la sensation soudaine et imprévue de se trouver à un moment charnière, par rapport auquel tous les événements de sa vie se répartiraient désormais entre *avant* et *après*. Une ligne de partage des eaux franchie au moment exact où il la découvrait. Il ignorait totalement pourquoi il lui semblait que rien ne serait plus tout à fait pareil, mais il n'aurait pu le nier sans se mentir. La perception de ce moment, de cette ligne de partage avec lui en son centre, fut presque aussitôt surpassée par l'instant suivant, auquel un formidable glissement tectonique s'était déjà produit, le laissant avec sa deuxième grande impression de la matinée, à savoir que la cuisine et, par voie de conséquence, le reste de la maison étaient bien plus vides qu'il ne l'avait imaginé.

Côte à côte, Jimbo et lui découvrirent une pièce parfaitement ordinaire, déserte, inoccupée depuis trois ou

1. Respectivement prix Nobel de la Paix 1961 et cow-boy télévisuel. *(N.d.T.)*

quatre décennies. Sur le sol, leurs pas anarchiques traçaient des pistes dans un épais tapis de poussière. Des taches rousses marquaient les murs jaunes écaillés. Il semblait faire extraordinairement chaud. L'air sentait le renfermé, l'absence de vie. Les seuls bruits qu'entendait Mark étaient son souffle et celui de Jimbo. C'était donc vrai, songea-t-il : de jour, ils n'avaient rien à craindre.

Au premier regard, la cuisine paraissait environ de la même taille et de la même forme que celle de chez Mark. Le passage voûté menant à la salle à manger dupliquait sa contrepartie de l'autre côté de la ruelle. Les pièces étaient peut-être un tout petit peu plus petites. Hormis l'absence de poêle et de réfrigérateur, la grande différence entre cette cuisine-là et l'autre résidait dans le mur latéral gauche. Celui-là n'était pas percé d'une fenêtre donnant sur la courte pelouse séparant la maison de la suivante. Il semblait n'avoir jamais soutenu les étagères à épices, à livres de cuisine, à petites figurines en porcelaine de chiens et de chats, de bergers et de bergères, qui occupaient cette position chez les Underhill. À la place se trouvait la porte, douillettement nichée dans son encadrement, que le garçon avait remarquée la première fois.

« Bon..., fit Jimbo en la désignant avec l'air de dire : toi d'abord.

– On va y venir, dit Mark. D'abord, on va jeter un œil par les fenêtres de devant, histoire de voir si quelqu'un nous a repérés.

– Comme tu veux », dit Jimbo, qui se sentait moins décontracté qu'il n'en avait l'air.

Mark, alors qu'il s'apprêtait à franchir la plus étroite des deux arches, découvrit que la maison n'était pas aussi vide qu'il le croyait. Un parallélépipède enveloppé de tissu, qui ne pouvait être qu'une table recouverte d'un drap, occupait le milieu de la salle à manger. Derrière l'arche la plus large, dans le salon, on apercevait d'autres meubles ainsi protégés. Quand les habitants avaient décampé, ils avaient laissé derrière eux deux chaises de belle taille et un long canapé. Pourquoi abandonner de bons meubles quand on déménage ?

Le souffle bruyant de Jimbo à son oreille, Mark passa dans le salon. Se rappelant ce que son ami croyait avoir vu ainsi que sa propre vision, ou quasi-vision, de la veille, il chercha des empreintes dans la poussière mais ne découvrit que quelques dessins, boucles et volutes, évoquant les caractères d'un alphabet inconnu inscrits par la plus légère pression d'un stylo-plume. Ni le géant menaçant de Jimbo, ni la monstrueuse silhouette dont lui-même avait considéré la présence comme une mise en garde, ni la jeune fille n'auraient pu laisser ces traces délicates, à peine marquées. La même main, celle de l'abandon, avait griffonné des inscriptions complexes mais sans objet sur les murs. Celles-là avaient pâli au point d'atteindre l'absence de couleur de la brume – ce qui donnait l'impression qu'on aurait pu frapper du poing cette écriture illisible et ne rien toucher de plus matériel que de la fumée.

17

Bien sûr que personne ne nous a vus, pensa Jimbo. *Personne ne regarde jamais vraiment cette maison. Même quand les voisins tondent la pelouse, ils font semblant d'être ailleurs. Et la dernière idée qui leur viendrait, c'est de regarder par les fenêtres. On pourrait danser à poil, là-dedans, ils ne verraient rien du tout.*

Tandis que Mark contemplait les murs, sur lesquels il discernait Dieu sait quoi, le rouquin s'avança vers les grandes fenêtres de la façade sans s'approcher assez, en dépit de ce qui venait de lui traverser l'esprit, pour être aisément visible de la rue. De profondes stries, dans la pellicule de poussière qui recouvrait les vitres, accrochaient la lumière et se découpaient telles des runes.

Au passage d'un nuage, les lignes et volutes brillantes des carreaux prirent une couleur d'or martelé, trop vive pour une fin de matinée dans le Midwest. Quelque chose, une particule de son être qui évoquait le souvenir d'une douleur, se déplaça en Jimbo comme si on l'avait touchée. Une sensation d'abandon complet le traversa tel un rayon X et, soudain désorienté, il se détourna. Les draps qui pendaient sur les meubles du salon racontaient l'histoire d'un millier d'abandons.

Le garçon se tourna à nouveau vers la fenêtre. Les runes dorées avaient repris leur aspect de failles entre les zones poussiéreuses, lui offrant une vision bizarrement inattendue de Michigan Street. Juste en face de lui s'élevaient deux maisons, celle des Rochenko et celle du vieux Hillyard. Quoique Jimbo sût très exactement à quoi elles ressemblaient, il eut l'impression de ne les avoir jamais vraiment vues auparavant. D'où il les observait, elles lui paraissaient d'une essence subtilement différente, lointaines, plus mystérieuses.

Un son évoquant le frottement d'un tissu contre un autre tissu s'éleva non loin du rouquin qui tourna brutalement la tête et surprit par-dessus son épaule... quoi ? Un vague dessin blanc, brièvement visible dans l'air vicié ? Il en fut suffisamment effrayé pour demander :

« T'as entendu ça ?

– T'as entendu quelque chose ? renvoya Mark en

retirant la main du mur qu'il examinait et en posant sur son ami un regard bien trop intense au goût de ce dernier.

– Non, désolé.

– On commence en haut ou en bas – par ça ? » Mark désigna d'un vague signe de tête la cuisine et l'arrière de la maison. « En haut, hein ? Qu'est-ce que tu en dis ? »

Pourquoi me demander ça à moi ? s'interrogea Jimbo, avant de réaliser qu'on ne lui demandait rien du tout : on lui donnait des instructions.

« Ça me paraît raisonnable, dit-il. Et on cherche quoi, exactement ?

– Tout ce qu'il y a à trouver. En particulier, tout ce qui a un nom marqué dessus, par exemple des enveloppes. Un nom, on peut toujours le rentrer sur Google. Des photos, ça serait bien, aussi. »

Au premier étage, l'escalier s'interrompait devant un couloir lugubre et une étroite volée de marches raides qui menait au grenier. Sans un mot ni un regard, Mark commença à gravir ces dernières.

Quand Jimbo franchit la porte du grenier, il constata que le toit y formait un V inversé culminant à environ deux mètres cinquante du plancher. De là, il s'abaissait en pente raide au-dessus d'un capharnaüm de tables, de chaises et de commodes.

Dix minutes plus tard, en essuyant son front trempé de sueur, le rouquin vit son ami de l'autre côté de la pièce, en train de fouiller méthodiquement des tiroirs. Allait-il insister pour consacrer des heures à ses recherches ?

La sueur semblait s'échapper par tous les pores de Jimbo. Lorsqu'il se penchait au-dessus d'un coffre ou ouvrait un carton, elle lui coulait dans les yeux et gouttait sans bruit sur ce qu'il tentait d'observer.

Sur sa droite, soudain, il crut voir une silhouette

humaine debout, enveloppée d'un drap, et la peur se déchaîna dans tout son être. Avec un petit cri choqué, il se redressa pour faire face à l'apparition.

« *Qu'est-ce qu'il y a ?* » lança Mark.

Jimbo contemplait son visage luisant, ses yeux exorbités, dans un miroir en pied à l'encadrement ovale. Son imagination l'avait lui-même changé en cliché de film d'horreur.

« Y a rien, bordel, c'est juste que ça fout les jetons, de fouiller là-dedans.

– Il doit bien y avoir quelque chose », dit Mark, en grande partie pour lui-même. Il arracha un minuscule tiroir d'une table de chevet à l'aspect fragile. « Qui que ce soit, ils étaient pressés de partir. Regarde la manière dont tout est entassé, ici. Même s'ils essayaient de cacher une merde quelconque, ils ont sans doute trop bâclé le travail pour le faire correctement.

– Tu sais, je crois que j'ai envie de me tirer de ce grenier », dit Jimbo.

Vingt minutes plus tard, ils redescendaient l'escalier étroit. Le premier étage leur parut plus frais d'au moins cinq degrés que le grenier. Mark, qui avait démoli à coups de pied la petite table de chevet, boita légèrement durant la descente.

Le rouquin, sachant ce qui les attendait au rez-de-chaussée, espérait presque qu'ils restent un bon moment en haut.

Ce niveau-là du 3323 North Michigan Street se composait de deux chambres et d'une salle de bains bordées d'un couloir. Dans la plus petite des chambres, deux lits individuels, dont un garni d'un matelas couvert de taches, étaient poussés contre des murs opposés. Le plancher nu, griffé, râpé, était d'une saleté repoussante. Mark suivit Jimbo dans la pièce, fronça le sourcil devant le matelas taché, et le souleva sur le côté. D'autres taches brun terne dessinant une espèce de motif cachemire maculaient la face inférieure.

« Beurk, mate un peu la merde.

– Tu crois que c'est de la merde ? Pas moi, je crois...

– Tu ne sais pas ce que c'est et moi non plus. »

Mark laissa retomber en place l'horrible matelas, avant de se pencher pour regarder sous le lit. Il répéta l'opération de l'autre côté de la pièce.

Il jeta ensuite un coup d'œil de pure forme à la salle de bains. Des lambeaux de toiles d'araignée mortes pendaient à la fenêtre, et une araignée vivante à peine plus petite qu'une souris s'efforçait de gravir la surface intérieure de la baignoire. Une poudre blanche sableuse couvrait le carrelage.

La plus grande des chambres abritait un lit à deux places, poussé contre un mur. La même poudre blanche couvrait le sol. Quand Jimbo leva les yeux, il discerna des blessures brun-jaune dans le plafond. Un crucifix en bois pendait au-dessus du lit.

Mark se pencha pour regarder sous la couche. Poussant une exclamation de surprise et de dégoût mêlés, il recula à quatre pattes, laissant glisser un doigt sur la jointure poussiéreuse de deux lattes.

Avant que l'autre garçon ne pût lui demander ce qu'il faisait, il se remit sur ses pieds d'un bond et gagna le mur opposé.

Le rouquin s'approcha de la fenêtre. Une nouvelle fois, l'angle inhabituel distordit un paysage familier. Les bâtiments s'inclinaient vers l'avant, rapetissés par la perspective et par ce que Jimbo ressentait comme la haine, les soupçons et la peur de quelqu'un d'autre. Comme il frissonnait, la scène qu'il contemplait retrouva brutalement sa réalité ordinaire.

« J'ai une espèce d'impression... », dit Mark, appuyé contre le mur latéral.

Lentement, il tourna la tête pour regarder une penderie encastrée.

« Sur quoi ? »

Il se mit en branle, ouvrit la porte et se pencha à l'intérieur.

« Y a quoi, là-dedans ? »

Il s'enfonça dans la penderie. Le rouquin, s'approchant, entendit quelque chose glisser d'une étagère. Mark réapparut avec un sourire, tenant en main un objet couvert de poussière en lequel son compagnon, au bout d'un moment, reconnut un vieil album de photos.

Jimbo n'avait aucun moyen de savoir et Mark aucune intention de lui dire que son sourire ne lui était pas inspiré par l'album mais par tout autre chose : une porte insérée au fond de la penderie. Une théorie concernant la maison qu'il explorait enfin s'était formée dans son esprit, et cette porte dissimulée semblait la confirmer.

« Bingo !

– Ouais, dit Mark. Jetons un coup d'œil. »

Il s'approcha de la fenêtre pour tenir à la lumière sa trouvaille, naguère d'un vert forêt profond, devenue gris sombre par accumulation de poussière. Des rectangles en plastique matelassé, imitation tissu, entouraient l'étiquette centrale : PHOTOS DE FAMILLE. Mark ouvrit l'album à la première page.

Un imposant jeune homme, portant long manteau noir et lourdes bottes, s'accoudait au capot d'une vieille Ford, une main devant la figure. Sur le deuxième cliché, le même jeune homme passait un bras autour d'une jeune femme souriante, dont les cheveux raides tombaient presque jusqu'à la taille. Son visage n'était qu'une tache floue.

« J'y crois pas, dit Mark. Regarde ça. »

Enveloppé de son long manteau, le dos à l'appareil,

l'homme se penchait sur une table jonchée de pinces, de rabots et de boîtes de clous.

Puis venait une photo prise derrière la maison. La pelouse était plus rase, les arbres paraissaient plus petits. Ne montrant que le haut de son crâne, l'homme tenait un garçonnet de cinq ou six ans par ses bras fluets.

Comme si le fait d'avoir un fils avait libéré quelque chose en lui, les trois clichés suivants le montraient au cours d'une petite fête ayant apparemment lieu au bord d'un lac, dans une taverne. Vêtu de sa tenue habituelle, il discutait avec d'autres hommes, du même âge ou plus vieux. Ici, il se tenait sur une jetée, près de la taverne ; là, il était perché sur une barque retournée en compagnie de deux autres hommes et d'une femme aux sourcils épilés qui fumait une cigarette. Sur chaque photo, sa position empêchait l'appareil de saisir son visage.

« Comment tu t'appelles, connard ? dit Mark. Tu veux pas montrer ta tête, hein ?

– Je m'excuse, mais ça me fout la trouille, dit Jimbo. Le type dans ta cuisine ne montrait pas sa tête non plus.

– Parce que c'est lui, tu comprends ? C'est lui, *le type*.

– Ça devient nettement trop effrayant pour moi, avoua le rouquin. Désolé. On aurait jamais dû venir ici. On aurait dû laisser tomber cette histoire dès le début.

– Ta gueule. »

Mark contemplait les photos avec une grimace renfrognée. Soudain, il pencha la tête pour regarder l'album de plus près.

« Je me demande... » Il désigna une espèce de cowboy grand et élancé, également assis sur la barque retournée. « Il te dit rien, ce mec-là ? »

Jimbo songea que son ami ne lui permettrait jamais de se défiler.

« Tu m'as pas entendu ? demanda-t-il.

– Si, je t'ai entendu, mais j'y peux rien. Maintenant, regarde le mec que je te montre. »

Le rouquin estima que l'homme en question ressemblait un peu au cow-boy Marlboro, sur les vieilles pubs, mais il eut la sagesse de n'en rien dire.

« Allez, regarde mieux. Imagine-le tout ridé.

– C'est le vieux Hillyard, *ça* ? Je le crois pas. » Observant de plus près l'individu assis sur la barque, il parvint presque à en superposer les traits et ceux de M. Hillyard. « Peut-être bien, en fait.

– C'est sûr. Il connaissait ce type. Tu vois ? Il lui parle. Ils boivent le coup ensemble. Il faut qu'on aille causer au vieux Hillyard.

– Je peux m'en charger, proposa Jimbo, qui voyait là une excuse pour sortir de la maison.

– Ouais, il t'aime bien, maintenant, non ? » Après s'être tordu la cheville, la semaine précédente, M. Hillyard avait fait signe au rouquin pour lui demander de porter ses courses. « Va le voir cet après-midi. Tant que tu y es, discute avec tous les gens du coin qui ont l'air assez vieux pour avoir connu ce gars-là. »

La joie qu'éprouvait Jimbo de pouvoir échapper sans perdre la face à l'atmosphère authentiquement oppressante de la maison se heurta soudain à l'impression que Mark voulait se débarrasser de lui.

« Et toi ?

– Tu rigoles ? Pendant que tu feras le tour du quartier, je serai ici. »

L'étrange pièce du bas, qui n'avait jamais vraiment quitté ses pensées, jaillit au premier plan de sa conscience. Plus il s'en éloignerait, mieux il se porterait. C'était comme si elle avait irradié une chaleur contre nature ou une odeur répugnante.

Les yeux de Mark, agrandis, brillaient d'une lueur étrange.

« On a pas besoin d'être deux pour fouiner là-dedans. Et de toute façon, t'as pas envie d'être là, hein ? »

Jimbo recula d'un pas, soupçonneux. Des pulsions contradictoires s'affrontaient en lui : Mark semblait bel et bien vouloir le mettre sur la touche. Puis il songea encore à l'homme sur les photos, à la pièce du rez-de-chaussée où ils n'étaient pas encore entrés, et il estima pouvoir se révéler plus utile hors de la maison que dedans.

« Cette baraque a pas l'air normale, dit-il. C'est comme si tout était étriqué, ou quelque chose comme ça. Ça fout trop les boules. »

C'était pure vérité. Il avait le sentiment de patauger dans quelque substance répugnante qui se solidifierait autour de ses chevilles s'il restait trop longtemps au même endroit. Les toiles d'araignées fantomatiques de son ami constituaient une autre facette de la même sensation.

« Et tu devrais voir l'endroit où j'ai trouvé les photos », dit Mark.

Non, je ne devrais pas, songea Jimbo, mais il s'avança néanmoins et franchit la porte.

La penderie était à peine assez grande pour qu'ils y tiennent tous les deux. L'obscurité empêchait le rouquin de voir ce que faisait exactement son compagnon qui semblait forcer sur une étagère posée au-dessus de la tringle à vêtements. Ladite étagère glissa vers le haut. Mark, s'enfonçant un peu plus, ouvrit un panneau situé au fond du placard.

« Regarde. » Tandis qu'il se penchait de côté et tendait la main dans l'obscurité, Jimbo s'avança à son tour. « Tu vois ?

– Pas vraiment.

– Approche-toi et mets la main à l'intérieur. » Au prix d'une petite bousculade, le rouquin se pencha à son tour et enfonça la main droite dans une ouverture à demi visible. « Tâte le fond. »

Le plancher paraissait griffé, hérissé et plus doux qu'il n'aurait dû l'être, comme une vieille peau d'ours.

« Le bois est un peu pourri », dit Mark.

Les doigts de Jimbo rencontrèrent une vis, un petit trou, une aspérité saillante.

« Je tiens quelque chose.

– Tire vers le haut. »

Une portion de plancher se détacha. Le rouquin, promenant la main dans l'ouverture, découvrit un compartiment secret long d'environ trente centimètres, large de soixante et profond de dix ou quinze.

« C'est là qu'était l'album ?

– Tout juste. »

Jimbo retira sa main, et les deux garçons reculèrent dans la chambre.

« Comment as-tu trouvé la trappe ? Comment savais-tu qu'elle y serait ?

– J'ai deviné. » La réponse valut à Mark un regard frustré. « Cette baraque est censée être identique à la mienne, non ?

– On dirait bien. Mais les pièces ont l'air un peu plus petites.

– Exactement. C'est pour ça que tout paraît étriqué. Elles sont presque toutes plus petites que chez moi. De l'extérieur, pourtant, les maisons sont identiques. L'espace qui manque doit bien être quelque part.

– Tu veux dire qu'il y a des cachettes dans toute la maison ?

– C'est ce que je pense, oui », confirma Mark, ne disant pas la moitié de ce qu'il pensait réellement.

Jimbo n'eut besoin d'aucune précision pour

comprendre quelles possibilités hideuses découlaient de cette disposition.

« Disons que quelqu'un, par exemple une jeune fille, s'est enfermée dans cette maison, reprit Mark. Elle se croirait en sécurité, mais... »

C'était là la possibilité que son ami avait le moins envie d'explorer.

« Si tu étais caché dans une de ces pièces secrètes, tu pourrais sortir quand tu voudrais, compléta-t-il néanmoins, au bord de la nausée.

– Cette maison doit vraiment avoir un passé terrible, approuva Mark.

– Et son présent n'est pas franchement génial. Je veux dire, ça me fout trop la trouille, Mark. C'est comme s'il y avait quelqu'un, ici, avec nous.

– Je vois ce que tu veux dire. On va descendre et en finir. Je ferai les vraies recherches demain. »

Au rez-de-chaussée, ils explorèrent le salon et la salle à manger, fouillant placards et armoires, cherchant des trappes dans les planchers. Mark semblait découvrir des excentricités architecturales qu'il ne se fatiguait pas à décrire. Il haussait les sourcils, plissait les lèvres, se parait de toutes les mimiques révélant la réflexion et la compréhension. Ce qu'il comprenait, toutefois, il le gardait pour lui.

Trop tôt au goût de Jimbo, ils se retrouvèrent dans la cuisine. Si c'était possible, la pièce surnuméraire lui inspirait encore plus de répulsion qu'auparavant. Une sensation des plus déplaisante lui paraissait en émaner. Comme en conséquence, la porte inscrite dans le mur semblait avoir grandi, acquis une densité accrue.

« Je ne suis pas sûr d'avoir envie de voir ce qu'il y a là-dedans, dit-il.

– Alors, n'entre pas. »

Mark s'approcha de la porte, la tira et recula d'un pas, afin de permettre à son compagnon, le cœur en chute libre, d'avancer à son tour. De l'autre côté, ils ne distinguèrent qu'un voile de ténèbres sans profondeur. Avec un bruit de gorge bas, Mark s'approcha du seuil, Jimbo le suivant sans enthousiasme.

« Bon, allons-y, décida-t-il. C'est une pièce vide, c'est tout. »

Un pas de plus l'amena dans la pièce obscure. Le rouquin hésita un instant, déglutit, puis s'engagea lui aussi dans l'obscurité. Brusquement, il avait les joues brûlantes.

« J'aurais dû emmener la torche, dit Mark.

– Ouais », dit Jimbo, bien qu'il ne fût pas d'accord du tout.

Ses yeux s'habituaient peu à peu à l'absence de lumière, comme lorsqu'on vient d'entrer dans un cinéma et qu'on marque un temps d'arrêt avant de descendre l'allée. Tandis que l'obscurité sans faille se changeait en un paysage d'ombres granuleuses, il prit conscience d'une odeur ténue mais bien réelle. Quelque chose d'animal, de détestable, venait s'ajouter à l'odeur de renfermé et de défaite exsudée par le reste de la maison. Il réalisa qu'il contemplait un grand objet à la forme aussi familière qu'étrangère.

« Putain merde chier. C'est quoi, *ça*, bordel ? lança Mark.

– Je crois que c'est un lit.

– Ça peut pas être un lit, ça ! »

Il s'approchèrent un peu de l'objet qui dominait la pièce, étendu sous le toit en pente et évoquant de fait vaguement un lit – celui d'un géant cruel qui s'y effondrait chaque nuit, ivre mort. D'épais madriers grossiers de trois mètres de long en formaient le cadre, des planches mal assemblées la rude plate-forme sur laquelle dormait le géant. Les deux garçons s'approchèrent encore.

« Oh, oh, dit Mark sans préciser sa pensée.

– Ouais, j'aimerais pas passer la nuit là-dessus.

– Non, regarde. »

Il désignait ce que son ami avait pris pour une zone plus sombre dans le grain des longues planches. Au cœur des ténèbres, deux bracelets en cuir séparés d'un mètre étaient reliés par des chaînes à la plate-forme. Deux autres, un peu plus écartés, s'y attachaient environ un mètre vingt plus bas.

« Les pieds sont rivés au sol, remarqua Mark, dont les yeux brillaient dans l'obscurité.

– C'était pour *qui* ? » Puis Jimbo remarqua une série de taches noires autour des menottes, et entre les menottes, qui ne devaient rien non plus au grain du bois. « Je me tire. Désolé, mec. »

Il se dirigeait déjà vers la porte, les mains levées comme pour repousser un assaillant. Après un dernier regard au lit colossal, Mark le rejoignit. Une fois dans la cuisine, ils échangèrent un coup d'œil. Le rouquin craignit ce qu'allait dire son compagnon mais ce dernier détourna la tête et garda ses pensées pour lui.

Se sentant aussi dépourvus de poids, aussi immatériels que des fantômes, ils sortirent sous la petite véranda délabrée. Il leur était arrivé quelque chose, songea Jimbo. À lui, en tout cas, mais il eût été bien en peine de le définir. Tout le souffle et l'essentiel de la vie avaient été arrachés à son corps comme par un choc violent. Ce qui restait lui suffit à peine pour flotter en bas des marches et rejoindre le grand enchevêtrement végétal du jardin.

Il demeura silencieux jusqu'à ce qu'ils atteignent la portion de pelouse tondue, sur le côté de la maison, puis il se rendit compte qu'il ne pouvait s'empêcher de parler.

« Ç'a été fabriqué pour retenir un enfant, cette espèce de lit. » Mark s'immobilisa et regarda en arrière. « Il attachait un enfant, peut-être deux, sur cette espèce de lit et il les torturait. » Jimbo avait l'impression de frapper sur une grosse caisse. « Parce que c'était des taches de sang, hein ? Ça avait l'air noir, mais c'était du sang.

– Je crois que les taches sur le matelas, c'était du sang, aussi.

– Mais merde, Mark, c'est quoi, cette baraque ?

– C'est ce qu'on va découvrir. À moins que t'aies changé d'avis et que tu veuilles plus m'aider. Si c'est ça, dis-le tout de suite. Tu laisses tomber ?

– Non, je ferai ce que tu voudras, soupira Jimbo. Mais je maintiens qu'on aurait jamais dû se mêler de ça.

– J'avais pas le choix. Tu sais quoi ? J'ai un peu l'impression d'avoir été *choisi*. Je suis d'accord avec toi : c'est terrible et ça fait peur... mais ça a *tué ma mère* !

– Comment ? Tu veux bien m'expliquer ça ?

– JE SAIS PAS COMMENT ! hurla Mark. Qu'est-ce que tu crois qu'on FOUT là, hein ? »

Puis, pour une raison que Jimbo ne comprit pas, son regard changea. Les muscles de son visage se relâchèrent, lui donnant l'air défoncé. Il contempla ses mains vides, puis le sol.

« Et merde. » Regardant toujours par terre, il rebroussa chemin sur deux ou trois mètres. « Qu'est-ce qu'on a foutu de l'album de photos ? » Jimbo cligna les yeux. « Je te l'ai pas donné ?

– Non, c'est toi qui l'avais quand on est descendus.

– J'ai dû le laisser dans la cuisine. » Mark hochait la tête. « Je l'ai pas emporté dans la petite pièce, hein ?

– Je me rappelle pas.

– J'ai dû le poser sur un plan de travail pour avoir les mains libres.

– Ah non, dit le rouquin, devinant l'intention de son ami. Laisse-le où il est. Tu les as déjà vues, les photos. »

Mais Mark s'en retournait déjà vers les hautes herbes. La seconde d'après, il suivait le chemin tracé par leur passage.

« J'arrive pas à croire que tu fais ça.

– T'affole pas. Je reviens tout de suite. »

Pour Jimbo, il était inconcevable que quiconque, même Mark, accepte de s'exposer une deuxième fois à l'atmosphère du 3323. Il comprenait pourquoi les habitants du quartier étaient tacitement convenus d'oublier la maison abandonnée, de cesser d'accommoder quand ils posaient accidentellement les yeux sur elle. Il y avait des choses qu'on ne *devait* pas regarder, des choses qu'il valait mieux ne pas voir.

Le rouquin s'assit pour attendre. La chaleur intense amplifiait le bourdonnement et le cliquètement des insectes cachés dans les hautes herbes. La sueur dégoulinait dans son cou, serpentait le long de ses côtes, rafraîchissant sa peau. Il ne quittait pas du regard la porte de la cuisine, en haut des marches vermoulues. Ses épaules le chauffaient désagréablement. Tirant sur son T-shirt, il les frotta, toujours concentré sur la porte.

Se levant, il chercha un endroit plus confortable où s'asseoir. Il se demanda si des souris ou des écureuils morts n'étaient pas en train de se décomposer dans les environs.

Regarder sa montre était inutile, car il n'avait pas la moindre idée de l'heure à laquelle Mark était parti. Il la regarda néanmoins. Presque midi et demi. Étonnant. Ils avaient dû rester deux heures et demie à l'intérieur. Cela lui avait semblé bien plus court, presque comme si la maison l'avait hypnotisé. Cette pensée le poussa à consulter de nouveau sa montre. Les aiguilles n'avaient pas bougé.

Bien entendu, la trotteuse, mobile, avançait sur son chemin inexorable autour du cadran circulaire – dans le sens des aiguilles d'une montre, précisément. Celle des minutes, en route vers 30, passa de 22 à 23. Jimbo jeta un coup d'œil à la porte, par-dessus les hautes herbes. On aurait dit qu'elle n'avait jamais été ouverte.

La trotteuse franchit la ligne d'arrivée et se lança sans hésiter dans une minute toute nouvelle. Le rouquin leva les yeux vers le sinistre battant et sentit le soulagement le submerger, suivi par une intense sensation de danger. Mark Underhill apparut dans l'encadrement, chargé de l'affreux album de photos, signalant par chacun de ses regards et de ses gestes qu'il était vraiment désolé. Jimbo bondit sur ses pieds.

« Qu'est-ce qui t'a pris si longtemps ?

– Je m'excuse, je m'excuse.

– Tu te rends compte à quel point je m'inquiétais ? T'as oublié que j'étais là à t'attendre ?

– Ça va, je m'excuse, je t'ai dit.

– Je m'excuse, mon cul ! »

Mark le fixa d'un regard furieux. Jimbo n'aurait su dire ce qu'il pensait. Son visage était toujours d'une pâleur inhabituelle. Même ses lèvres paraissaient blanches.

« Tu me demande pas ce qui m'a pris si longtemps ?

– Si. Qu'est-ce qui t'a pris si longtemps ?

– J'arrivais à trouver cette saloperie nulle part. J'ai regardé dans toute la cuisine. J'ai même regardé dans la... tu sais.

– La pièce au lit. »

Mark hocha la tête.

« Alors, je suis remonté. Devine où je l'ai déniché. »

Jimbo donna l'unique réponse possible.

« Il était à nouveau dans la penderie.

– Exactement. Il était retourné dans la penderie.

– Et comment est-ce qu'il s'y est retrouvé ?

– J'ai besoin d'y réfléchir. Me dis rien, d'accord ? S'il te plaît. Si t'as une opinion, garde-la pour toi.

– Y a une opinion que je vais pas garder pour moi : tu peux pas retourner là-dedans. Et tu le sais ! T'as une trouille de tous les diables, ça se voit. T'es blanc comme un linge.

– Je crois que j'ai peut-être pu l'y laisser. »

Ils passèrent en revue tous leurs déplacements, Mark se prétendant désormais incapable de se rappeler s'il avait emporté l'album quand ils étaient descendus au rez-de-chaussée, Jimbo ne pouvant se rappeler s'il le lui avait vu en main. Ils en discutaient toujours, quoique avec moins de véhémence, quand ils atteignirent le bas de Michigan Street. Une fois dans la ruelle, ils se turent comme d'un commun accord. Avant qu'ils ne se séparent, Mark demanda à emprunter la Maglite des Monaghan, et Jimbo courut la lui chercher. Il la lui remit sans lui poser la moindre question.

18

Extrait du journal de Timothy Underhill, 23 juin 2003

C'est ahurissant. Philip ignorait totalement qui avait habité la maison en face de la sienne, de l'autre côté de la ruelle. S'il l'a jamais su, il s'est arrangé pour l'oublier. La proximité de la base d'action d'un des tueurs en série les plus actifs du pays pourrait induire le déni de la réalité en des gens qui y sont nettement moins portés que Philip. Et lui, bien sûr, possédait pour motif supplémentaire la honteuse conscience d'avoir épousé la cousine germaine du tueur. Un peu du même sang courait dans les veines de sa femme, un peu moins mais un peu tout de même dans celles de son fils. Est-ce pour cela qu'il se montre aussi méprisant avec lui ? Philip aime Mark, j'en suis sûr, mais cet amour ne l'empêche pas de le dévaloriser constamment.

Grâce à Jimbo Monaghan et à Omar Hillyard, je sais que Philip occupe la maison s'élevant juste derrière celle de Kalendar, mais l'achat n'a pu en être qu'innocent. Je ne crois tout bonnement pas qu'il aurait *pu* l'acheter s'il avait su qu'elle était si proche de l'autre. Et bien entendu, il l'a acquise sur un de ses coups de tête coutumiers. Il voulait quitter la banlieue, où ses voisins lui donnaient l'impression d'être surclassé, et il aimait l'idée d'habiter le vieux quartier, près de son lycée. Il a fait vite, croyant avoir tout compris, et s'il a jamais relevé un indice concernant l'ancien propriétaire de la maison qui s'élève de l'autre côté de la ruelle, il l'a immédiatement chassé de son esprit.

Quand j'ai appris ce qu'il en était, je n'ai rien dit à Philip avant de lui montrer les deux e-mails bizarres que m'a envoyés Mark avant sa disparition – et j'ai même attendu que nous soyons au poste de police, en compagnie du sergent Pohlhaus. Il ne faisait pour moi aucun doute que discuter de ces questions avec le seul Philip constituerait une perte de temps. Le premier e-mail était apparu dans ma boîte de réception deux jours avant que Mark ne disparaisse, le second la veille. Les lire n'a fait que renforcer les soupçons de mon frère que Mark et moi avions entamé une sorte de conspiration. Il a insisté pour qu'on aille les montrer à Pohlhaus, ce qui était de toute évidence la chose à faire. Le policier les a lus, nous a posé à tous les deux quelques questions, puis il a ajouté les impressions des e-mails à un dossier rangé dans le tiroir du bas de son bureau.

« On ne sait jamais », a-t-il dit, mais il a aussitôt poussé un soupir.

J'ai fait de mon mieux : je leur ai parlé de Joseph Kalendar, mais j'aurais aussi bien pu m'adresser à deux chiens.

De : munderhill697@aol.com
À : tunderhill@nyc.rr.com
Envoyé : Lundi 16 juin 2003, 15:24
Objet : Dingue mais pas si dingue que ça

Salut, tonton

Cnt ça va, c jours-ci ? G pensé à toi. C pas facile de vivre ici après ce qui est arrivé à Maman. Dur 2 se concentrer, dur 2 tenir le coup. Maintenant que je t'écris enfin, je c pas vraiment quoi dire.

Ça t'arrive d'avoir une idée que tu trouves trop dingue, carrément flinguée, et que ça s'avère juste ? Ou bon ?

@ +

m

« Tu as répondu ? » a interrogé Philip. Le sergent Pohlhaus, lui, m'a demandé : « Avez-vous répondu à l'e-mail du garçon ?

– Bien sûr, ai-je dit. Je lui ai écrit que ça m'arrive une ou deux fois par semaine. »

Voilà le deuxième e-mail qu'il m'a envoyé.

De : munderhill697@aol.com
À : tunderhill@nyc.rr.com
Envoyé : Mardi 17 juin 2003, 16:18
Objet : Re : Dingue mais pas si dingue que ça

Salut, tonton t.

On s'enfonce 2 + en + et personne c où on va ressortir...

Alors, y a 1 truc que je veux te demander...

Ça t'arrive d'avoir l'impression d'être dans 1 de

tes bouquins ? Est-ce que tu ressens d fois le monde comme ça ? Comme un livre ?

Merci,

m

« Qu'est-ce que tu lui as dit/vous lui avez dit ? ont demandé en même temps Philip et le sergent Pohlhaus.

– Je lui ai dit "jamais" et "tout le temps".

– Pardon ? » a interrogé le policier.

C'était un homme à l'air dur, tendu comme un fouet, et sa question prouvait qu'il n'était pas amusé.

Je lui ai donc montré ma réponse :

De : tunderhill@nyc.rr.com
À : munderhill697@aol.com
Envoyé : Mardi 17 juin 2003, 19:45
Objet : Re : Re : Dingue mais pas si dingue que ça

Cher Mark,
>Ça t'arrive d'avoir l'impression d'être >dans 1 de tes bouquins ? Est-ce que tu >ressens d fois le monde comme ça ? Comme >un livre ?

Réponse :
(1) Jamais.
(2) Tout le temps.
Mais qu'est-ce qui se passe, là-bas, à la fin ?
Oncl. T

« Il ne m'a jamais répondu, mais vous ne croyez pas que ce mystérieux projet est sans doute lié à sa disparition ?

– Peut-être », a dit Philip.

Le sergent et moi l'avons regardé. Nous nous trouvions dans une pièce encombrée de bureaux. Des policiers en civil téléphonaient, tapaient des rapports. Quand j'ai demandé à Pohlhaus comment on appelait cet endroit, il m'a lancé un regard bizarre et répondu

« L'enclos à bestiaux », comme si cette information avait été de notoriété publique.

« Ce prétendu projet avait visiblement un rapport avec le Tueur de Sherman Park, a continué Philip.

– Moi, je crois que c'était autre chose, ai-je dit. Je viens d'apprendre que Mark et son copain Jimbo se sont introduits dans la maison juste derrière la tienne. Et je crois qu'ensuite, Mark y a passé pas mal de temps tout seul. Je crois que c'était la maison, son projet. Ou que le projet s'y déroulait. Autrefois, elle appartenait à Joseph Kalendar.

– C'est impossible, a dit mon frère. Nancy m'en aurait parlé. » Il s'est tourné vers Pohlhaus. « Je ne tiens pas à ce que tout le monde le sache, mais ma femme était la cousine de Kalendar.

– Intéressant, a admis Pohlhaus. Il semblerait logique qu'elle en ait parlé sur le moment.

– Est-ce que tu as emmené Nancy visiter votre maison avant de l'acheter, Philip ? ai-je demandé.

– Pourquoi est-ce que je l'aurais fait ? La baraque était dans le bon quartier et elles sont toutes quasi identiques. Par ailleurs, il fallait que je me décide vite.

– Donc, elle n'a rien su avant qu'il ne soit trop tard pour revenir en arrière. Une fois qu'elle a réalisé, je pense qu'elle a voulu te protéger.

– Me *protéger* ? C'est... C'est... »

Il s'est tu, semblant peser la question.

« Mark était fasciné par cette maison, ai-je appris à Pohlhaus. Il en était obsédé.

– C'est normal, à son âge. Il doit y avoir énormément de taches de sang, là-dedans. Et sans doute beaucoup d'autres choses.

– Vous ne croyez pas que vous devriez aller y jeter un coup d'œil ?

– Attendez, on l'a peut-être déjà fait. » Sans expliquer ce qu'il venait de dire, Pohlhaus a sorti de sa poche un petit carnet et l'a feuilleté jusqu'à trouver la page qu'il cherchait. « Est-ce que l'adresse de cette maison est le 3323 North Michigan Street ? »

J'ai dit : « Oui », tandis que Philip lâchait : « Qu'est-ce que j'en sais ?

– C'est bien ça ? a demandé le sergent.

– Oui », ai-je confirmé.

Il s'est tourné vers mon frère.

« Votre fils et son ami nous ont téléphoné le 7 juin pour nous informer qu'ils soupçonnaient le Tueur de Sherman Park d'avoir trouvé refuge dans une résidence abandonnée au 3323 North Michigan.

– Et voilà, a dit Philip. Ça prouve bien que j'avais raison. Mark et ce crétin jouaient aux grands détectives comme ton ami Pasmore. J'aurais dû m'en douter. »

À le voir, on l'aurait cru prêt à cracher par terre.

« Tu savais qu'ils avaient appelé la police ?

– Tu crois qu'ils me l'auraient dit ? » Il m'a lancé un regard de colère et de triomphe mêlés. « C'est pour ça qu'ils s'y intéressaient. Ils ont dû voir quelqu'un à l'intérieur. » Il s'est tourné vers Pohlhaus, lequel demeurait impassible depuis que mon frère et moi étions dans « l'enclos à bestiaux ». « J'imagine que vous avez vérifié ?

– On est allés sur les lieux et on a jeté un coup d'œil. La maison était verrouillée. Elle l'est depuis des années.

– Et vous n'avez jamais rappelé mon fils ?

– Il nous a donné un tuyau, on a enquêté et ça n'a rien donné, comme la plupart des tuyaux qu'on nous donne. On ne reprend contact que si on trouve quelque chose d'utile.

– Ça n'a rien donné, hein ? C'est ce que vous avez pensé après la disparition de mon fils ?

– Monsieur Underhill, je suis absolument désolé

pour lui, et nous faisons tout notre possible pour le retrouver.

– Vous me dites ça en restant assis là. Il ne vous est pas venu à l'esprit que Mark ait pu attirer l'attention sur lui en menant sa petite enquête ?

– Pas si le criminel n'était pas là-bas », a dit Pohlhaus.

Philip s'est retourné vers moi.

« Mais c'est bien de ça que parlent ces conneries d'e-mails, non ? Ces idées de dingue, l'impression d'être dans un de tes bouquins ? Il voulait que tu saches qu'il jouait au détective ?

– Il pouvait très bien parler d'autre chose, ai-je objecté.

– Je compte sur toi pour me dire ce que tu as en tête. »

J'ai jeté un coup d'œil au sergent.

« Il me semble que vous devriez revenir dans cette maison et l'inspecter d'un peu plus près.

– Je prends bonne note de votre opinion », a dit Pohlhaus.

Le lendemain de l'effraction, Mark emporta l'album de photos quand il retourna à la maison abandonnée. Il ne voulait pas le laisser chez lui. Son père devenait assez bizarre pour fouiller sa chambre, et lui serait incapable de justifier la présence de l'album. Mieux valait le stocker dans sa cachette d'origine, à l'abri des découvertes parentales. En outre, le garçon voulait revoir les photos, les regarder encore et encore, afin d'en tirer toutes les informations possibles. Puisqu'il comptait passer l'essentiel de la journée dans la maison, il était plus ou moins obligé de les emporter.

En fin de matinée, Jimbo et lui avaient mis au point leur emploi du temps du jour par téléphone portable.

Tous les deux étaient encore plus ou moins au lit – Mark, douché et habillé, allongé sur les couvertures, Jimbo toujours à plat ventre sous les draps.

« Phase deux, j'ai compris, dit le rouquin. On se retrouve au Sherman Diner vers midi, histoire de se raconter ce qu'on aura appris, d'accord ? »

Le Sherman Diner, à deux portes de l'ex-cinéma Beldame Oriental, était un des endroits où traînaient le plus souvent les élèves de Quincy. Que Jimbo le choisisse signifiait qu'il voulait échanger des informations avec Mark mais désirait ensuite voir d'autres personnes. Ces derniers temps, les jeunes des environs n'arrêtaient pas de cancaner au sujet du meurtrier local dans leurs téléphones portables.

« Vas-y si tu veux, dit Mark. Je crois pas que j'aurais très faim, et j'ai pas envie de me justifier devant tout le monde. On se verra plus tard.

– Quand ça ?

– Quand j'aurai fini ma journée, Jimbo. T'as de quoi t'occuper.

– Je sais », répondit le rouquin, un peu chagriné.

Il sentait sans doute que son meilleur ami lui cachait quelque chose. C'était bel et bien le cas, et Mark n'envisageait pas d'y changer quoi que ce fût. En visitant la maison, la veille, il avait remarqué bon nombre de curiosités dont il n'avait pas fait part à Jimbo. En un sens, il lui avait donné la clé pour les deviner (à supposer, bien sûr, qu'il ne se trompe pas, mais il était presque certain de ne pas se tromper), si bien que, techniquement, peut-être n'avait-il rien dissimulé. Mais il savait que son camarade ne saurait que faire de cette clé, ne comprendrait pas ce qu'elle signifiait, ni même qu'il s'agissait d'une clé. La maison, avait-il conclu, détenait un immense secret *bâti en elle* par le même malade mental ayant ajouté l'affreuse petite pièce et construit le lit du géant.

Après avoir raccroché, Mark descendit au rez-de-chaussée et explora le réfrigérateur. Son père ne faisait des courses que lorsqu'il y était obligé et avait tendance à acheter des articles peu assortis tels que bocaux d'olives, confiseries aux cacahuètes, mayonnaise légère et pain de mie. Sa première plongée dans les étagères fit craindre à Mark de devoir passer à l'épicerie avant de se consacrer à ses affaires, mais une seconde exploration lui révéla que le tiroir du bas contenait du cheddar, du fromage blanc et des tranches de salami qui paraissaient encore comestibles. Il se confectionna un gluant sandwich au salami et au cheddar, avec de la mayonnaise, et le glissa dans un sac en plastique. Ayant envoyé ce dernier et l'album de photos rejoindre une pince-monseigneur, un marteau de charpentier et la Maglite au fond d'un grand sac en papier dont il roula le haut pour le faire paraître plus petit, il sortit de chez lui.

Et voilà notre héroïque garçon qui s'avance dans la lumière éblouissante, au cœur de ces pauvres rues changées en véritable four par le soleil, se hâtant tel un jockey vers la ligne d'arrivée, tel un conquérant vers la tente de sa maîtresse. Pour la première fois de sa vie, il se sent *poussé à agir*, prêt à affronter la première étape du destin qui sera sien, quel qu'il soit. Sa peur – car il est bel et bien empli de peur – semble lui conférer de l'énergie, augmenter sa détermination.

Avec une telle attitude, on est plus sûr de se faire remarquer que de passer inaperçu : à peine s'est-il engagé sur Michigan Street pour en gagner d'un pas délibéré la quatrième maison à droite, qu'un habitant du quartier incline la tête vers la fenêtre de son salon et le repère immédiatement.

Tiens, voilà le charmant fils Underhill, songe Omar Hillyard, *et qui s'en retourne vers la vieille maison des*

Kalendar, je suis sûr. Mais où est Sancho Pança, le petit bouledogue irlandais qui le suit partout ?

Dieu, qu'il est beau, ce gamin. On le dirait coulé dans le bronze ! Non mais regardez-le se glisser le long de la maison... à tous les coups, il y entre par effraction. Petit démon ! Si j'étais le bouledogue irlandais, je serais fou amoureux de lui.

Je parie qu'il va trouver plus de choses qu'il ne le croit chez les Kalendar.

Jouissant du soleil qui lui chauffait les bras et les épaules, Mark traversait la pelouse. Ses jambes le portaient en avant, pas après pas, en rythme. S'il l'avait voulu, il aurait pu marcher jusqu'aux Montagnes Rocheuses, les gravir d'un bond, les redescendre d'un autre, et continuer ainsi jusqu'à sentir le Pacifique lui lécher les pieds.

Il plongea à travers les hautes herbes, bondit au sommet des marches en bois délabrées et, après une minuscule hésitation, ouvrit la porte de derrière. Il était dans la maison du géant, lui, Mark, le tueur de géants, avec son petit sac à malice. Il s'était plus ou moins attendu à rencontrer une certaine résistance, mais son arrivée en solitaire n'invoqua pas les toiles d'araignées invisibles ni les miasmes émotionnels de sa première visite. Il franchit la porte sans éprouver la moindre gêne. Se dispensant de tout regard dans la pièce qui abritait le lit obscène, il emporta son lourd sac en papier jusqu'à la grande chambre du premier étage.

Un excellent charpentier avait naguère habité cette maison. Le manque de soin apporté à la pièce surnuméraire constituait une tromperie délibérée : quiconque la voyait aurait peu de chance de deviner à quel point son bâtisseur avait modifié la disposition de sa maison. La monstruosité pure et simple du lit de torture devait être elle aussi volontaire – le charpentier avait fabriqué un objet reflétant l'énormité de ses pulsions. Toutefois, lorsqu'il avait été libre d'exercer la pleine mesure de son talent, il avait réalisé une sorte de tour de force. Voilà ce que Mark n'avait pas révélé à son meilleur ami.

Une fois dans la chambre, il sortit la pince-monseigneur du sac et s'en servit pour arracher une section du panneau inscrit au fond de la penderie. Du plâtre et de petits éclats de bois tombèrent au sol.

Il avait découvert l'album de photos dans une espèce de petite table, sur le côté du réduit dont il venait d'élargir l'ouverture. La table semblait conçue pour soutenir une lampe, mais Mark savait qu'elle possédait deux usages très différents. C'était d'une part l'endroit idéal pour rester assis sans être vu, à écouter ce qui se passait dans la maison. Un siège pour espion domestique, pour terroriste – et sa seule existence démontrait la gravité de la psychose du bâtisseur. Par l'action d'un levier dissimulé, elle pouvait en outre s'ouvrir, révélant une sorte de tiroir secret.

Mark, franchissant le passage qu'il avait élargi, constata l'exactitude de sa théorie informulée à propos de la maison. Son cœur remonta dans sa gorge, et durant une ou deux secondes, le seul poids de sa peur l'empêcha d'avancer ou de reculer. Il déplora d'avoir eu raison : les cachettes ayant effrayé Jimbo n'avaient rien de rassurant, mais ceci était bien pire. Il y avait là une espèce de sauvagerie démente.

L'adolescent se retrouvait face à un mur, séparé du fond de la penderie d'environ un mètre. De chaque côté, ce couloir entre les deux parois se fondait dans l'obscurité au bout d'un mètre vingt ou un mètre cinquante. C'était la maison d'un fou, semblable à son esprit, semée de passages indiscernables, invisibles. Mark aurait parié sa jambe et son bras droit que celui-là se prolongeait sur toute la largeur du bâtiment. Il repassa dans la chambre pour s'emparer de la Maglite.

De retour au sein de la penderie, ayant franchi l'ouverture, il fit jaillir un faisceau de lumière jaune froide, tressautant au rythme de sa main tremblante, qui éclaira un étroit couloir jonché de gravats. Pivotant, la bouche totalement sèche, il découvrit un spectacle identique de l'autre côté. La chose était là, exactement telle qu'il l'avait imaginée. Il contemplait un passage inventé de toutes pièces. Cela prouvait qu'il avait raison quant aux modifications effectuées par le charpentier. Pour savoir si la deuxième partie de sa théorie était correcte, il n'avait qu'à aller plus loin.

Car qu'advenait-il au bout de ce sadique couloir secret ? S'arrêtait-il brutalement contre un mur, ou bien, comme Mark l'espérait... ? Quand le fin faisceau lumineux frappa un mur aveugle, la déception serra le cœur du garçon. Comme la torche s'affaissait dans sa main, toutefois, le vacillant cercle de lumière jaune qu'elle projetait glissa le long du plâtre inanimé, telle une cascade à flanc de falaise, et s'engouffra dans un espace situé sous le niveau du sol. Mark s'entendit pousser un soupir de satisfaction. Avoir eu raison signifiait qu'il était assez malin, rien de plus, mais lorsque, s'avançant, il découvrit les premières marches d'un escalier, il se sentit presque gratifié. La maison était une véritable ruche.

Son occupant de naguère vivait seul – il avait tué ou chassé les membres de sa famille. Quoi qu'il en fût, des enfants étaient morts sur le grand lit en bois et sur le lit individuel du premier étage. Après s'être débarrassé des siens, l'homme avait attiré des femmes chez lui, à moins qu'il ne les eût agressées dans un coin sombre, attachées et portées jusqu'ici. Portes verrouillées, fenêtres condamnées, les femmes s'étaient retrouvées seules, prisonnières. L'entendant se déplacer à travers la maison, elles avaient tenté de lui échapper, mais il semblait passer de pièce en pièce, invisible, suivait leur moindre mouvement, semblable à une grande araignée courant sur sa toile et capable d'apparaître n'importe où. Il aimait observer ses captives par les petits judas qu'il s'était ménagés. Il aimait les tuer, aussi, mais il adorait les tourmenter.

Mark sentit un mélange d'exaltation, de terreur et de nausée le faire vaciller. Il s'était jeté au cœur maléfique de cette maison empoisonnée, et ce qu'il y découvrait le rendait malade.

Plutôt que de descendre des marches fort raides, il revint sur ses pas, remarquant les lambeaux pendants de grandes toiles d'araignées qu'il n'avait pas vues la première fois. Les toiles d'araignées authentiques ne le dérangeaient pas.

Comme il l'avait supposé, un escalier identique menait au rez-de-chaussée de l'autre côté de la maison. Il s'y engagea dans l'obscurité, éclairant chaque marche de sa torche. En bas des degrés, la Maglite révéla deux portions de couloir qui partaient vers l'avant et l'arrière du bâtiment, chacune s'achevant sur une porte. Le monstre avait aussi voulu se déplacer sans être vu à ce niveau-là. Ce que Mark ne s'attendait pas à trouver, toutefois, c'était la bouche béante d'un troisième escalier. Jimbo et lui avaient totalement oublié la cave. Un frisson inattendu lui gela les poumons.

La cave... Pourquoi s'y aventurer lui semblait-il être une affreusement mauvaise idée ? On ne sait jamais ce qu'on peut trouver dans une cave ; c'était l'une des raisons.

Malgré ce sentiment, il descendit, déchirant un voile de toiles d'araignées. Descendit encore et encore, traversant couche après couche de perversité, de douleur et de torture, jusqu'au cloaque qui résidait tout en bas.

Au pied des marches, la torche jeta un petit cercle jaune granuleux sur un panneau noir qu'on eût dit prélevé sur un cercueil et qui ne semblait comporter ni bouton ni poignée. Mark, à titre d'expérience, tendit le bras gauche et poussa du bout des doigts l'obstacle, lequel céda aussitôt, comme pivotant sur un grand gond noir.

Le garçon s'avança dans l'ouverture. Sa torche lui révéla ce qui ressemblait à une palissade. Il se retourna pour éclairer le pourtour de la porte, cherchant par réflexe un interrupteur qu'il trouva immédiatement, sur la gauche. Avant de se rappeler que l'électricité devait être coupée depuis des années, il le manœuvra.

Vers le milieu du sous-sol, quoique ce fût impossible, une ampoule nue s'alluma, une pâle lumière jaune-gris dissipa l'obscurité. Une onde de choc glaçante faillit jeter Mark à terre. Quelqu'un se servait de cette maison, quelqu'un qui payait la facture d'électricité. Il eut envie de se plaquer contre le mur, conscient de son souffle oppressé et du picotement qui parcourait son visage comme un éclair froid, par vagues successives.

L'ampoule elle-même était invisible derrière la « palissade », en réalité une paroi de demi-rondins hérissés d'écorce, courant tout le long de la cave. À intervalles réguliers, des portes y étaient découpées. Mark s'approcha de la première. Une minute plus tard, il vomissait le petit déjeuner qu'il n'avait pas pris.

19

Extrait du journal de Timothy Underhill,
24 juin 2003

« Alors, qu'est-ce qu'il a trouvé ? » ai-je demandé.

Jimbo paraissait terriblement mal à l'aise. Je l'avais plus ou moins kidnappé dans le confort de son salon et emmené en ville, dans un restaurant très à la mode au milieu des années soixante. Le Fireside Lounge recelait pour moi de bons souvenirs, et ses steaks n'avaient rien à envier aux meilleurs qu'on trouvait à New York. Jimbo n'y était jamais allé auparavant, et il ne savait trop comment réagir à ce luxe suranné du Midwest, box ornés de cuir rouge et grandes tables en bois bordées de chaises évoquant des trônes. C'était un lieu où l'on pouvait discuter sans craindre les oreilles indiscrètes. Mon plan pour amener le garçon à se détendre, toutefois, ne fonctionnait qu'à demi. S'il engloutissait littéralement son steak, bien cuit et inondé de ketchup, il estimait toujours trahir Mark en me parlant.

« Personne ne sera fâché contre Mark, ai-je insisté. Tout ce qu'on veut, c'est savoir où il est et, si possible, le ramener.

– Je voudrais bien qu'on *puisse* le ramener.

– Tu crois qu'on ne peut pas ? »

Jimbo a promené un morceau de viande trop cuite dans une mare de Ketchup.

« Je ne veux pas te harceler », ai-je ajouté.

Il a hoché la tête, tandis que la viande disparaissait

dans son gosier. Comme la plupart des adolescents, il était capable de manger autant qu'un empereur romain trois ou quatre fois par jour.

« Il t'a dit qu'il était descendu à la cave par l'escalier dérobé ?

– Le *troisième* escalier dérobé. Il y en avait partout, dans la baraque. Et... »

Il s'est tu, empourpré.

« Et quoi ?

– Rien. »

J'ai laissé tomber momentanément.

« Qu'est-ce qu'il a trouvé au sous-sol, Jimbo ?

– C'était dans la petite pièce, la première. Il y en avait cinq ou six, je crois. » Un instant, son front s'est couvert de rides, révélant la réflexion. C'était vraiment un brave garçon. « Vous voyez les trucs dans lesquels les gens mettaient leurs affaires quand ils prenaient le bateau ? Les grosses boîtes qui ressemblent à des valises, sauf que c'en est pas. Avec des cadenas.

– Des cantines ?

– Ouais, c'est ça, des cantines. Y en avait une poussée contre un mur. Et y avait bien un cadenas mais cassé. Alors, Mark a regardé à l'intérieur. Et ce machin, cette cantine, elle était pleine de cheveux.

– De cheveux ?

– Des cheveux de femmes. Coupés et fourrés là-dedans en vrac. Des blonds, des bruns, des roux.

– Pas étonnant qu'il ait vomi. »

Jimbo a continué comme si je n'avais rien dit.

« Seulement, au début, il a pas compris que c'en était, parce que c'était tout aggloméré. On aurait dit une espèce de gros animal mort. Du coup, il a mis la main et il en a sorti une poignée. Tout ça était collé par une espèce de truc brun qui partait en miettes quand il le touchait.

– Oh...

– C'est là qu'il a gerbé. Quand il a réalisé qu'il tenait des cheveux arrachés à plein de femmes, tout collés avec du sang.

– Seigneur !

– Les flics sont allés là-bas, non ? Pourquoi est-ce qu'ils ont laissé cette merde ? Ils ont dû sortir un tas de saloperies de la baraque, pourtant.

– Bonne question », ai-je admis, quoiqu'il me semblât connaître la réponse. À l'époque, les tests d'ADN n'existaient pas. Les policiers avaient dû prélever un échantillon de cheveux et en tirer ce qu'ils avaient pu. C'était très certainement eux qui avaient brisé le cadenas.

« Tu sais qui habitait là-bas, n'est-ce pas ? » ai-je demandé.

Jimbo a acquiescé.

« Maintenant, oui.

– Parce que tu as fait du porte-à-porte dans le quartier ?

– C'était mon boulot. Je me tapais l'extérieur. Mark l'intérieur.

– Et tu t'es retrouvé à discuter avec M. Hillyard.

– Il est flippant, lui. Avant d'avoir son accident, il m'a jamais laissé rentrer chez lui et, depuis, j'ai compris pourquoi. Pouah ! Y a de ces saletés, là-dedans.

– Ça n'est pas aussi grave que ça en a l'air, ai-je dit, ayant moi-même pu observer le salon d'Omar Hillyard. Revenons-en à Mark.

– Je suis obligé ? Vous savez ce qu'a fait ce mec, Kalendar, vous avez pas besoin que je vous le raconte. »

J'ai répondu n'avoir rien su de tout cela avant la disparition de mon neveu, moment auquel Tom Pasmore m'avait donné quelques détails.

« Ils étaient de la même famille, Mark et lui.

Mme Underhill s'appelait comme ça, avant. C'est le vieux Hillyard qui me l'a dit. Quand je l'ai répété à Mark, il a pas pu poser la question à son père, parce que son père, il piquait une crise chaque fois qu'on parlait de ça. Il est allé voir sur l'Internet. Et là, des infos sur Kalendar, y en avait un paquet. Y a des gens qui, comme qui dirait, révèrent les tueurs en série.

– Qu'est-ce qu'il a appris de Kalendar sur le net ?

– Plein de trucs. Et puis il a déniché un site de généalogie monté par un mec de St. Louis, il a cliqué dessus et il a trouvé un arbre généalogique.

– Je suppose qu'il était dessus ?

– Toute sa famille. C'est comme ça qu'il s'est aperçu que le père de sa mère et celui de Joseph Kalendar étaient frères. Donc eux deux, ils étaient cousins. Ce qui fait que pour Joseph Kalendar, Mark était...

– Un petit cousin-germain. Revenons-en à Mark dans la maison. Je suppose qu'il n'a pas cessé de fouiller après avoir vomi. »

J'avais déjà appris par Omar Hillyard que mon neveu était retourné chez Kalendar tous les jours avant sa disparition.

« Non, il a continué. Il a trouvé un tas de trucs bizarres dans le sous-sol : une grande table en métal et puis une espèce de... de conduit vertical qui descendait du rez-de-chaussée, et plein de traces de sang séché. Mais... »

Jimbo a trempé l'extrémité d'une frite dans le Ketchup. Ses yeux ont croisé les miens, puis se sont enfuis. Environ un tiers de la frite au bout rougi a disparu dans sa bouche. Comme machinalement, il regardait autour de lui les hommes d'affaires dévorant des steaks et les banlieusardes picorant des salades autour des grandes tables cirées. À l'autre bout de la salle, installé au long bar, un vieil homme vêtu d'un costume en coton froissé et un type en polo tentaient de ne pas lorgner la barmaid, laquelle n'était pas encore née à l'époque de mes premières visites au Fireside Lounge.

« Tu n'arrêtes pas de te retenir de plonger », ai-je dit.

Le bout de la langue de Jimbo s'est glissé entre ses dents, retroussé contre sa lèvre supérieure. Un instant, son regard s'est fait vague avant de croiser le mien.

« De faire quoi ?

– De t'empêcher de dire quelque chose. » Il a contemplé la direction générale de mon menton. « Pour le bien de Mark, il faut que tu me révèles tout ce que tu sais. C'est pour ça qu'on est là. »

Jimbo a acquiescé de manière pas très convaincante.

« Tu dis qu'il a trouvé un conduit vertical et une table en métal. Les sites Internet ont dû t'apprendre que Kalendar avait découpé une partie de ses victimes avant de les brûler dans sa chaudière. Il avait commandé la table d'opération à une société d'équipement médical.

– On a vu ça, ouais.

– Ensuite, tu as commencé à dire autre chose, et tu t'es retenu de plonger. »

Je l'ai vu peser ses options. Il m'a jeté un bref coup d'œil, la peau s'est tendue sur ses pommettes, et j'ai compris qu'il venait d'écarter un obstacle intérieur.

« Mark a visité toutes ces petites pièces. Il y avait une salle d'opération, et une qui contenait trois ou quatre paniers à linge sale, tous vides. Il s'est dit que c'était là que l'autre mettait les vêtements des femmes et que les flics les ont emportés.

– La police n'a pas fouillé les lieux à moitié aussi bien que Mark.

– Non, elle a pas trouvé les couloirs. » Jimbo a mâché le morceau de steak qu'il avait dans la bouche, avalé, puis inspiré à fond. Nous approchions du cœur de ce qu'il me cachait. « Alors il est retourné en haut – par la voie normale. Il a trouvé le sommet du conduit dans le passage secret entre le salon et la salle à manger. Kalendar tirait les bonnes femmes entre les murs et il les lâchait droit sur sa table d'opération. Le rez-de-chaussée ressemblait beaucoup à l'étage. De là, on pouvait prendre un des escaliers et arriver à peu près n'importe où dans la maison. Mark disait qu'avant de tuer ses victimes, Kalendar les torturait en leur laissant savoir qu'il était là, alors qu'elles ne pouvaient pas le voir. » Il a fait la grimace. « Dans le salon, l'ouverture du passage secret était au fond de la penderie sous l'escalier normal. »

Jimbo a hésité et, à présent, je savais exactement pourquoi. Il devait réfléchir avant d'aller plus loin.

« Une penderie, ai-je répété. Comme celle de la chambre ?

– Ouais. Alors, il a regardé. »

Il allait parler, mais pas avant d'y être contraint et forcé. Je l'ai poussé sur la case suivante.

« Qu'est-ce qu'il a vu ? Une autre boîte en bois ? » Il a cillé. J'étais tombé juste. « Et qu'est-ce qu'il a trouvé ? Un journal intime ? »

Là, je me fourvoyais totalement.

« Non, pas un journal », a dit Jimbo.

Une pensée m'est venue.

« Est-ce qu'il a réussi à ouvrir la boîte ? »

Jimbo a acquiescé. Il a détourné le regard, et sa bouche s'est momentanément tordue en ce qui évoquait un sourire.

« Allez, arrête de tourner autour du pot. Qu'est-ce qu'il y avait dans la boîte ? Des ossements ? Un crâne ?

– Rien de tout ça. » Il souriait bel et bien. J'étais tellement à côté de la plaque que ça l'amusait. « Quand il a ouvert la boîte, il y a trouvé son sac en papier. Avec l'album de photos, son marteau et sa pince-monseigneur. Et sa connerie de petit sandwich au pain de mie. »

À l'autre bout de la salle, la barmaid a éclaté d'un rire cristallin. Nous avons tourné la tête pour voir le vieil homme secoué de violents sursauts d'amusement ou de simple agitation. De là où nous nous trouvions, il avait l'air d'un vieux squelette tremblant dans son costume.

Timothy Underhill, pour peu qu'on le lui demande, aurait pu réciter à toute vitesse la totalité des grades militaires, du soldat de deuxième classe au commandant en chef. Presque tous les anciens soldats en étaient capables, mais les romans de Tim avaient parfois évoqué son expérience au Vietnam, et il s'était efforcé de soigner les détails. Ses livres parlaient aussi de divers services de police, ici et là, mais si tous les services de police du monde se considéraient comme des organisations paramilitaires, la signification des grades variait selon l'endroit. Il n'y avait pas de règle fixe.

Pour prendre un cas d'actualité, songea Tim, considérons le sergent Franz Pohlhaus, sévère figure d'autorité postée à la tête de la table autour de laquelle s'était réparti son public de six personnes. Tandis que le petit groupe traversait le poste de police, tous les agents présents, en uniforme ou non, lui avaient témoigné une visible déférence. Pohlhaus avait un peu plus de quarante ans, et il portait son beau costume bleu à la manière d'une armure souple. Ses biceps en épousaient les manches et le col lui serrait la gorge comme du ruban adhésif. Tim supposa qu'il passait énormément de temps au gymnase. Il n'y avait pas de fenêtre dans la pièce, et l'air puait la fumée de cigarette. La présence du sergent Pohlhaus changeait néanmoins cette salle miteuse en poste de commande.

« Faisons un tour de table pour nous assurer que nous connaissons tous nos noms. »

Il considéra le couple le plus proche de lui, sur la gauche de la table. Un homme bien enveloppé, au visage rose, assis près d'une blonde nerveuse, sursauta comme si on l'avait piqué avec une aiguille.

« Euh, nous, c'est Flip et Marty Auslander, les parents de Shane, dit-il. Content de vous connaître tous.

– Bill Wilk, le papa de Trey.

– Bonjour, tout le monde. Je suis Jennie Dell, la mère de Dewey. »

Les yeux pareils à des œufs durs de Bill Wilk brillaient d'un regard agressif au milieu de la tête en boule de bowling, rasée de près, qui surmontait son corps trapu. Jennie Dell déplaça sa chaise de quelques centimètres pour s'écarter de lui.

« Je suis Philip Underhill, le père de Mark, et voici mon frère Tim. Il n'habite pas Millhaven.

– Pour commencer, je crois que votre frère n'a rien à faire ici, dit Wilk, mais ça regarde le sergent. Cela dit, cette réunion était censée être réservée aux membres de la famille.

– Je *suis* un membre de la famille », déclara Tim.

L'autre le considéra d'un air mauvais pendant un moment puis tourna la tête, au bout de son cou inexistant, pour jeter le même genre de regard aux Auslander.

« Une question : lequel est Flip et lequel Marty ? »

Le visage rose se fendit d'un sourire gêné.

« Flip, c'est moi. Ma femme, c'est Marty.

– Vous devriez échanger vos noms, tous les deux, à mon avis. »

Pohlhaus frappa sur la table de sa main ouverte.

« Arrêtez ça immédiatement, monsieur Wilk.

– J'ai perdu mon fils. Qu'est-ce que vous pouvez me faire de plus ? »

Le sergent lui sourit. C'était là un sourire extrêmement déconcertant, évocateur d'éclairs et de hurlements de douleur.

« Tenez-vous à le savoir ? »

Wilk sembla se tasser de quatre ou cinq centimètres.

« Désolé, patron.

– Je vous rappelle, à vous et à tous ceux qui sont autour de cette table, que nous sommes ici dans l'intérêt de vos fils. » Les yeux bleus sans profondeur se tournèrent vers l'écrivain. « Votre neveu, dans votre cas. » Pohlhaus laissa ses visiteurs partager un moment de silence qui parut rehausser sa propre gravité. « Ce dont je me prépare à vous informer représente notre première piste sérieuse depuis le début de l'affaire. Je voulais vous en faire part avant de la rendre publique. »

Même Bill Wilk demeura muet. Inconsciemment, Jennie Dell prit une profonde inspiration et la contint.

« Vous serez ravis d'apprendre que nous disposons d'un témoin oculaire nouveau, un certain professeur Ruth Bellinger, de Madison, qui enseigne au département d'astrophysique de l'université du Wisconsin. Il y a trois semaines, en visite chez sa sœur, à Millhaven, Mme Bellinger était assise sur un banc de Sherman Park quand quelque chose a attiré son attention.

– Elle l'a vu ? » Marty Auslander se pencha devant son mari pour contempler Pohlhaus avec de grands yeux. « Elle a vu ce type ?

– Il y a trois semaines, le type n'avait même pas encore commencé à sévir, dit Bill Wilk.

– Nous perdrons moins de temps si vous me laissez continuer sans m'interrompre, trancha Pohlhaus. Vous pourrez poser toutes vos questions quand j'aurai terminé. »

Marty Auslander se recroquevilla à nouveau sur sa chaise.

Le sergent balaya du regard la table et tous ses auditeurs.

« Ce qui a attiré l'attention de Mme Bellinger, c'est une discussion entre un adolescent et un adulte ayant a priori un peu moins de quarante ans. D'après elle, il s'agissait d'un homme d'une taille exceptionnelle, sans doute plus d'un mètre quatre-vingt-dix, et solidement bâti, cent dix ou cent vingt kilos, les cheveux noirs. Pour raisons personnelles, elle est très sensible à la présence des prédateurs sexuels, et elle a eu le sentiment que quelque chose de cet ordre-là était en train de se produire. L'homme lui paraissait un peu trop mielleux. Selon ses propres termes, il n'arrêtait pas de "faire du rentre-dedans" à l'adolescent. Elle a estimé que ce dernier s'efforçait de résister sans paraître impoli.

« Mme Bellinger commençait à se demander si son devoir civique – une nouvelle fois, je la cite – ne l'obligeait pas à s'interposer, quand il s'est passé une chose étrange. L'homme a ostensiblement exploré des yeux les environs, comme pour vérifier que nul ne l'observait. Selon elle, il ressemblait à une "bête sauvage". Et j'en arrive à la portion qui nous plaît vraiment : en l'espace d'une seconde, Mme Bellinger s'est levée et l'homme l'a remarquée ; quand elle s'est avancée, il a dit quelque chose au garçon, avant de s'éloigner d'un pas rapide.

– Elle a vu son visage, dit Flip.

– Le garçon aussi, ajouta Marty.

– Il y a trois semaines ? mugit Bill Wilk. Pourquoi est-ce qu'on n'en entend parler que maintenant, hein ?

– Attendez votre tour, monsieur Wilk, dit Pohlhaus, le paralysant d'un regard dur. Mme Bellinger a demandé au garçon s'il connaissait son interlocuteur. Il savait seulement que l'homme se prénommait Ronnie, venait de changer de chaîne stéréo et cherchait à se débarrasser de l'ancienne, ainsi que de certains CD qu'il n'écoutait plus. Sa première question à l'adolescent avait été de lui demander quel genre de musique il aimait. Devant la réponse, il avait dit : "Super ! Ma bagnole est garée juste là. J'habite à cinq minutes d'ici." Le garçon l'avait trouvé un peu trop impatient de donner ses affaires, et il cherchait un moyen de le planter là au moment où Mme Bellinger avait quitté son banc.

– Le gamin a eu de la chance, remarqua Flip Auslander.

– Est-ce que vous l'avez interrogé ? demanda sa femme.

– J'aimerais beaucoup lui parler, mais nous ne savons pas où il habite, et il n'a pas donné son nom à Mme Bellinger.

– Pourquoi est-ce que ça a mis si longtemps à se savoir ? s'enquit Philip.

– Les astrophysiciens ne s'intéressent pas tellement à l'actualité, dit Pohlhaus. Et le journal de Madison n'a consacré qu'une place réduite à l'histoire de Sherman Park. Mme Bellinger n'a eu connaissance de notre situation qu'il y a deux jours, et elle nous a appelés aussitôt. Le lendemain, elle a pris sa voiture pour venir ici. Elle a passé la plus grande partie de l'après-midi d'hier avec notre portraitiste. J'imagine que les astronomes sont plus observateurs que la moyenne : elle se rappelait très nettement plus de détails que le témoin habituel. »

Bill Wilk ouvrit la bouche, mais Pohlhaus le fit taire d'un geste et contourna la table pour gagner la porte.

« Stafford. On est prêts », lança-t-il en se penchant à l'extérieur.

Quand il se retourna, il tenait une petite liasse de papiers. Il tendit deux de ces derniers à Philip Underhill, puis en distribua aux Auslander, à Bill Wilk et à Jennie Dell. Deux ou trois feuilles lui restaient en main quand il reprit sa place en bout de table.

« Nous supposons donc que ceci constitue un portrait assez exact de Ronnie. » Comme tout le monde, il contemplait le dessin. « Selon nous, il s'agit d'un très dangereux criminel, et nous le croyons en activité ici depuis au moins cinq ans. »

Le visage tracé par le portraitiste aurait pu appartenir à un de ces acteurs tels que Murray Hamilton ou Tim Matheson, qui apparaissent dans une infinité de films ou de séries télé et dont on ne se rappelle jamais le nom, si on l'a su un jour. Ses traits presque séduisants suggéraient l'affabilité d'un représentant de commerce. Ses yeux un peu trop rapprochés, son nez trop court d'un millimètre ne faisaient qu'accroître la sympathie qu'il inspirait. Ces petits défauts renforçaient son aspect amical. Il exerçait probablement un métier le mettant en contact avec le public. C'était tout à fait le genre de type qui se tient à côté de vous au comptoir et qui dit : « Alors, c'est un rabbin, un prêtre et un pasteur qui rentrent dans un bar... » Il ne devait avoir aucun mal à attirer dans sa voiture des adolescents crédules.

« Comment ça, au moins cinq ans ? interrogea Bill Wilk.

– Oui, qu'est-ce qui vous fait dire ça ? appuya Philip.

– Puisque Mme Bellinger a légèrement étendu notre intervalle temporel, j'ai jeté un coup d'œil à d'autres juridictions, histoire de voir ce qui pourrait en sortir. Et voilà ce que j'ai trouvé. »

Il sortit la dernière feuille de sa petite liasse de papiers, une liste tapée à la machine.

« Août 1998, James Thorn, seize ans, porté disparu à Auburn. » Une petite ville située juste au sud de Millhaven. « Thorn était un bon élève qui, jusqu'à sa disparition, n'avait même jamais découché. » Il fit glisser le doigt le long de la liste. « Un autre garçon de seize ans, Luther Hardcastle, qui vivait chez ses grands-parents, à Footeville. » Cet ancien village de fermiers était aujourd'hui une petite ville entourée de banlieues, à environ cinq minutes à l'ouest de Millhaven. « Il a disparu en juillet 1999 et on ne l'a plus jamais revu. D'après sa grand-mère, Luther était un peu attardé et très obéissant. » Pohlhaus releva les yeux. « Voici la portion intéressante. La dernière personne qui l'ait vu est un de ses camarades, Robert Whittle, lequel a affirmé à un policier de Footeville l'avoir rencontré sur Main Street, cet après-midi-là, et l'avoir invité à venir écouter des CD chez lui. Luther était un grand fan de Billy Joel. Il a répondu qu'il passerait mais devait d'abord aller chez Ronnie, parce que Ronnie allait lui donner plein de CD de Billy Joel. De la manière dont il a dit ça, Whittle a supposé que ledit Ronnie était un ami des parents de Luther, ou à tout le moins quelqu'un qu'ils connaissaient.

– Mon Dieu, dit Jennie Dell.

– Ça s'est passé en 1999 et vous ne l'avez appris qu'aujourd'hui ? demanda Flip Auslander, qui paraissait déchiré entre rage et incrédulité.

– Vous seriez surpris du manque de communication qui règne entre les services de police de différentes juridictions. Quoi qu'il en soit, l'histoire de Luther Hardcastle éclaire bien des choses d'un jour nouveau. Joseph Lily, par exemple. C'était un garçon de Laurel Heights, âgé de dix-sept ans, qui a disparu en juin 2000. Ensuite, nous avons Barry Amato, quatorze ans, disparu de South Millhaven en juillet 2001. Nous avons donc ce rythme d'un par an, toujours durant les mois d'été, quand les adolescents sont en vacances et ont plus de chance de sortir le soir. En 2002, la mise augmente un peu. L'année derrière, deux adolescents ont disparu de la région de Lake Park, Scott Lebow et Justin Brothers, dix-sept ans. On les a crus enfuis ensemble, car Lebow venait d'avouer à sa mère qu'il était gay, chose que les parents de Justin savaient à propos de leur fils depuis sa puberté. Les deux familles avaient tenté de briser leur amitié. Nous estimions aussi que les garçons s'étaient enfuis, mais je crois maintenant que nous devons reconsidérer cette opinion.

– Ce salopard les a eus, dit Bill Wilk.

– Voici la situation telle que je la vois, reprit Pohlhaus. Ronnie vit dans cette ville ou ses environs depuis des années. Il a un bon emploi et il est propriétaire de sa maison. Célibataire, il aime se considérer comme hétérosexuel. C'est un individu soigné, ordonné, qui ne fait pas de tapage. Dans l'ensemble, toutefois, il est assez solitaire. Ses voisins ne sont jamais entrés chez lui. Il y a cinq ans, quelque chose a craqué en lui, le rendant incapable de résister à la très puissante tentation d'assouvir ses fantasmes. James Thorn s'est fait prendre à son histoire de CD et s'est retrouvé enterré quelque part, probablement dans la propriété de Ronnie.

« Tuer Thorn l'a satisfait durant un an, période au bout de laquelle Luther Hardcastle est tombé entre ses mains. Luther est probablement enterré près du fils Thorn, ou au-dessus. Je vous fais remarquer que Ronnie avait sélectionné ses victimes en différents secteurs de la région de Millhaven, et qu'il a continué d'agir ainsi jusqu'à cet été. Il a aussi conservé son rythme d'un meurtre par an. Durant l'été 2000, il repart en chasse et capture Joseph Lily. Encore un cadavre dans le jardin ou dans le sous-sol. En 2001, nouveau cadavre. En 2002, il se paie le luxe de deux victimes. Son appétit augmente. Cette année, il attend patiemment la fin de l'année scolaire mais perd alors totalement le contrôle de ses actes. Il tue quatre garçons en l'espace d'environ dix jours. Ce que j'essaie d'expliquer, c'est qu'il est de plus en plus imprudent. Il y a trois semaines, il a abordé un adolescent en plein jour, et la seule chose qui l'a arrêté, c'est que notre professeur l'a effrayé. Il l'a jouée profil bas pendant un petit moment. Et puis la frénésie l'a empoigné. »

Les paroles du sergent Pohlhaus auraient été insupportables sans l'autorité presque violemment impassible avec laquelle il les prononçait. Autour de la table, nul ne bougeait.

« On a besoin d'un couvre-feu, dans cette ville, dit Philip, dont la voix semblait filtrer à travers une lourde porte intérieure.

– Un couvre-feu sera mis en place dans les jours qui viennent. Seuls les plus de seize ans auront le droit de se trouver dans la rue après dix heures du soir. Nous verrons bien si c'est efficace.

– Mais qu'est-ce que vous allez faire, à part ça ? demanda Marty Auslander. Vous contenter d'attendre en espérant le choper avant qu'il n'assassine un autre garçon ? »

Le reste de la réunion dégénéra en un concours d'insultes dirigées vers une cible imperméable. Quand les Underhill quittèrent le bâtiment, son frère paraissait tellement épuisé, vidé, que Tim lui proposa de le ramener chez lui.

« Et comment », dit Philip en lui lançant les clés.

Bill Wilk, Jennie Dell et les Auslander se dispersèrent avant même d'atteindre le trottoir. Tous gagnèrent leur voiture sans un mot ni un geste d'au revoir.

Extrait du journal de Timothy Underhill, 25 juin 2003

Six heures du soir. Sans rien à faire (voire trop dépourvu d'énergie pour trouver quelque chose à faire), je reste assis sur le vilain canapé vert de mon enfance, à griffonner dans ce journal en feignant de ne pas entendre les bruits qui s'élèvent au premier étage. Philip se répand. Il y a dix minutes, il sanglotait, mais il pleure désormais doucement, régulièrement, et j'entends des soupirs plutôt que des gémissements. Sans doute devrais-je me réjouir qu'il soit capable de pleurer. N'attendais-je pas qu'il fasse enfin preuve d'une émotion authentique ?

Tous les deux, désormais, de même que les autres personnes qui se trouvaient au poste de police, nous pouvons associer nom et visage à nos craintes et à notre chagrin. Ronnie. Un monstre d'apparence bien inoffensive. Je me demande à quoi ressemblait Joseph Kalendar. Je pourrais chercher sur Google en utilisant l'ordinateur de mon neveu, mais bizarrement, je me sentirais gêné d'envahir ainsi l'intimité de Mark. Bien entendu, les flics n'ont pas eu de tels scrupules : ils ont fouillé son disque dur, notamment son dossier e-mail, à la recherche d'indices sur ce qui a bien pu lui arriver. Philip affirmant qu'ils lui ont rendu la machine sans faire de commentaires, je suppose qu'ils n'ont rien trouvé d'intéressant.

Ce qui signifie qu'ils ont ignoré les e-mails m'étant adressés. Si l'aventure de mon neveu lui a donné l'impression d'être dans un de mes livres, il ne peut s'agir d'un mystère conventionnel avec meurtrier et maison abandonnée. Il y a forcément un rapport avec la maison elle-même et ce qui lui est arrivé à l'intérieur. Avec quelque chose qu'elle lui a *fait*. Ce « quelque chose » l'effrayait et l'excitait plus que ne l'aurait pu le simple fait de jouer au détective. Les révélations de Jimbo me le confirment. Le sac en papier s'est transporté du premier étage au rez-de-chaussée par une série de passages secrets entre les murs. Un peu plus tôt, l'album de photos, lui, s'était transporté de la cuisine à une cache située derrière le fond d'une penderie de l'étage. Je ne vois pas comment éviter de conclure qu'il y avait quelqu'un avec Mark dans la maison.

Des jardins à d'impossibles distances

20

Dans la chaleur, sous l'escalier, la sueur coulait de la racine de ses cheveux à ses sourcils. Un instant, sa vue se brouilla. À travers un voile d'humidité, une main indistincte se tendit au sein des ombres vers une forme floue qui, deux secondes plus tôt, avait été un sac en papier. Mark s'essuya les yeux. La forme floue redevint sac. Avant même que ses doigts ne l'empoignent, l'adolescent savait que c'était celui qu'il avait laissé dans la penderie de l'étage.

Lorsqu'il le souleva, le marteau cliqueta contre la pince-monseigneur. L'estomac contracté, les yeux douloureux, il le laissa retomber.

« C'est pas possible, dit-il. Tu peux pas être là. »

Déroulant le haut du sac, il plongea la main tout au fond. La pince-monseigneur bascula sur son poignet, tandis que le marteau gonflait l'enveloppe de papier. Mark sentit le plastique gaufré de l'album de photos qui occupait l'essentiel de la place, et, derrière, son sandwich en train de se décomposer dans son enveloppe étanche.

La garçon avait la bouche sèche. Le petit espace dissimulé derrière la penderie se rétrécissait autour de lui, l'écrasait. Maladroit, Mark fit coulisser le panneau qui menait à l'intérieur du placard, éclaira la porte de ce dernier et en manœuvra le loquet pour sortir. Il transpirait abondamment.

Au bas des marches, il vida le sac et en disposa le contenu devant lui. L'air était gris pâle, un peu éclairci par une fenêtre d'ambiance dont la lueur sale mettait en relief les mains noircies de Mark et la couche de poussière incrustée dans la couverture de l'album.

« Comment as-tu... »

Il regarda à droite et à gauche, puis tout le long de l'escalier.

Des murs de fumée, immatériels : il sentit aussitôt qu'un tout autre monde s'étendait derrière ces parois vagues, qu'il lui suffirait de se frayer un chemin à travers les voiles de gaze pour atteindre ce nouvel univers, infiniment plus désirable.

« Hé ho ! »

Seul le silence lui répondit.

« Y a quelqu'un ? »

Ni voix, ni pas.

« Je sais que vous êtes là, lança-t-il d'une voix qui portait loin. Montrez-vous ! »

Son cœur cognait dans sa poitrine. Pendant qu'il était dans la cave, quelqu'un avait quitté sa cachette – la maison en fournissait d'innombrables –, était allé dans la chambre pour s'emparer du sac et l'avait transporté au rez-de-chaussée par l'escalier visible ou un des escaliers dérobés. Là, le même quelqu'un avait manœuvré le loquet du coffre en bois et y avait déposé son butin, refermant le petit compartiment avant de s'évanouir à nouveau dans les portions secrètes de la maison. La veille, la même personne avait rapporté l'album de photos dans la penderie du premier étage.

Mark fut frappé par l'idée que toute la maison avait changé – changé sans transition – et qu'il venait tout juste de remarquer la différence, laquelle était énorme.

La créature au groin monstrueux ayant voulu l'effrayer pour le tenir à distance n'avait pas envie de jouer. Elle désirait l'éloigner afin de jouir en paix de l'atmosphère empoisonnée qu'elle avait créée. C'était quelqu'un d'autre, quelqu'un d'aussi rapide et discret qu'une panthère, qui avait transporté le sac entre les deux penderies. À chaque instant de la progression de Mark au sein des passages secrets, on avait su à quel endroit exact il se trouvait. Le garçon aurait aussi bien pu se déplacer en soufflant dans un clairon.

De cet être tellement silencieux, il savait une seule chose : il était présent dans la maison, aussi l'appelait-il « la Présence ». Bien sûr, se répétait-il, la seule preuve de son existence était le transport du sac et de son contenu. Cela paraissait suffisant. La Présence avait déplacé les affaires de Mark, estimant qu'il les découvrirait dans leur nouvelle cachette, ce qui signifiait que aïe aïe aïe mon Dieu mon Dieu elle voulait lui faire savoir qu'il n'était pas seul.

Le frisson qui le traversait finit par s'évanouir, et il prit conscience de la chaleur du T-shirt qui adhérait à sa peau. De la poussière tourbillonnait dans la lumière filtrant par la fenêtre. Les draps jetés sur chaises et canapé semblaient ondoyer. Quand il les regarda à nouveau après s'être frotté les yeux, ils pendaient aussi inertes que des linceuls. Du coin de l'œil, il aperçut une tache blanche floue mobile. Lorsqu'il se tourna pour l'observer, elle avait disparu.

Peu avant le crépuscule, les deux garçons, assis côte à côte, presque à se toucher, sur le banc le plus proche de la fontaine de Sherman Park, discutaient intensément sous les yeux de l'agent de police Quentin Jester. Jester tendait l'oreille pour surprendre leurs propos. Le peu qu'il entendait ne lui apprenait rien et ne soulageait pas son ennui, lequel lui était revenu après avoir été banni par un incident aussi bref que troublant. En dehors de quatre policiers disposés stratégiquement et d'un SDF poussant un Caddie empli de bouteilles vides, les adolescents étaient seuls dans le parc.

Ce que l'agent Jester omettrait de mentionner dans son rapport et où que ce fût (hormis durant une conversation à la Maison de Ko-Reck-Sion avec Louis Easley, son collègue et ex-condisciple à l'école de police) était que peu avant l'entrée en scène du SDF puis celle du premier garçon, le rouquin, suivi du second, Mark Underhill, un quatrième inconnu avait suscité sa curiosité professionnelle, non seulement par sa taille imposante et sa tenue curieuse, mais aussi pour une autre raison, plus difficile à exprimer.

« Il avait l'air d'un ancien champion de foot ou de basket universitaire, devait-il déclarer. On peut dire qu'il était salement baraqué. Sauf qu'il n'a jamais joué au ballon. Il n'a jamais joué à rien. Ce type-là n'a jamais *joué*, point à la ligne, sauf peut-être avec des têtes coupées. Je me suis dit quelque chose comme "Là, on a un problème", tu vois ? »

L'agent Jester expliquerait qu'à aucun moment il n'avait vu le visage de l'homme. Et quoiqu'il eût passé une heure et demie à surveiller les allées et venues des rares personnes ayant traversé la zone de Sherman Park qui lui avait été attribuée, il n'avait remarqué l'apparition du géant qu'au moment où, sans aucun des signes habituels marquant une arrivée, le type s'était simplement retrouvé devant lui, sorti de nulle part, le dos tourné. Jester était en train de suivre la progression sur la pelouse d'un écureuil particulièrement gras et agité, peu affecté par la chaleur qui assommait l'essentiel de ses congénères, et lorsqu'il avait reporté son regard sur la large allée et ses bancs déserts, il avait découvert avec un sursaut ce personnage massif, couvert d'un long manteau noir qui lui descendait plus bas que les genoux. Fermement campé sur des jambes colossales, chaussé de lourdes bottes noires, sa tête massive dressée et les bras croisés devant lui, il paraissait sculpté dans une demi-tonne de marbre noir.

« Comment est-ce qu'un bison comme ça a pu arriver sans que tu t'en rendes compte ? demanderait l'agent Easley.

– J'en sais rien et je m'en fous, répondrait Jester. Tout ce que je savais, c'est qu'il était *là*, et que j'avais un problème. Ça, je l'ai su rien qu'en le voyant.

– Toi et moi, on n'est pas sortis de l'école depuis assez longtemps pour renifler les criminels.

– Si tu avais été là, tu comprendrais ce que je veux dire. Je savais que c'était un pourri, un vrai, et il était là, juste devant moi, et il fallait que je m'en occupe. »

Louis Easley lèverait au même instant les sourcils et son verre de bière, mais il ne boirait pas.

« Alors, c'est notre gars ? M. Sherman Park lui-même, en chair et en os.

– C'est l'idée qui m'est venue. Du coup, je m'approche, histoire de voir au moins sa tête, mais brusquement, y a une espèce de grondement qui me parvient de l'entrée du boulevard, alors je regarde et je vois le gamin roux arriver à fond sur son skateboard. Et quand je me retourne, le grand type a disparu. *Disparu,* mon pote. Comme s'il était tombé tout droit dans une trappe.

– Toi, t'es un sacré flic, dirait Easley.

– Si tu l'avais vu, tu rigolerais moins », conclurait Jester.

Quelques secondes après que Jimbo eut sauté de son skateboard, près du banc, le policier qui s'était tenu de l'autre côté de l'allée lui lança un regard étrange et lui demanda :

« Dis donc, pendant que tu descendais l'allée,

t'aurais pas remarqué un type qui se tenait juste là, dans cette position ?

– J'ai vu que vous, répondit le garçon.

– Tu voyais bien les environs ?

– Sans doute.

– Où est-ce que j'étais quand tu m'as aperçu pour la première fois ?

– Là-bas. »

Jimbo désigna un point situé au bord de l'allée, à un mètre cinquante de la fontaine. Grosso modo l'endroit où un autre policier leur avait montré la photo de Shane Auslander, à Mark et à lui.

– Et quand j'étais là-bas, il n'y avait personne ici ?

– Pas avant que vous arriviez.

– Merci », dit l'agent Jester en reculant.

Ils sont en train de péter les plombs, songea le rouquin.

Quand il repéra Mark qui passait, les mains vides, du brillant ensoleillement de Sherman Boulevard à l'ombre mouvante jetée par les hauts tilleuls sur les dalles de l'allée du parc, il ressentit un pincement au cœur dépité. Cette fois, il avait bien emporté son skateboard mais pas Mark – ce qui était pire, il s'en rendit compte, que lorsqu'ils s'en étaient tous les deux dispensés. Un instant, il eut le sentiment que son ami s'était embarqué pour une traversée et que lui restait à agiter son mouchoir sur le quai. Quand Mark arriva plus près, toutefois, son expression intense rappela à Jimbo que lui aussi avait quelque chose d'incroyable à annoncer, quoiqu'il ne fût pas sûr d'avoir vraiment envie de répéter les révélations de M. Hillyard.

Mark n'entretenait pas de tels scrupules. Les yeux brûlants, il avait peine à se retenir de courir. Jimbo le vit noter la présence du skateboard et la juger immédiatement déplacée. La douleur immédiate et profonde que cela lui infligea fut presque aussitôt effacée par l'intensité avec laquelle Mark se laissa tomber sur le banc, son visage fermé fondant en piqué vers le sien. L'arrivant portait un T-shirt et un jean noir. Sa figure luisante paraissait récurée. Il dégageait une légère odeur de savon.

« Tu viens de te doucher ?

– Je me suis trop sali, tu le croirais pas, dit-il, exultant. Le fond de la baignoire était carrément noir.

– J'imagine que t'as trouvé quelque chose. »

Le sourire de Mark se figea et ses yeux s'étrécirent. Jimbo fut incapable de déchiffrer ces signaux. Il estima que son ami avait découvert quelque chose d'indiciblement mauvais ou d'incroyablement bon.

« Et toi ?

– J'ai trouvé des trucs, ouais. Mais toi d'abord. »

Mark se redressa, posa une main sur sa bouche et regarda l'agent Jester par-dessus son épaule. Le policier lui rendit son regard, impassible.

« Eh bien, c'est carrément incroyable, là-dedans. Les derniers habitants ont dû... T'es prêt ?

– J'en sais déjà une partie. Les derniers habitants ont dû quoi ? »

Un autre coup d'œil vers l'agent Jester qui faisait visiblement de grands efforts pour regarder ailleurs.

« Ils ont dû assassiner un tas de gens. »

Mark parla à Jimbo des passages secrets et de son exploration du sous-sol, de sa découverte de la cantine et des traces sur le sol cimenté.

« C'est pour ça que personne supporte de regarder la baraque. Il s'y est passé quelque chose de franchement terrible. Peut-être qu'il a construit ce grand lit en bois pour les torturer avant de les emmener en bas.

– Les menottes étaient trop étroites pour une adulte, objecta le rouquin – qui en savait plus qu'il ne voulait bien le dire et ne comprenait pas pourquoi son ami semblait aussi exubérant.

– Pas pour une petite adulte. » Une joie presque

intérieure, seulement décelable par le rouquin et peut-être par Philip Underhill, surgit un bref instant sur le visage de Mark. « Et toi, Sherlock ? C'est quoi, ces infos que tu dis avoir ? »

Jimbo eut l'impression qu'on venait de le pousser jusqu'au bout d'un plongeoir et de lui ordonner de sauter.

« La plupart des habitants de Michigan Street n'ont pas la moindre idée de ce qu'est la propriété. Tout ce qu'ils savent, c'est qu'une partie des gens du quartier s'associent pour qu'elle ait pas l'air trop moche, qu'ils tondent la pelouse tous les quinze jours, devant et sur les côtés. Ils ont une espèce de liste et ils font ça à tour de rôle. Une ou deux femmes m'ont dit que leurs maris ont la baraque en horreur. Ils espèrent qu'une de ces nuits, elle finira par brûler. Les Rochenko étaient chez eux tous les deux. C'est un des deux seuls endroits où on m'a demandé pourquoi je me renseignais.

– Et l'autre, c'était où ? Oh, je parie que je sais. Alors, qu'est-ce que t'as répondu. »

Jimbo fit la grimace.

« J'ai répondu que je cherchais un sujet pour un exposé que je devais faire l'année prochaine. Ils m'ont conseillé de traiter du réchauffement de la planète. Mme Rochenko m'a dit que le 3323 la mettait mal à l'aise, et que je ne devais même pas regarder la baraque si je n'y étais pas obligé.

– Je parie qu'eux, ils évitent de la regarder même quand ils tondent la pelouse. » Mark contempla fixement le rouquin, qui se tendit. « Et l'autre personne qui t'a demandé pourquoi tu étais si curieux, c'est le vieux Hillyard, pas vrai ? »

Jimbo hocha la tête.

« Il nous a vus passer derrière la baraque, hier, et il t'a vu y retourner ce matin. »

Une lueur alarmée traversa le regard de son ami.

« Il va en parler à personne, hein ?

– Non, il est pas comme ça. Le vieux Hillyard est différent de ce qu'on a toujours cru. » Il marqua une pause. « Carrément bizarre.

– Qu'est-ce que tu lui as raconté ?

– La même chose. L'exposé.

– Il t'a cru ?

– Il m'a demandé si je le prenais pour un imbécile. Il m'a dit que même si le lycée donnait des exposés à faire pendant l'été, j'étais le genre à repousser ça jusqu'à la dernière semaine d'août. » Mark éclata de rire. Au bout d'un moment, Jimbo se joignit à lui. « D'accord, d'accord, alors je lui ai dit que la baraque nous intéressait vachement, c'est tout. Et il a dit...

– Il a dit ?

– Il a dit que c'était intéressant qu'on s'y intéresse. »

Mark releva le menton et ouvrit la bouche, juste assez pour inspirer.

« Et que c'était particulièrement intéressant que, *toi*, tu t'y intéresses. »

Il inclina la tête, haussa les sourcils. Jimbo allait devoir tout lui avouer, à présent. À moins d'inventer un mensonge.

« J'espère que tu vas m'expliquer ça.

– Évidemment, je lui ai demandé ce qu'il voulait dire. »

Le rouquin s'interrompit à nouveau, cherchant ses mots. Mark se pencha vers lui.

« Alors ? »

Jimbo retint son souffle.

« La première partie, t'es déjà au courant. Le type qui habitait là était un assassin.

– Sans déconner ?

– Et la deuxième partie... c'est qu'il était sans doute de la même famille que ta mère. Parce qu'ils s'appelaient pareil. Avant que ta mère épouse ton père. » Stupéfait de voir une compréhension croissante se faire jour sur le visage de son ami, le rouquin continua. « Calendrier ? Comme les mois et les jours. Comme un calendrier ?

– Kalendar, corrigea Mark, avant d'épeler le nom pour son ami. Tu l'as vu écrit au funérarium, rappelle-toi.

– Je crois que j'ai pas trop fait gaffe. Mais le vieux Hillyard dit que le nom de l'assassin, c'était Joseph Kalendar, et qu'il ne savait pas que c'était aussi le nom de jeune fille de ta mère avant d'aller chez toi et de le voir sur les cartes. Avec le coucher de soleil et le Notre-Père.

– Et alors ?

– Alors, ça l'a surpris, parce que Kalendar était un vrai salopard. Il a assassiné un tas de bonnes femmes, et il a même tué son fils. Le vieux Hillyard connaissait tous ces gens-là !

– Ouaouh, dit Mark.

– Je pensais que ça allait te foutre les boules, mais t'as presque l'air content d'entendre parler de Kalendar.

– Bien sûr que je suis content. Tu viens de m'apprendre ce que j'avais besoin de savoir. Le nom du mec et ce qu'il a fait. Lui et maman étaient de la même famille ? C'était peut-être son frère. » Il lança à Jimbo un regard halluciné, les yeux exorbités. « Le Ténébreux, c'est Joseph Kalendar. Et c'est à cause de lui que ma mère s'est suicidée.

– Le Ténébreux ?

– Celui qui tourne toujours le dos. Celui que j'ai vu en haut de Michigan Street.

– Hein ? Tu crois que c'est un fantôme ? »

Mark secoua la tête.

« Je crois que c'est ce que certaines personnes

appellent un fantôme, plutôt. » Il médita un instant. « Qu'est-ce qui lui est arrivé, à Joseph Kalendar ?

– Il a été envoyé dans un asile psychiatrique et un autre pensionnaire l'a tué.

– Je parie qu'on trouverait des trucs sur lui sur l'Internet. »

Jimbo acquiesça puis songea à autre chose.

« Qu'est-ce que tu veux dire par *ce que certaines personnes appellent un fantôme* ? »

Mark éclata de rire, avant de secouer la tête.

« Je veux dire, comme... quelque chose laissé derrière soi. Quelque chose d'assez réel pour que, des fois, on le voie.

– Moi, je le vois pas. Je veux dire, je l'ai pas vu. L'autre jour, dans ta cuisine, j'ai vu personne qui tournait le dos à la porte.

– Tu l'as vu deux nuits plus tôt, et ça t'a tellement foutu la trouille que t'es tombé dans les pommes. Ce mec-là, c'est ce qui reste de Joseph Kalendar. Je le vois peut-être plus souvent que toi parce qu'on est de la même famille. Et peut-être aussi que le Tueur de Sherman Park le pousse à bouger.

– Ça arrive pas, les trucs comme ça. Les gens laissent pas des bouts d'eux-mêmes derrière eux. Et le seul mec qui voit les morts, c'est Haley Joely Osmond, machin, là, je sais plus comment il s'appelle.

– Joel Haley Osmond, dit Mark, en se disant que ça n'était sans doute pas tout à fait ça non plus. Sauf que tu te gourres. Un tas de gens voient des morts – la portion qu'ils laissent derrière eux. Tu crois pas ? Genre, un de tes potes meurt, et un jour, dans la rue, tu regardes une vitrine, et juste pendant une seconde, tu l'y vois. Le lendemain, peut-être que tu le vois monter dans le bus ou traverser un pont. C'est la portion qu'il a laissée derrière lui.

– Ouais, laissée derrière en toi.

– En toi, exactement. C’est tout à fait ce que je veux dire.

– Mais t’avais jamais entendu parler de ce type.

– Ma mère savait tout sur lui. Il devait la préoccuper, lui faire peur. Il devait être très important dans sa vie ! Tu crois pas qu’une partie de ça aurait pu passer en moi ?

– T’es taré, dit Jimbo.

– Non, je suis pas taré. Les parents passent des choses. Des choses qu’ils ont pas conscience de passer. Et ils les passent spécialement à leurs enfants. »

Comme pour mettre un terme à la conversation, Mark se leva et regarda autour de lui. Quelques adultes traversaient le parc à grands pas, se hâtant de rentrer chez eux. L’agent Jester, pensif, contemplait un point désert, de l’autre côté de l’allée. Les deux garçons remarquèrent au même instant que l’air commençait à s’assombrir.

Jimbo se leva à son tour, un peu agressif.

« Ça explique pas comment tu fais pour voir Joseph Kalendar qui est mort depuis vingt-cinq ans ! »

Ils commencèrent à descendre d’un pas plus lent qu’à leur habitude l’allée menant à Sherman Boulevard.

« Je crois pas que j’aie vraiment vu Joseph Kalendar. Je crois que j’ai vu le Ténébreux, la portion qui reste de lui. Comme je disais, peut-être que le Tueur de Sherman Park l’a réveillé et qu’il est visible pour une seule personne. Moi.

– Eh bien, peut-être que ton Ténébreux est le Tueur de Sherman Park, dit Jimbo avec l’air de lancer une spéculation hasardeuse.

– Je crois que c’est l’inverse, que le Tueur de Sherman Park est le Ténébreux.

– Quelle différence ça fait ?

– Ça fait qu’il y a un vrai tueur en liberté. Le Ténébreux peut pas enlever des gens – il a même pas de visage. Le mec de Sherman Park, il peut tuer. »

Ils traversèrent Sherman Boulevard sans plus se soucier que d'ordinaire des feux rouges.

« Je serais pas surpris que d'autres gens l'aient aperçu ici et là, le Ténébreux, tu vois, par petits flashs. Il commence à se passer des choses un peu bizarres, dans le coin.

– C'est toi qui es un peu bizarre, dit Jimbo. On dirait que ça te fait plaisir de découvrir l'histoire de ce Kalendar, de ce maniaque. » Il jeta un coup d'œil à son ami. « C'est ça, hein ? Tu es tout... je sais pas, tout électrifié par quelque chose.

– Ben..., fit Mark.

– C'est pas un coffre rempli de cheveux et un ou deux passages secrets qui suffiraient à te faire ça.

– Ben..., répéta-t-il, avant de raconter à Jimbo comment il avait trouvé le sac en papier dans la penderie du bas, alors qu'il l'avait laissé à l'étage. Tu comprends pas ce qui s'est passé ? » Le rouquin n'en avait honnêtement aucune idée. « Quelqu'un a déplacé mon sac. »

À présent, la joie de Mark brillait dans ses yeux.

« Kalendar ? Le Ténébreux ? »

Il secoua la tête.

« Quelqu'un qui joue avec moi, Jimbo. Elle me dit : *Je suis là, pourquoi est-ce que tu me vois pas ?*

– Ah, parce que c'est *elle* ?

– Je crois que c'est la fille, celle que j'ai plus ou moins vue par la fenêtre, l'autre jour. Même à ce moment-là, j'ai eu l'impression qu'elle se montrait exprès. Et ce matin, il m'a semblé voir... »

Jimbo s'immobilisa puis secoua la tête et se remit à arpenter le trottoir de Sherman Boulevard, en direction de West Burleigh Street.

« Tu viens de te rappeler quelque chose, dit Mark.

– Non, c'est rien. » Comme il continuait de le fixer, le rouquin reprit : « Quand on a visité la maison ensemble, j'ai eu l'impression de voir bouger quelque chose. J'ai aperçu un mouvement, un truc flou.

– Sans déconner ? Eh bien, voilà. Tu comprends ?

– Pas franchement.

– Tout est différent dans la baraque, maintenant. Ça se *sent.* »

Jimbo soupira.

« Qu'est-ce que tu veux que je fasse demain ?

– Vois si le vieux Hillyard sait quelque chose sur une fille ou une jeune femme.

– Un tas de de femmes sont mortes, là-bas, tu l'oublies ?

– Pose-lui toujours la question.

– Kalendar avait pas de fille.

– Pose la question, d'accord ?

– Seulement si tu promets de me dire cc qui arrive, des fois qu'elle soit vraiment là et que tu la rencontres.

– On va chez toi.

– Qu'est-ce que tu veux faire, maintenant ?

– Maintenant, dit Mark, on va chercher Joseph Kalendar sur Google. »

L'agent Quentin Jester atteignit l'extrémité d'un immense parterre d'azalées moribondes qui poussait à quelques pas du bord droit de l'allée. L'ayant déjà contourné une fois, il se sentait découragé, irrité contre lui-même. Il faisait trop chaud pour passer sa journée debout en plein soleil, à attendre un criminel qui ne se montrerait jamais. Avec une chaleur pareille, une telle luminosité, même un policier endurci pouvait perdre les pédales. L'agent Jester avait laissé ses sens le persuader qu'il avait vu le même personnage massif, aux cheveux noirs, vêtu de son lourd manteau et de ses bottes, suivre le gamin roux et son copain. Son instinct professionnel mis en branle, il s'était élancé sur les larges dalles, à la poursuite du mystérieux individu. Moment auquel ledit mystérieux individu avait quitté l'allée et commencé à longer le parterre d'azalées. Moment auquel, pour la seconde fois de la journée, il s'était purement et simplement évanoui, « comme un esprit corrompu au pet de l'hirondelle et au chant du coq », ainsi que le disait toujours le grand-père du policier. Quentin Jester pourrait s'ouvrir de cette énigme à son ami Louis Easley après une ou deux bières, à la Maison de Ko-Reck-Sion, mais il n'en ferait jamais état dans un rapport.

« Hé, t'en as déjà vu un comme ça ?

– Un quoi ?

– Là. »

Jimbo désigna le trottoir d'en face, le long duquel huit ou neuf véhicules alignés sur des places payantes cuisaient sous le soleil. Vers la moitié de la file, se trouvait un pick-up chevrolet rouge qui, selon Mark, faisait l'objet de la question.

« Oui, si bizarre que ça puisse paraître, j'ai déjà vu un pick-up rouge. »

Jimbo secoua la tête avec véhémence, souriant de toutes ses dents. Il était de bonne humeur, songea son compagnon, parce qu'ils avaient abandonné le sujet de Joseph Kalendar et de sa maison.

« Bon, d'accord, il brille. On peut même dire qu'il resplendit. C'est le pick-up le plus propre et le plus resplendissant que j'aie jamais vu. On ferait cuire un œuf sur son capot, je le mangerais, tiens.

– Mais tu vois vraiment pas ? insista Jimbo. C'est le seul pick-up du monde avec... avec...

– Oh, fit Mark, qui venait de remarquer le détail. Des vitres fumées.

– Des vitres *de voyeur*, mec. Avec ce genre de vitres, je parie qu'on voit à peine à l'intérieur.

– À qui ça peut bien être, un truc comme ça ?

– À un richard. Ce machin sort jamais de son garage. Pour son proprio, c'est comme un jouet. »

Les deux garçons marchaient lentement le long de Sherman Boulevard, contemplant la camionnette de l'autre côté de la rue, à la hauteur de laquelle ils arrivaient.

« C'est un gosse de riches, dit Mark. Un mec de vingt ans qui habite la gigantesque maison de ses parents sur Eastern Shore Drive et qu'aura jamais besoin de se salir les mains ou de bosser dehors et de finir en nage.

– Contrairement à nous, dit Jimbo. Nous, les enfants de la terre. »

Tous les deux éclatèrent de rire. Dès qu'ils eurent dépassé le pick-up, toutefois, cette agréable diversion cessa d'exister et ils l'oublièrent.

Quand ils atteignirent le Sherman Diner, Jimbo s'arrêta pour regarder à l'intérieur par la longue vitrine.

« Je te rejoins plus tard, OK ? J'ai plus ou moins donné rendez-vous à quelqu'un pour boire un Coca.

– Je te crois pas, dit Mark, avant de se rappeler que, la veille, son ami avait suggéré qu'ils passent au restaurant. À qui ?

– Lee Arlington », répondit Jimbo, trop vite.

Lee Arlington était une très jolie fille de leur classe, qu'on disait cyclothymique, et qui écrivait des poèmes sur le gros cahier qu'elle transportait en permanence dans son sac à dos.

« Entre aussi, proposa Jimbo. Elle est avec Chloé Manners, et Chloé a toujours eu un faible pour toi. »

Mark hésita. Il avait bien envie d'entrer dans la cafétéria, de savoir de quoi parlaient les filles, ce qu'elles avaient en tête, mais il voulait aussi essayer de trouver une photo du visage de Joseph Kalendar, ainsi que les détails de ses crimes.

« Vas-y, amuse-toi, dit-il. Je veux chercher des infos sur mon taré de cousin. Rejoins-moi quand tu auras terminé ici.

– D'ici une demi-heure, assura Jimbo. Promis. »

Arrivé au bout du pâté de maisons, Mark se rappela le pick-up rouge et voulut lui jeter un dernier regard par-dessus son épaule. Jimbo avait raison : en général, les propriétaires de ce genre de véhicule n'étaient pas du genre à faire poser des vitres teintées. En bas du boulevard, une petite Datsun bleu ciel exécutait un créneau pour prendre la place de parking laissée par la camionnette. Dommage, songea le garçon, mais ça n'était pas très grave – il aurait juste bien voulu voir la tête de l'heureux salaud qui conduisait le pick-up. Alors qu'il se retournait, une tache rouge vif luisante passa à la limite de son champ de vision. Un coup d'œil à gauche lui apprit que, tandis qu'il discutait stratégie avec Jimbo, la camionnette avait fait demi-tour et roulé dans sa direction jusqu'à arriver juste derrière lui. Il s'attendit à être dépassé, mais ce ne fut pas le cas.

Curieux, il regarda de nouveau par-dessus son épaule. Le soleil doré, reflété par le pare-brise sombre, gris-vert, le frappa en plein visage. Clignant les paupières, il se protégea les yeux d'une main. Ce qui se trouvait au volant était invisible. Le pick-up, refusant toujours de dépasser l'adolescent, continuait d'avancer au ralenti, exactement à la même vitesse que lui.

Mark regretta de ne pas avoir accompagné Jimbo au Sherman Diner.

Puis il se reprocha son inquiétude. Il était ridicule. Le type que masquait le pare-brise luisant était un jeune d'Eastern Shore Drive égaré dans les rues au tracé résolument anarchique de l'ex-Pigtown. Se perdre dans le quartier de Sherman Park n'était pas bien difficile : l'oncle Tim, qui avait pourtant grandi ici, avouait avoir eu du mal à trouver Superior Street, l'autre jour, à son arrivée. Le conducteur allait descendre sa vitre, côté passager, et demander son chemin. Mark tourna la tête et fit quelques pas à reculons, attendant d'être interrogé.

Le pick-up continua toutefois de se traîner à cinq ou six kilomètres/heure, conservant un retard de deux ou trois mètres. Vu de près, il paraissait étonnamment propre et bien lustré. Les courbes du capot et des pare-chocs avaient un aspect presque fondu. Sur les ailes et les portières, la peinture laquée semblait étalée en couches successives, si bien qu'en dépit de la surface brillante, Mark pouvait plonger le regard de plus en plus bas, de plus en plus profond, comme au sein d'une mare rouge. Les pneus, que ne parsemaient ni poussière ni cailloux, luisaient d'un noir clair, liquide. Le garçon estima que cette camionnette n'avait jamais été conduite sous la pluie, n'avait jamais vu la boue ni la neige, jamais été confiée à un lavage de voitures automatique ni à un parking public. On aurait dit un puma apprivoisé qui, après avoir été dorloté et brossé chaque jour de sa vie, se voyait enfin autorisé à explorer le monde extérieur. Mark avait l'impression de contempler un être vivant – vivant, colossal et dangereux, une véritable *entité*.

Il était en train de se laisser impressionner. C'était à cause des vitres fumées, il le savait. S'il avait pu voir le conducteur, toute la situation lui aurait semblé différente.

Tournant le dos au pick-up, il décida de faire comme si de rien n'était. D'ici un petit moment, le véhicule serait bien obligé de le dépasser. Même si tel n'était pas le cas, Mark le sèmerait en tournant sur West Auer, car l'autre n'aurait aucune raison de le suivre quand il quitterait Sherman Boulevard. Il continua de marcher sur le trottoir en se demandant s'il n'y avait personne alentour pour juger étrange qu'une camionnette suive ainsi un adolescent dans la rue, au pas. C'était tout à fait le genre de choses qu'aurait pu faire le Tueur de Sherman Park.

Le coin de West Auer ne se trouvait plus qu'à quinze mètres. Mark brûlait de se retourner encore, mais il estima préférable d'ignorer le pick-up. D'ici une seconde, d'ici deux secondes, ce dernier allait prendre de la vitesse et s'éloigner. Le garçon pressa légèrement le pas. Comme la camionnette s'accrochait à lui tel un requin à son poisson-pilote, il accéléra encore mais continua de marcher, ne se mit ni à trottiner ni à courir. Selon lui, il ne donnerait pas à un observateur éventuel l'impression qu'il se pressait.

À trois mètres du coin de West Auer, le pick-up s'avança un peu, arrivant dans son champ de vision et se stabilisant à sa hauteur. Mark lui jeta un bref regard, mais ne s'arrêta pas. Quoique effrayé, à présent, il se força à conserver un pas régulier, tout en guettant du coin de l'œil la vitre côté passager, soulagé de constater qu'elle n'était pas en train de s'abaisser. Le conducteur voulait peut-être juste essayer de lui faire peur – ce qui pouvait presque se comprendre s'il s'agissait d'un jeune oisif d'Eastern Shore Drive ou d'Old Point Harbor. C'était bien le genre à s'éclater en flanquant la trouille à un lycéen de Pigtown.

Pigtown... c'était une blague, non ? Comment prendre au sérieux un endroit qui s'appelait Pigtown ?

Le pick-up avançait exactement à la même vitesse que lui. La vitre ne descendait toujours pas mais Mark était certain que le conducteur l'observait. Il en sentait pratiquement le regard sur sa peau. Soudain, il eut l'impression de le sentir au sens propre. Un froid intense envahit son estomac.

Arrivé à l'angle, il exécuta un quart de tour à droite bien net, militaire, espérant s'échapper avant que l'autre ne comprenne sa manœuvre. À sa grande consternation, il perçut aussitôt derrière lui le crissement des pneus en train de tourner. Un coup d'œil de côté lui révéla le capot du pick-up, de nouveau à sa hauteur. Et quand la cabine arriva en vue, la vitre était bel et bien en train de s'abaisser. *Non, non, non,* se dit-il, *je ne crois vraiment pas que j'aie envie de discuter avec toi.* Le cœur battant, il se mit à courir, comptant se glisser entre deux maisons et rentrer chez lui par la ruelle.

La camionnette accéléra d'un coup, le dépassa puis pila bruyamment. La portière du passager s'entrouvrit. Mark cessa de courir, incertain. Le conducteur ne le poursuivrait pas à pied, c'était l'évidence, il voulait juste lui parler en restant à sa place. Il avait quelque chose en tête et voulait le partager. Le garçon n'avait aucune envie d'entendre ce que l'homme avait à dire, quoi que ce fût. Il recula d'un pas.

La portière s'ouvrit en grand, révélant l'intérieur sombre de la cabine, la forme massive encastrée derrière le volant. On aurait cru contempler le fond d'une caverne. L'inconnu était imposant, très imposant, enveloppé d'un manteau dont les pans tombaient autour de lui comme une couverture ou une cape d'opéra. Un chapeau mou à large bord le coiffait. C'était une véritable montagne. Une grande main s'extirpa maladroitement du vêtement et fit signe à Mark d'approcher.

« Tu n'as pas à avoir peur, déclara une voix feutrée. Tu es Mark Underhill, non ? Je me rends compte que ça a l'air un peu bizarre, mais je voudrais faire passer un message à ton père. C'est à propos de ta mère.

– Vous avez qu'à lui parler vous-même, à mon père », dit l'adolescent.

L'homme, derrière son volant, semblait informe et dépourvu de visage – colossale masse de chair équipée d'une main et d'une voix douce.

« Je crains de ne pas le connaître. Approche un peu, tu veux ? »

Quelque part, une porte claqua. L'inconnu se pencha en avant et répéta son geste. Mark, tournant la tête en direction du bruit, vit l'ancien footballeur de l'université du Michigan qui les avait appelés les « petits loups », lui et Jimbo, sortir sous la véranda de la maison la plus proche.

« Excusez-moi, lança l'arrivant, il y a quelqu'un qui a besoin d'aide, par ici ? »

Avant que Mark puisse répondre, l'homme avachi derrière le volant tendit le bras, claqua sa portière, exécuta un grand demi-tour arrière qui amena le pick-up au beau milieu de West Auer, et s'élança vers le croisement suivant ; une seconde plus tard, la camionnette prenait un virage en dérapant et disparaissait.

« C'était quoi, *ça*, bordel ? s'exclama l'ancien sportif. Est-ce que ça va, toi ?

– Ce mec-là prétendait qu'il voulait me dire quelque chose sur ma mère.

– Sans déconner ? » Il le contempla un instant. « Il savait comment tu t'appelles ?

– Oui. »

Il secoua la tête.

« Je n'ai pas relevé son numéro. Tu l'as eu, toi ?

– Non, dit Mark.

– Bon, eh bien, je suppose que l'incident est clos. Cela dit, pendant un moment, je te conseille de te méfier des pick-up rouges. Je vais appeler la police, histoire de raconter ce que j'ai vu. Juste au cas où. »

Toujours frémissant, le garçon rentra chez lui

pour chercher la trace de Joseph Kalendar sur l'Internet.

Voici comment furent résolus les meurtres de Sherman Park, lesquels étaient plus nombreux que même le sergent Pohlhaus ne le soupçonnait. Après un déjeuner déprimant avec son frère, Tim Underhill décida de passer chez Tom Pasmore avant de rentrer au Pforzheimer. Le détective l'accueillit avec chaleur, lui servit un whisky, et l'escorta jusqu'à ses superbes vieux canapés en cuir, entourés d'étagères chargées de disques. En souvenir du bon vieux temps, il mit le CD du meilleur enregistrement de Glenroy Breakstone, *Blue Rose*.

« Est-ce que la police a du nouveau sur la disparition de ton neveu ? demanda-t-il.

– Non, dit Tim. Mais aujourd'hui, j'ai découvert que Mark avait beaucoup traîné autour de l'ancienne maison de Joseph Kalendar.

– Tu crois que ça peut avoir un rapport ?

– J'en suis sûr. Le sergent Pohlhaus m'a assuré y avoir fait un tour, mais j'ai eu l'impression qu'il voulait juste me faire plaisir.

– Tu dois lui plaire, remarqua Tom. Pohlhaus n'a pas la réputation d'aimer faire plaisir aux gens. Ça serait intéressant de savoir à qui appartient cette maison. Tu as une idée ?

– Je crois qu'elle n'est à personne.

– Oh, elle est à quelqu'un, tu peux en être sûr. Je pourrais peut-être monter fouiner un peu sur mon ordinateur. C'est au 3323 North Michigan Street, c'est ça ? » Tim acquiesça. « J'en ai pour deux minutes. »

Et ainsi furent résolus les meurtres de Sherman Park. Par une unique question et quelques touches enfoncées sur un clavier.

21

Extrait du journal de Timothy Underhill, 26 juin 2003

Aujourd'hui est l'une des journées les plus remarquables que j'aie jamais vécues, Vietnam compris. Dans la matinée, Jimbo m'a enfin révélé le secret de Mark, puis Omar Hillyard m'a révélé le secret du secret. Dans l'après-midi, j'ai « contribué à l'arrestation », comme dit la police, du Tueur de Sherman Park. Il s'est en outre produit un événement remarquable qui, depuis, m'empêche de sombrer dans la dépression. Franz Pohlhaus et Philip estiment presque résolu le mystère de la disparition de Mark, la certitude finale devant être fournie par la découverte de son cadavre. (Avant cela, Ronnie Lloyd-Jones devra admettre sa culpabilité et apprendre à Pohlhaus où il a enterré les corps. Jusqu'ici, il ne semble guère pressé de faire l'un ou l'autre.) Je ne suis pas du même avis mais, une fois n'est pas coutume, je garde mon opinion pour moi. Et même si Mark est retrouvé dans le jardin de Ronnie Lloyd-Jones, son corps n'est pas tout. Il a dit à Jimbo quelque chose à propos de la fraction de Joseph Kalendar laissée derrière lui. Cela me fournit le moyen d'exprimer ce que je sais : la fraction de lui-même que Mark Underhill a laissée derrière lui est avec *elle*.

Jimbo a voulu s'éclipser en me voyant arriver, mais l'alliance de sa conscience et de sa mère l'en a empêché. Alors que Margo venait de m'assurer qu'il était là, le claquement de la contre-porte nous a attirés jusqu'à la cuisine, puis dans le jardin. Jimbo, qui avait déjà atteint la ruelle, a regardé par-dessus son épaule et compris aussitôt qu'il s'était fait prendre. Il s'est immobilisé, les épaules tombantes.

« Je ne sais pas ce que tu as, lui a dit sa mère.

– Je n'ai plus envie de parler de Mark.

– Reviens ici immédiatement, mon jeune ami.

– Pourquoi est-ce qu'il n'est pas resté à New York ? a-t-il marmonné en remontant la ruelle pour rentrer dans le jardin, l'air renfrogné.

– Tu vas dire tout ce que tu sais à M. Underhill, a intimé Margo. Tu n'as pas envie d'aider Mark ?

– L'aider à quoi faire ? »

De son bras magnifique, elle l'a poussé à l'intérieur.

« Ne me parle pas sur ce ton-là. Tu ne te rappelles pas tous ces garçons qui sont morts ? »

Jimbo, entré d'un pas traînant dans le salon, s'est laissé tomber sur le canapé comme une marionnette brisée.

« D'accord, j'abandonne. Qu'est-ce que vous voulez savoir ? »

J'ai dit qu'il le savait très bien : tout ce que Mark lui avait raconté de ses expériences dans la maison Kalendar.

Ses yeux se sont enflammés.

« Qu'est-ce que tu me cachais, au restaurant, Jimbo ? »

Il s'est tortillé.

« Ça n'a pas d'importance.

– Pourquoi est-ce que ça n'a pas d'importance, Jimbo ?

– Parce que Mark m'a menti », a-t-il dit, révélant la raison profonde de sa répugnance.

Blessé par ce qu'il percevait comme la duplicité de mon neveu, il cherchait tout de même à la dissimuler.

C'était d'une loyauté remarquable et, en dépit des paroles de Philip, j'ai songé que Mark avait eu de la chance de posséder un tel ami.

« Parle-moi de ce mensonge, alors. Ça ne me fera pas penser du mal de lui. »

Jimbo a gardé si longtemps les yeux baissés sur ses genoux que j'ai fini par me demander s'il ne s'était pas assoupi. Même quand il a enfin ouvert la bouche, il n'a pas relevé la tête avant d'en arriver presque à la fin de son histoire.

« Mark disait qu'il sentait vaguement que quelqu'un d'autre était dans la maison avec lui. Il appelait ça la Présence. Et il disait que c'était une fille. Qu'il allait retourner là-bas tous les jours pour attendre qu'elle se montre.

« Le lendemain, il m'a raconté qu'il l'entendait se déplacer derrière les murs. Se cacher de lui. S'enfuir chaque fois qu'il s'approchait. Et encore le lendemain, à l'en croire, c'est enfin arrivé : elle est sortie par la porte secrète, sous l'escalier, elle est venue droit vers lui, là où il l'attendait, et elle lui a pris la main. Elle s'appelait Lucy Cleveland. Elle avait dix-neuf ans. D'après Mark, c'était la plus belle fille qu'il ait jamais vue. Il disait qu'elle était tellement belle que ça faisait presque mal de la regarder.

« Elle lui a expliqué qu'elle se cachait de son père. Son père lui faisait des choses terribles, alors elle s'était enfuie, il y a longtemps. Depuis, elle se cachait là et dans quelques autres maisons abandonnées du quartier. Sauf que le quartier, elle l'appelait Pigtown, comme on disait autrefois. »

Lors de sa troisième visite après leur rencontre initiale, Mark et Lucy avaient couché ensemble – fait l'amour. Jimbo a utilisé le mot « baisé ». Ils avaient baisé – fait l'amour – sur le lit du géant, avait dit mon neveu, ajoutant que Lucy Cleveland savait trouver les endroits confortables de cette horrible couche, et que s'il se plaçait exactement comme elle le lui disait, il aurait pu se croire sur son propre lit, chez lui.

La deuxième fois qu'ils s'étaient aimés, Lucy Cleveland lui avait demandé de glisser le poignet dans une des menottes en cuir. Lorsqu'il avait obéi, elle en avait refermé une autre sur son propre poignet. D'après Mark, c'était fantastique. Être attaché ainsi rendait l'acte sexuel encore plus incroyable. C'était comme être emporté sur le dos d'un oiseau colossal ou par le courant d'un grand fleuve.

« Il voulait passer toute la nuit avec elle, mais il savait que son père péterait un plomb s'il rentrait pas. "T'as qu'à lui dire que tu passes la nuit chez moi, j'ai proposé. Il vérifiera pas." Donc, c'est ce qu'on a fait. Le lendemain matin, il est venu ici, et ma mère nous a fait des crêpes. Quand elle nous a laissés, je lui ai demandé s'il comptait apporter à manger à Lucy. Il m'a répondu : "Elle mange pas. – Elle mange pas ? j'ai répété. Tout le monde mange. – Tout le monde sauf elle, il m'a dit. Tu captes vraiment pas ? Elle a été *laissée derrière*."

« C'était de la vraie connerie. L'année dernière, Mark m'avait raconté qu'il s'était fait une fille top canon de notre classe, Molly Witt, mais ensuite, il avait avoué que c'était des bobards. S'il l'avait fait une fois, il pouvait le refaire. Et ce coup-ci, c'était une fille que je connaissais pas. Plus vieille que nous. Mais il était tellement heureux ! Il était trop amoureux de cette Lucy Cleveland. Il rayonnait littéralement. »

La curiosité dévorait Jimbo. Pour accepter l'existence de Lucy, il lui aurait fallu poser les yeux sur elle, et il brûlait de savoir si elle était aussi belle que le prétendait Mark. Il savait instinctivement qu'il ne serait pas le bienvenu dans la maison si elle s'y trouvait. Pouvait-elle en sortir ? Bien sûr qu'elle pouvait, avait répondu mon neveu. Alors, emmène-la quelque part où je pourrai faire sa connaissance, ou au moins la voir, avait demandé son ami. Mark avait affirmé que Lucy refuserait de le rencontrer ; en fait, elle avait dit ne vouloir connaître personne au monde, à part lui. Jimbo avait alors eu une autre idée : il avait demandé à Mark d'emmener sa compagne en promenade. Lui, discrètement, apparaîtrait de l'autre côté de la rue, sans rien dire, puis disparaîtrait aussitôt.

Mais Lucy avait peur de sortir : lorsqu'elle quittait la maison, c'était toujours très tard dans la nuit. Elle craignait d'être vue par son père.

Ils avaient mis au point un compromis qui les satisfaisait tous les deux. À midi, Mark tenterait d'attirer Lucy Cleveland dans le salon. Il lui dirait quelque chose à propos de M. Hillyard ou des Rochenko, et elle viendrait près de lui, devant la fenêtre, pour voir de quoi il parlait. En face, Jimbo ferait de son mieux pour se dissimuler, tout en conservant une bonne vue de la façade.

« Je suis arrivé vers midi moins dix. Je me suis posté près de la véranda du vieux Hillyard et je me suis accroupi pour attendre. À cette heure-là, Hillyard fait la sieste, je le savais, et Skip était tellement habitué à moi, maintenant, qu'il ne faisait même plus attention. Deux minutes plus tard, j'ai aperçu Mark au fond du salon. Il a disparu, et puis il est revenu. Il avait l'air de parler à quelqu'un. J'ai supposé qu'il essayait de convaincre Lucy de venir regarder par la fenêtre. Ça m'a soulagé : s'il lui parlait, c'est qu'elle était là.

« Bref, à midi quasi tapant, il a traversé la pièce pour s'approcher de la fenêtre. Il parlait mais y avait personne avec lui. Il était là, avec un grand sourire aux lèvres. Il regardait sur le côté, il agitait les mains, mais y avait personne d'autre ! Cette comédie à la con a duré une minute ou deux, et puis il s'est retourné.

Avant de s'éloigner, il a jeté un coup d'œil par-dessus son épaule et il m'a fait un signe du poing, le pouce levé. »

Jimbo m'a enfin regardé en face. La colère et le chagrin marquaient son visage bon enfant.

« J'ai sorti mon portable pour lui téléphoner, mais le sien était débranché, alors, je lui ai laissé un message carrément pas sympa. Quand il a fini par me rappeler, j'étais toujours en rogne. J'ai râlé : "Pourquoi t'as attendu si longtemps, hein ?" Il m'a dit : "J'étais trop occupé avec Lucy. – T'es un menteur", j'ai lancé, et il m'a répondu : "Elle m'a prévenu que tu dirais ça. – Que je dirais quoi ?" j'ai demandé. "Que je te mentais. Tu peux pas la voir, c'est tout. Pas si elle veut pas que tu la voies." Je lui ai dit que c'était la plus belle connerie que j'avais jamais entendue, mais il a insisté : non, non, non, Lucy Cleveland n'était pas une personne ordinaire. "Ouais, c'est ça", j'ai dit, et j'ai raccroché. »

Cette nuit-là, celle qui avait précédé sa disparition, Mark était allé chez Jimbo pour tenter de tout lui expliquer, pour lui donner sa version de l'histoire. Lucy Cleveland n'était *vraiment* pas une personne ordinaire, affirmait-il. Il n'était d'ailleurs pas tout à fait sûr de savoir ce qu'elle était. En tout cas, elle l'avait attendu ; il lui avait redonné vie. Tout ce qu'il savait avec certitude, c'est qu'elle était tout pour lui, et vice versa.

Jimbo, qui ne supportait pas d'écouter pareil discours, s'était mis à hurler : Mark voulait juste lui faire croire qu'il couchait avec une fille superbe de dix-neuf ans. C'était comme le coup de Molly Witt, mais en pire, car il affirmait maintenant que sa partenaire sexuelle pouvait se rendre *invisible* ! Il n'aurait pu trouver mensonge plus transparent, même en cherchant bien.

Mark s'était déclaré désolé que ce fût son opinion, et il était rentré chez lui.

Le lendemain matin, Jimbo avait regretté son emportement. Ayant passé une mauvaise nuit, il était sorti du lit bien avant son heure habituelle. Après qu'une Margo agréablement surprise lui eut préparé des œufs brouillés, il était remonté dans sa chambre et avait appelé Mark.

« Content d'apprendre qu'on est encore copains, avait dit ce dernier.

– Je m'excuse de t'avoir gueulé dessus. Qu'est-ce que tu veux qu'on fasse, aujourd'hui ?

– Je vais rester un bon moment avec Lucy, dit Mark. Oh, désolé. J'oublie que, d'après toi, elle n'existe pas.

– Elle n'existe *pas* ! avait crié Jimbo, avant de réussir à se maîtriser. Bon, d'accord, on la joue comme tu veux. Tu comptes passer toute la journée avec ta copine imaginaire, ou juste une partie ?

– Et si on se retrouvait chez toi vers six heures et demie ? avait proposé Mark.

– Si tu crois que tu pourras t'arracher. »

Toute la journée, Jimbo avait oscillé entre la colère et une sorte de magnanimité perplexe. Selon lui, bien qu'il ne saisît pas tout à fait de quelle manière, le mensonge de son ami avait pour cause le suicide de sa mère. Peut-être se servait-il du fantasme pour la remplacer ; peut-être était-il si déconnecté qu'il y croyait vraiment. Une nouvelle fois, Jimbo avait conclu qu'il devait impérativement prendre soin de lui, autant qu'on l'y autoriserait. Quand Mark l'avait enfin rejoint, plus près de dix-neuf heures que de dix-huit heures trente, il avait compris que, de toute évidence, on ne l'y autoriserait guère.

La première chose qu'avait remarquée Jimbo en répondant aux coups frappés à la porte du jardin, toutefois, c'était la joie qui brillait sur le visage de l'arrivant, le degré presque alarmant de contentement et de détente qu'il irradiait. La seconde, c'était que Mark Underhill donnait bel et bien l'impression d'être le jeune homme le plus heureux du monde, mais que ce bonheur n'avait pas été gratuit. Il paraissait subtilement plus âgé, plus défini, d'une certaine manière, qu'il ne l'avait jamais été, et aussi tellement épuisé qu'il aurait pu s'endormir debout contre la porte.

« Comment va Lucy Cleveland ? » avait interrogé Jimbo, incapable de retenir ses sarcasmes.

Alors même qu'il manifestait son incrédulité, cependant, il avait senti la jalousie l'envahir. Il aurait fait n'importe quoi pour connaître ce bonheur-là, pour avoir mérité ce spectaculaire épuisement.

« Lucy Cleveland est extraordinaire. Tu comptes me faire entrer ? »

Jimbo s'était effacé. Margo Monaghan étant partie faire des courses, les deux garçons s'étaient installés dans le salon, Mark se laissant tomber sur le canapé, ramenant les genoux contre le torse et s'enroulant autour d'eux, aussi voluptueux qu'un chat.

« Et c'est la dernière fois que tu l'as vu ? » ai-je demandé à Jimbo. Il a acquiescé. « Il avait l'air de quelle humeur ? À part qu'il était heureux, bien sûr. Est-ce qu'il y avait autre chose ?

– Oui, il m'a paru un peu... je trouve pas le mot. Il avait l'air de pas trop savoir ce qu'il allait faire ensuite. “Alors, comment tu te sens ? je lui ai demandé. – Fatigué mais heureux.” Il s'est déplié, et puis étiré. Il m'a dit : “Je devrais avoir aucun mal à dormir, mais quand je me mets au lit, j'arrête pas de penser à elle, et ça me surexcite tellement que j'arrive pas à fermer l'œil.” Ensuite, il a regardé le plafond un moment. Et puis il a dit : “Il faut que je réfléchisse à quelque chose. Je suis venu ici pour réfléchir, mais je peux pas vraiment en parler. – Merci bien”, j'ai soupiré, alors il m'a confié que Lucy Cleveland lui avait demandé quelque chose. »

Mark n'avait pas révélé ce qu'elle attendait de lui, mais son ami estimait – tout comme moi – qu'il s'agissait d'un acte devant être accompli *pour elle*. Il avait refusé d'en dire plus, sinon qu'il pesait le choix qu'elle lui avait donné. Jimbo avait songé qu'il était sur le point d'avouer la vérité, à savoir que Lucy était une invention destinée à l'impressionner. Mais quand Mark avait repris la parole, ç'avait été pour un tout autre sujet.

Comme il partait d'un petit rire, Jimbo avait demandé : « Y a quelque chose de drôle ?

– Je viens de me rappeler un truc.

– Ça a intérêt à être convaincant.

– Quand j'étais assis dans le salon, là-bas, à attendre qu'elle se montre... À ce moment-là, je connaissais rien d'elle, même pas son nom, elle était juste la Présence. Tout ce que je savais, c'est qu'elle était dans la maison, avec moi, et qu'elle se rapprochait. Donc, j'étais assis en bas de l'escalier, avec toutes mes merdes étalées devant moi. Le marteau, la torche, tout ça. Et j'ai commencé à sentir une superbonne odeur. »

Mark avait deviné, su, compris que l'arrivée soudaine de ce délicieux parfum signifiait que la Présence était sur le point de se montrer à lui.

« Je n'arrivais pas à croire que je ne reconnaissais pas cette odeur, avait-il continué. Elle était hyperfamilière, comme celle d'un truc qu'on sent tous les jours, et trop trop bonne. J'ai entendu des pas derrière le placard. Ça voulait dire qu'elle avait descendu l'escalier dérobé et qu'elle se préparait à sortir. Ensuite, j'ai entendu le panneau du fond qui s'ouvrait, et puis elle, qui faisait deux pas jusqu'à la porte du placard.

« Et c'est là que je me suis rappelé ce que c'était, l'odeur – au moment où elle a ouvert. Tu vas pas le croire ! Des cookies aux pépites de chocolat ! Quand ils sont encore dans le four, quasiment cuits. Qu'ils bouillonnent encore mais qu'ils ont déjà la jolie couleur brune. »

Pour Jimbo, ce détail avait constitué la preuve que son ami déraisonnait. Une jolie femme qui sentait les cookies aux pépites de chocolat ? Pouvait-on faire plus ridicule ?

Non, l'avait détrompé Mark. Lucy Cleveland ne sentait pas les cookies aux pépites de chocolat. Lucy Cleveland, si elle sentait quoi que ce fût, sentait plutôt le soleil, l'herbe fraîche et le pain frais, ce genre de choses. Cette odeur-là était une annonce, un peu comme une fanfare de cuivres. Cela signifiait qu'elle était *là*, qu'elle était *prête à faire son entrée.*

Jimbo n'avait pu que le regarder avec de grands yeux.

Mark s'était éjecté du canapé en disant que son père ne remarquait même plus qu'il ne rentrait pas le soir. Il avait cessé de prêter attention à son couvre-feu. En fait, il avait cessé de lui prêter la moindre attention, et tous les deux évoluaient chez eux telles des planètes lointaines, seulement connectées par des vestiges de gravité.

Jimbo lui avait demandé où il allait, à présent, s'il voulait de la compagnie.

Non, avait répondu Mark. Il allait juste faire un tour, pour réfléchir encore un peu. Marcher l'aiderait peut-être.

Aux alentours de dix-neuf heures quinze ou dix-neuf heures trente, l'agent Jester avait vu mon neveu assis sur un des bancs bordant l'allée de la fontaine. Le garçon semblait méditer un problème quelconque, tenter de prendre une décision ; ses lèvres remuaient, mais Jester n'éprouvait pas d'intérêt particulier pour ce qu'il se disait à lui-même. Et de toute façon, il ne l'entendait pas.

Quand Jimbo Monaghan eut atteint le point de son récit où Mark partait de chez lui en lui adressant un signe de la main, il sembla à peine capable de continuer. Il gisait sur le canapé tel un sac de grains percé.

« Qu'est-ce qui lui est arrivé ensuite, d'après toi ? », demanda Tim.

Les yeux du garçon trouvèrent les siens, se détournèrent vivement.

« Tout le monde le sait, ce qui lui est arrivé. Il est allé dans Sherman Park, et le Tueur, ou le Ténébreux, ou quoi que ce soit l'a chopé. Mark pensait même pas à sa propre sécurité. Mais me demandez pas à quoi il pensait, parce que je pourrais pas vous le dire. Il était dans son petit monde. » Une nouvelle fois, des yeux rouges, humides, croisèrent ceux de Tim. « Je crois que cette baraque l'a rendu complètement cintré, si ça vous intéresse de savoir ce que je crois. Ça lui a porté au citron, dès le début. Ça l'a changé.

– Et Lucy Cleveland ?

– Y a pas de Lucy Cleveland, affirma Jimbo qui paraissait incroyablement las. Une adorable fille de dix-neuf ans se cache dans une maison abandonnée et laisse un garçon de quinze ans coucher avec elle toute la journée ? Une adorable fille de dix-neuf ans que personne d'autre peut voir ? Ouais, ça arrive tout le temps. Dans les romans, peut-être bien.

– Exactement », dit Tim.

Skip se dressa en haut des marches pour contempler Tim en tremblant, comme s'il allait bondir sur lui. L'écrivain, toutefois, remarqua qu'il ne découvrait pas les crocs ni ne grognait, ce qui était la conduite habituelle des chiens sur le point d'attaquer. Celui-là tremblait de vieillesse, pas d'agressivité. Sans doute avait-il froid en permanence. Il devait passer toute sa journée sur la même petite portion de véranda car c'était là que le soleil brillait. Quand Tim tendit la main, Skip se laissa gratter le sommet du crâne.

« Ce pauvre animal a tellement d'arthrite qu'il ne bouge pratiquement plus. Il passe tout son temps effondré dans son rayon de soleil. »

Tim n'avait pas entendu s'ouvrir la porte d'entrée. Il releva les yeux pour découvrir Omar Hillyard qui le regardait à travers la contre-porte.

« Un peu comme moi, reprit le vieillard. Vous avez décidé de revenir, on dirait.

– Oui. J'espère que ça ne vous dérange pas. »

L'écrivain parvint à la hauteur du chien. Appuyé sur sa canne, Hillyard poussa maladroitement la contre-porte.

« Vous n'avez qu'à le contourner pour entrer. Il va retourner à sa place mais ça va lui prendre un petit moment. »

Tim avança encore d'un pas. Skip poussa un gémissement ou un soupir. Le visiteur baissa les yeux vers lui. Une fois le vieux chien pointé vers son endroit favori, ses pattes raides commencèrent à l'y porter.

« Il fait un bruit splendide quand il s'effondre en plein soleil », dit Hillyard.

Les deux hommes regardèrent Skip se traîner le long de la véranda. Telle une machine mal assemblée par un constructeur ayant négligé de lire le manuel, il atteignit le petit carré de soleil et s'y laissa tomber d'un coup, atterrit avec un bruit sourd. Il émit un son de contentement pur, une sorte de fredonnement qui sortait du fond de la gorge.

« Je sais tout à fait ce qu'il ressent », commenta Hillyard.

Il s'effaça pour laisser entrer Tim dans un salon globalement identique à celui de Philip, sinon que les meubles y étaient plus propres et plus récents. Boitillant à sa suite, il désigna une causeuse brune, couverte de velours élimé.

« Celle-là est encore assez confortable. Moi, si je m'assois là-bas, je peux poser ma béquille sur le tabouret. C'est plus facile pour me relever. »

Il s'installa dans un fauteuil à dossier haut et cala la canne près de lui.

Des deux côtés de la pièce, des photos et des dessins encadrés représentant de jeunes hommes, pour la plupart nus, s'étalaient sur les murs. Deux dessins en vis-à-vis montraient leurs sujets dans un état d'excitation sexuelle.

« Je ne crois pas vous l'avoir signalé, mais le garçon de gauche, c'est moi, dit Hillyard. En 1946, juste après que je suis sorti de l'armée. L'autre, c'est mon amant, George Olander. C'était lui, l'artiste. George et moi, on a acheté cette maison en 1955, à l'époque où les gens utilisaient encore le terme "vieux garçon". On disait juste qu'on habitait ensemble et personne ne nous embêtait. George est mort en 1983, il y a juste vingt ans. Au début, votre ami Sancho a été un peu déstabilisé par ces images, mais il a décidé de ne pas y penser, et il n'a pas tardé à se remettre.

– Il est venu vous poser des questions sur Joseph Kalendar, non ?

– Comme vous. En fait, il est venu pour la maison, mais ça nous a vite amenés à Kalendar. Si vous voulez du thé glacé, j'en ai dans la cuisine.

– Non, merci.

– Je ne veux pas que vous croyiez que je n'ai pas le sens de l'hospitalité. La vérité est que je manque de pratique. Pour des raisons évidentes, George et moi n'invitions jamais les voisins, et j'ai maintenu cette tradition. En fait, j'ai même fait de gros efforts pour décourager les visites. Et puis je suis tombé et je me suis fait mal. Mais je ne vois pas pourquoi je serais obligé de décrocher toutes mes images sous prétexte que le fils Monaghan vient ici.

– Comment allez-vous, maintenant ?

– Mieux. Dieu merci, je ne me suis rien cassé. C'est juste un peu froissé. »

Sur la causeuse, Tim avait une vue parfaite de la maison Kalendar, de l'autre côté de la rue.

« L'autre fois, je ne vous ai pas demandé si vous aviez jamais vu les garçons entrer dans cette maison. Il semble qu'elle les ait obsédés, particulièrement mon neveu.

– J'ai tout vu, dit Hillyard. Soit d'où vous êtes en ce moment, soit par la fenêtre de ma cuisine. Votre neveu et son copain ont passé des heures à fixer la maison. On les entendait toujours arriver, avec leurs skateboards. Un soir, ils ont même braqué une torche sur la fenêtre. Sancho a vu quelque chose qui l'a carrément fait tomber sur le derrière.

– Il m'a raconté ça, dit Tim.

– Je me suis toujours demandé s'il n'avait pas aperçu l'autre type.

– Ah, fit l'écrivain, sentant qu'un élément jusqu'alors inconnu venait de se glisser dans un interstice qui en épousait exactement la taille et la forme. L'autre type. Ils l'appelaient le Ténébreux. Mon neveu a dit à Jimbo que c'était une espèce de fantôme.

– Seulement si les fantômes sont de chair et de sang. Il ressemblait un peu à Joseph Kalendar, sauf qu'il n'était pas tout à fait aussi costaud. Il s'habillait comme lui, aussi. Un long manteau noir.

– Vous l'avez observé ? Qu'est-ce qu'il faisait ?

– Il venait le soir. Il entrait dans la maison par-derrière, exactement comme les garçons. Je ne l'ai vu qu'une ou deux fois. Et même à ces moments-là, je n'étais pas sûr de ne pas rêver.

– Vous en avez parlé à Jimbo ? »

Hillyard secoua la tête, l'air à la fois bourru et gonflé de sa propre importance.

« Je me suis dit que ça n'était pas ses oignons. Par ailleurs, je n'étais pas certain d'avoir vraiment vu le type. Il faisait très sombre, dehors, et les ombres ont le chic pour se déplacer. De toute façon, le gamin ne voulait entendre parler que de M. Kalendar, et je lui en ai donné pour son argent, mais je lui en ai caché autant que je lui en ai dit.

– Parce que vous pensiez que ça n'était pas ses oignons ?

– Et pour une autre raison. » Il eut un sourire suffisant. « Il ne m'a pas posé les bonnes questions.

– Vous voulez bien m'apprendre ce que vous ne lui avez pas dit ?

– Si vous posez les bonnes questions. »

Tim lui lança un regard exaspéré.

« Je vais essayer. D'abord, pourquoi ne pas m'avoir tenu au courant de ce que vous avez raconté à Jimbo.

– C'était en gros ce que je vous ai dit la première fois que vous êtes venu. Ce type était un tueur psychopathe de la plus belle eau. Joseph Kalendar a massacré toute sa famille, et Dieu sait combien de femmes en prime. Il avait changé sa maison en une espèce de salle de torture. Il emmenait son propre fils avec lui quand il partait violer et assassiner, et ensuite, il a même tué le gamin ! Un dingue, pur et simple. Ça n'aurait pas dû tant nous surprendre, d'ailleurs. Un type qui ne veut jamais montrer son visage doit avoir quelque chose qui ne tourne pas rond, vous ne croyez pas ? »

Tim songea aux photos décrites par Jimbo.

« Jamais ? Pas seulement en photo ?

– Ça le gênait énormément qu'on voie sa tête. C'est pour ça qu'il a fini par se laisser pousser une grosse barbe bien épaisse. Quand il habitait le quartier, il portait un chapeau et il remontait le col du manteau qu'il portait en permanence. Des fois, il allait jusqu'à se mettre les mains devant la figure. Et il tournait toujours le dos aux gens.

– Et vous l'avez bien connu ?

– Ah, voilà, vous posez de meilleures questions. Oui, un petit peu. C'était un bon charpentier, après tout. Quand George et moi avons eu besoin d'étagères, nous avons appelé M. Kalendar et il a fait de l'excellent travail. Alors quelques années plus tard, quand on a trouvé un peu de pourriture sèche dans certaines des poutres et des lattes du plancher, on est retourné le voir. Il nous a fait un bon prix et il a remplacé le bois très vite.

– D'après ce que j'ai entendu dire, c'était un excellent charpentier. Vous avez dû le trouver sympathique, si vous l'avez engagé deux fois.

– Sympathique ? » Omar Hillyard fit la grimace. « On ne peut vraiment pas dire que je le trouvais sympathique, non.

– Mais il a passé beaucoup de temps chez vous.

– Il n'était pas cher et il habitait de l'autre côté de la rue. Sinon, on ne lui aurait jamais adressé la parole, encore moins laissé entrer chez nous.

– Ah. » Tim désigna les dessins et les photos sur les murs. « Il désapprouvait votre situation.

– Il l'avait en horreur. Il désapprouvait l'homosexualité pour des raisons religieuses, et sans aucun doute pour d'autres raisons. Une fois qu'il nous a eu dit ce qu'il pensait et affirmé qu'il prierait pour nous, toutefois, ça n'était plus vraiment un problème. Le problème, c'était lui. Le problème, c'était ce qu'il faisait.

– Par exemple ?

– Dès que Joseph Kalendar entrait dans une pièce, elle paraissait plus petite, plus sombre. Juste parce qu'il était là. Où qu'il se trouve, il vidait l'endroit de son air. Quand on était avec lui, on avait l'impression de porter un poids colossal. De quoi, je n'arrive pas bien à le définir. D'hostilité. C'était comme si un nuage noir l'entourait. Et quand vous étiez avec lui, ça vous entourait aussi. Vous sentiez toute cette colère réprimée, cette hostilité, cette dépression, alors même qu'il vous disait qu'il allait prier pour vous. J'ai souvent pensé que c'est l'impression que donne le mal. Que le mal qui était en lui empoisonnait l'atmosphère et rendait sa compagnie extrêmement pénible.

– J'ai entendu parler de gens comme ça, dit Tim. Mais seulement dans des études de cas psychanalytiques.

– Bien sûr, on ne le sentait pas tout de suite. Au début, il avait l'air d'un ouvrier ordinaire, du genre taciturne. Il fallait se laisser un peu envahir par lui pour ressentir le plein effet.

– Vous imaginez ce que ça doit être d'appartenir à la famille d'un tel homme ? dit Tim.

– C'est pour ça que la disparition de sa femme n'a jamais soulevé beaucoup de commentaires. On a tous cru qu'elle s'était enfuie. Et que le gamin n'avait pas voulu partir avec elle. Il était l'apprenti de Kalendar depuis qu'il avait l'âge de soulever un marteau – il avait quitté l'école – et il lui était totalement dévoué. Voilà pourquoi son père a fini par l'emmener dans ses excursions. Naturellement, après le départ de Myra, ils ont pu rapporter les cadavres chez eux et s'en débarrasser dans la chaudière. C'est là qu'on a trouvé ce qui restait du garçon : dans la chaudière.

– Et vous, vous étiez là, juste de l'autre côté de la rue, dit Tim. Est-ce que vous n'avez jamais rien remarqué de bizarre ? Vous n'avez jamais eu de soupçons ? Même si vous n'auriez pas songé à alerter la police, vous n'en avez jamais eu ?

– *Kalendar* lui-même me paraissait bizarre, répondit

Hillyard. Vous rigolez, non ? Une fois que j'ai su qu'il était dingue, tout ce qu'il avait fait m'a semblé louche.

– Vous deviez être là quand il a sauvé les deux enfants de vos voisins.

– Vous avez appris vos leçons, hein ? Mais ce n'était pas exactement mes voisins. C'était au 3325, chez ses voisins à lui. Des Noirs qui s'appelaient Watkins.

– Vous avez vu ce qui s'est passé ?

– J'ai plus ou moins tout vu, oui.

– Juste par curiosité, est-ce que ça s'est produit avant qu'il ait ajouté une pièce bizarre à sa maison et bâti le grand mur pour la cacher, ou après ?

– Ça, c'est une très bonne question, apprécia Hillyard. Il a commencé à travailler sur ce grand mur au fond de sa propriété deux jours après avoir secouru les Watkins. Il a dû ajouter la pièce après avoir terminé le mur.

– Comment êtes-vous au courant, pour la pièce en question, si vous n'êtes jamais entré chez lui ? »

Le vieillard se hérissa.

« Je tonds le gazon là-bas tous les deux mois, non ? Enfin, je le faisais jusqu'à ce que je m'arrange comme ça, et je le referai un jour, je peux vous le dire.

– Désolé, je ne voulais rien insinuer.

– Qu'est-ce que vous auriez pu insinuer ?

– Rien, dit Tim, pris au dépourvu. Je ne ne sais pas, je voulais juste... J'ai eu l'impression de vous avoir agacé par une question innocente. »

Il lui vint à l'esprit que Hillyard faisait peut-être partie des gens ayant tenté d'incendier la maison de Kalendar.

« George me disait souvent que je me vexais parfois sans raison, et c'est probablement pire maintenant qu'à l'époque. Nous parlions de l'incendie. Dites-moi, monsieur Underhill, vous qui êtes écrivain : est-ce que cet épisode ne vous paraît pas un peu étrange, appliqué à l'homme que je viens de décrire ?

– Est-ce qu'un individu très religieux ne considérerait pas comme son devoir de secourir des gens enfermés dans une maison en flammes ?

– Kalendar détestait les Noirs. Il ne les considérait même pas comme des gens. Je pense qu'il n'aurait pas été fâché que toute la famille Watkins se retrouve carbonisée.

– Mon frère m'a dit qu'il était tellement déterminé à les sauver qu'il n'arrêtait pas de retourner à l'intérieur. »

Hillyard contempla son visiteur, l'air supérieur et content de lui, comme un chat avec un oiseau dans la gueule.

« Mettons que je vous raconte ce qui s'est passé, et ensuite, vous vous ferez votre propre opinion.

– Très bien, acquiesça Tim.

– Kalendar était dans son jardin quand l'incendie s'est déclaré. Les flammes jaillissaient surtout derrière la maison, si bien qu'il a été obligé de la contourner et de défoncer la porte d'entrée. Il l'a carrément arrachée de ses gonds. Je l'entendais hurler de ma véranda, mais je ne comprenais pas ce qu'il disait. Au bout de deux ou trois minutes, ce qui est long dans une maison en feu, il est ressorti, portant une des filles Watkins et tenant l'autre par la main. Les gamines hurlaient, sanglotaient. À mes yeux, il avait vraiment l'air d'un héros, alors que d'habitude, je ne le supportais pas.

« Comme j'avais appelé les pompiers dès que j'avais vu de la fumée, j'espérais qu'ils arrivent à temps pour les sauver, lui et les parents. Kalendar a laissé tomber les gamines sur la pelouse et il est rentré dans la maison en courant. Il y avait de la fumée qui sortait des fenêtres latérales, et je voyais les flammes à travers celles du salon. Presque tout de suite, il est ressorti en poussant M. et Mme Watkins devant lui. Alors, il s'est retourné et il a *encore* couru à l'intérieur. Il criait un nom.

– Un nom ?

– Lily ! Lily !

– Qui était Lily ? »

Hillyard haussa les épaules.

« À ce moment-là, les pompiers sont arrivés, un tas d'entre eux sont entrés dans la maison, les lances à incendie se sont mises en marche, et deux minutes plus tard, ils ont traîné Kalendar dehors en le félicitant d'avoir sauvé quatre personnes. Il m'a fait l'impression d'être terriblement désorienté, comme s'il se demandait pourquoi tout le monde était si gentil avec lui. Il s'est échappé aussi vite qu'il a pu. Mais les journalistes du *Ledger* et de la télé se sont quand même emparés de l'événement et l'ont exploité autant qu'il le leur a permis. C'était une histoire d'harmonie raciale, une histoire qui mettait du baume au cœur. Ça se passait quelques mois après les grandes émeutes de Chicago et de Milwaukee, si vous vous rappelez – en 1968. À Detroit, aussi. Des Noirs avaient brûlé leurs propres boutiques. Ç'a été une tragédie. Vous devez vous en souvenir.

– J'étais à l'étranger, en 1968, dit Tim. Mais on ne peut pas dire pour autant que j'aie échappé à la violence.

– Ne me parlez pas de ça. » Le regard de Hillyard se vida. « J'ai participé à un tas de manifs, en 1968. On manifestait contre le racisme et contre la guerre.

– Eh bien, nous n'étions satisfaits ni l'un ni l'autre de ce qui se passait au Vietnam, monsieur Hillyard.

– Très bien », dit le vieillard.

Mais Tim voyait parfaitement que tout n'allait pas très bien. Omar Hillyard était encore pénétré des principes les plus nobles. S'il avait possédé la moindre décoration, il l'avait renvoyée au gouvernement en 1968 ou 1969. Quand il avait manifesté, il avait tenu une pancarte marquée LES VÉTÉRANS CONTRE LA GUERRE. Il ne pouvait pas s'en remettre. Il était encore en colère contre des gens comme Tim Underhill qui, selon lui, avaient pris une armée glorieuse pour la plonger dans un marigot. Les gens comme Underhill avaient porté un coup à sa fierté et il était incapable de le leur pardonner.

« Si je n'avais pas été enrôlé, j'aurais manifesté à vos côtés.

– Très bien, répéta Hillyard, sur un ton qui signifiait *Ce sujet est à présent officiellement clos.* J'en étais à Joseph Kalendar et à la presse. Comme il a refusé de coopérer avec eux, les journalistes l'ont étiqueté modeste, héros qui préférait rester dans l'ombre. Ça faisait bien. Mais quand ils ont commencé à poser des questions dans le quartier sur leur nouveau héros, l'enthousiasme est vite retombé. L'individu le plus antisocial du monde n'allait pas inviter chez lui journalistes ou photographes. Quand il a monté son mur affreux, on a tous cru que c'était pour empêcher la presse de s'introduire dans son jardin. Par-devant, au moins, il pouvait voir arriver ces salopards.

– Il ne pouvait quand même pas être antisocial à cent pour cent », objecta Tim. Hillyard adopta un air de frustration butée qui rappela à l'écrivain des photos de Somerset Maugham âgé. « Jimbo a vu des photos de vous et d'autres personnes en train de boire un coup avec lui, au bord du lac. Il dit que ça avait l'air d'une sacrée fête. »

Le visage du vieillard se détendit.

« Comment diable le garçon a-t-il vu ces photos ?

– Mark et lui les ont trouvées dans la maison.

– Elles ont été prises pendant une fête de quartier, sauf que c'était à Random Lake, près de Milwaukee.

Quelqu'un avait un chalet, là-bas, près d'une petite taverne, avec une jetée et une plage. Ça doit être une des seules occasions où Kalendar a voulu faire plaisir à sa femme. Il avait une bonne raison pour ça, mais il n'en restait pas moins Joseph Kalendar. Il a fait de son mieux pour avoir l'air de s'amuser, mais ça n'était qu'une comédie. Il n'avait vraiment pas envie d'être là. Et c'était plus ou moins réciproque. Il avait le pouvoir de tuer tout plaisir autour de lui. En fait, je le plaignais. On le voyait s'approcher des gens et essayer de participer à la conversation, ce qui signifiait qu'il restait debout sans rien dire, jusqu'à ce que les autres s'éloignent un par un et le laissent tout seul.

– Qu'est-ce que vous voulez dire par : il avait une bonne raison de faire plaisir à sa femme ?

– Myra Kalendar avait le ventre très très gonflé. Elle devait être enceinte de sept ou huit mois.

– De leur fils, le pauvre gamin.

– Je ne crois pas, corrigea Hillyard, avec une suffisance irritante. La fête de Random Lake a eu lieu en 1965. Et en 1965, Billy Kalendar avait quatre ans.

– Je ne comprends pas. »

Omar Hillyard continua de lui sourire.

« Un mois après la fête en question, Kalendar a répandu la nouvelle que sa femme avait fait une fausse couche. Ils ne voulaient ni coups de téléphone ni lettres de condoléances, merci. Maintenant, vous pouvez tirer vos propres conclusions. »

22

Extrait du journal de Timothy Underhill, 27 juin 2003

Et il était donc là, Omar Hillyard, que j'irritais mais qui me tendait tout de même le secret, la clé de la dernière porte. Je me suis rappelé Philip disant que Myra Kalendar s'était un jour présentée à leur maison de Carrollton Gardens pour implorer Nancy de lui rendre un service. *Aide-moi à sauver la vie de mon enfant.* Avait-elle dit : *Enlève-la-moi ?*

J'ai expliqué tout cela à Tom Pasmore juste après mon arrivée dans sa grande et vieille maison d'Eastern Shore Drive, mais il s'est abstenu du moindre commentaire avant que nous ne montions l'escalier pour gagner la pièce renfermant ses ordinateurs et autre matériel informatique.

« Donc, d'après toi, m'a-t-il dit, ton neveu a rencontré la fille de Joseph Kalendar dans cette maison. Elle s'est arrangée pour lui apparaître sous une forme physique, pour lui faire l'amour jour après jour, et elle a fini par le convaincre de la rejoindre dans une espèce de monde des esprits ?

– Présenté comme ça, ça a l'air absurde », ai-je admis.

Il m'a demandé comment, moi, je présenterais la chose.

« Je ne la présenterais pas. Mais garde bien en tête cette séquence d'événements. Joseph Kalendar a bel et bien une fille dont il dissimule l'existence. Un matin, très tôt, alors qu'elle a trois ans, elle se glisse hors de la maison et elle se cache, sans doute dans le jardin ou dans la ruelle. Kalendar se précipite dehors pour la retrouver et constate que la maison voisine est en feu. Deux petites filles y habitent. N'est-il pas probable que Lily les ait vues jouer, par la fenêtre, qu'elle ait brûlé de se joindre à elles ? C'est en tout cas ce que pense Kalendar, parce qu'il se précipite dans la maison incendiée. Après avoir secouru tout le monde, il y rentre encore pour chercher sa fille. Et peu après, il monte un mur gigantesque au fond de son jardin pour dissimuler ce qu'il va bâtir ensuite : une horrible annexe, le long de sa cuisine. Dans cette pièce, il torture sa fille.

« Trois ans plus tard, sa femme tente une manœuvre désespérée pour secourir Lily, mais la cousine de son mari, Nancy Underhill, lui oppose un refus définitif. Philip ne l'aurait jamais laissée se mêler de ça, et il n'aurait certainement pas permis que la fillette emménage chez eux.

« C'est alors que se produit le pétage de plombs de Kalendar. Il assassine un grand nombre de femmes, y compris, sans aucun doute, sa femme et sa fille. En 1980, il est arrêté et condamné. Cinq ans plus tard, un autre prisonnier l'assassine, et l'histoire semble terminée. »

Nous avions atteint la pièce des ordinateurs. Tom y évoluait, allumait les lumières sans cesser de m'écouter en hochant la tête. Je ne lui demandais pas d'être d'accord avec moi, juste de visualiser l'ensemble du tableau.

« Et maintenant, le morceau intéressant, ai-je repris. Il y a environ trois semaines, mon neveu, qui n'a aucune connaissance consciente de ces événements, devient brutalement obsédé par la maison de Kalendar. Sa mère lui interdit de s'en approcher. Quelques jours auparavant, un meurtrier pédéraste a enlevé un garçon dans Sherman Park.

« L'obsession de Mark s'amplifie de plus en plus. Un soir, il ment à tout le monde sur ses projets et il essaie de s'introduire en douce dans la maison. Il est repoussé par une espèce d'horrible énergie négative. Le lendemain, Nancy se suicide.

– Bien, bien, a dit Tom.

– Son fils lui transmet quelque chose. Sa culpabilité la rattrape, et ce qui se passe dans le quartier n'arrange rien. Elle ne le supporte pas. Le lendemain, donc, Mark la trouve morte dans la baignoire. Qu'est-ce que ça fait à un garçon de quinze ans de trouver le cadavre nu de sa mère dans une baignoire, à ton avis ?

« Du coup, Mark retourne encore et encore à la maison, découvrant toutes les inquiétantes modifications apportées par Kalendar. Au bout de deux jours, il dit à son meilleur copain qu'il y sent la présence d'une jeune femme, et le cinquième jour, elle apparaît, se faisant appeler Lucy Cleveland. Lucy se cache de son père, un être que Mark appelle le Ténébreux et qu'il a vu au moins deux fois. Mon neveu affirme que Lucy a un projet, qu'elle lui demande de faire quelque chose et qu'il a besoin de temps pour y réfléchir. Il va méditer dans le parc et on ne le revoit plus jamais.

– Très évocateur, a commenté Tom. Donc, tu crois que dans le parc, il a pris la décision de rejoindre Lucy Cleveland et de la protéger de son père – c'est bien ça ? Une fois décidé, il est retourné au 3323 et il s'est donné à elle ?

– Il l'a rejointe, ai-je dit. Mais il s'est donné à elle aussi, oui.

– Tu penses qu'on le reverra un jour ?

– J'en suis sûr. » À ce moment-là, je n'ai pas eu le courage de parler à Tom de l'e-mail que j'avais trouvé sur mon ordinateur, à mon domicile, grâce à un site appelé Gotomypc.com. « Parce qu'il n'est pas mort. Il est juste ailleurs.

– Tu aimes ton neveu, n'est-ce pas, Tim ? » Soudain, mes yeux ont brûlé de larmes. « Que savent les policiers de ce que tu viens de me dire ?

– Tout ce qu'ils étaient en mesure de comprendre. J'ai essayé de les intéresser à cette maison, mais ils m'ont envoyé paître.

– Eh bien, moi, je pense que ça vaut le coup d'y jeter un coup d'œil très très attentif. Voyons ce qu'on peut trouver. »

Tom s'était installé devant un ordinateur relié à une machine qui évoquait un énorme grille-pain équipé de rangées de petites lumières rouges et portant l'inscription VectorSystems sur le côté – j'ignore ce que cela signifie. De gros câbles menaient du grille-pain géant à un certain nombre d'énigmatiques cubes noirs, dont certains émettaient cliquètements et ronronnements.

« Je le reverrai, ai-je affirmé à Tom Pasmore.

– Si elle le laisse se montrer.

– C'est en effet un facteur. Mais elle le fera. Je ne lui parlerai plus jamais, mais je le reverrai.

– Et ça sera suffisant ?

– Presque.

– Et quand ça arrivera, tu m'en parleras ?

– Il faudra bien que j'en parle à quelqu'un. »

Il m'a souri, s'est tourné vers l'écran, puis de nouveau vers moi.

« Tu veux vraiment que je fasse ça ? » Bien sûr que je le voulais. « Alors, passe derrière moi. Comme ça, tu verras aussi. »

Posté derrière son épaule, je l'ai vu taper *3323 N. Michigan Street* dans un formulaire vierge demandé à quelque organisme municipal inconscient des fouilles de Tom Pasmore dans ses archives. Il a terminé sa frappe par la touche *Enter*.

En une nanoseconde, les mots suivants sont apparus sur l'écran :

```
Ronald Lloyd-Jones
159 Tamarack Way
Old Point Harbor, IL 61725
```

« Notre Ronnie habite un très joli quartier, a dit Tom.

– Ça n'a aucun sens. En général, les millionnaires ne traînent pas à Pigtown. »

Old Point Harbor était une très ancienne banlieue de Millhaven, jonchée de manoirs Tudor, de bâtiments gothiques et d'immenses maisons modernes, le tout s'élevant au sein d'un paysage boisé, parcouru de routes sinueuses illuminées par de faux becs-de-gaz.

« Attends, me suis-je exclamé. Qu'est-ce que tu viens de dire ?

– Je crois que j'ai dit : "Notre Ronnie habite un très joli quartier." Ça n'est pas de ça qu'on parle ?

– Tu l'as appelé Ronnie. C'est Ronnie ! Le type du parc.

– Quel type du parc ? »

Je lui ai parlé du professeur d'astronomie, de l'adolescent et du portrait-robot.

« Stupéfiant, a dit Tom. Ton ami le sergent Pohlhaus aurait dû prendre cette baraque un peu plus au sérieux. » Il s'est retourné vers l'écran. « Je me demande quand Ronald Lloyd-Jones a acheté notre petite maison. » Sur la pression de quelques touches, la réponse est apparue dans une nouvelle fenêtre de l'écran : 1982. « Il en est propriétaire depuis vingt et un ans. En fait, il l'a même achetée avant la mort de Kalendar. Ça pourrait... mmmmmm.

– Pourquoi est-ce qu'un type d'Old Point Harbor achèterait une maison de Michigan Street ? » ai-je demandé.

Une partie de ce qu'a fait Tom, alors, était sans doute illégal. En fait, ça ne pouvait absolument pas être légal, mais je dois avouer que ç'a été d'une totale efficacité. Une demi-heure plus tard, nous en savions plus sur M. Lloyd-Jones que ses propres parents.

Ronald Lloyd-Jones était né à Edgerton, Illinois, en 1950. Il était sorti du lycée d'Edgerton-East en 1968, diplôme en poche. De même, en 1972, de l'université de l'Illinois que lui avait permis de fréquenter une bourse obtenue grâce à ses talents de footballeur. En 1975, il avait épousé la jolie Edwina Cass, une riche orpheline. Laquelle Edwina était morte dans un accident de canotage en 1978. Lloyd-Jones avait hérité d'environ vingt millions de dollars qui s'étaient transformés en quelque chose comme le double de cette somme grâce au marché des années 1990 et autres investissements. Ses actions étaient réparties entre trois agents de change. Un comptable de Chicago s'occupait de ses factures. Il ne s'était jamais remarié et n'avait pas d'enfant. Son garage renfermait une Jaguar Vanden Plas, un pick-up Chevrolet et une berline Mercedes. Un système de sécurité à la pointe du progrès protégeait sa maison et les dix arpents qui l'entouraient. Lloyd-Jones avait 65 374,08 dollars sur son compte en banque à la First Illinois. Ses comptes Visa, MasterCard et American Express étaient tous créditeurs. Il faisait beaucoup d'achats par l'Internet, notamment des disques de rock des années 1980 et des romans de James Patterson. C'était un véritable colosse d'un mètre quatre-vingt-huit et cent dix kilos. Son tour de cou était de quarante-cinq centimètres, son tour de taille d'un mètre, et il portait des chaussures pointure quarante-quatre. Il buvait du scotch *single malt.* Visitant des sites pornographiques, il téléchargeait des photos qu'il essayait d'effacer le lendemain. Sa dentition était parfaite. Il possédait une salle d'armes qui renfermait de vieux pistolets et carabines dans des vitrines, une salle de musique équipée d'un matériel monstrueusement cher, et une salle de projection avec une télé grand écran à plasma. Le système home vidéo lui avait coûté 250 000 dollars. Il n'appartenait à aucun club ni à aucune organisation sociale. Aucune Église ne le comptait dans sa congrégation. Il n'avait jamais voté. Ce multimillionnaire possédait la maison d'Old Point Harbor, un appartement de trois pièces à New York, qui donnait sur Park Avenue et la 78e Rue, une superbe petite ferme dans le Périgord... et la maison de Michigan Street, la première propriété qu'il eût jamais achetée.

La seule photo que Tom a pu trouver de cet homme était celle du jour de la remise des diplômes, à la fin du lycée.

« On devrait aller faire un petit tour à Old Point Harbor avant la tombée de la nuit, tu ne crois pas ? m'a-t-il demandé.

– Il a une super-chaîne stéréo et une montagne de CD. Ce type est vraiment le Tueur de Sherman Park. Il faut appeler la police.

– On va d'abord jeter un coup d'œil à Ronnie. *Ensuite*, on appellera les flics. Je ne tiens pas à informer la police de Millhaven, en particulier le sergent Pohlhaus, de ce que je viens de faire. Je suppose que tu as bien en tête le portrait-robot.

– Assez bien, oui.

– Ça m'a l'air d'un motif raisonnable », a dit Tom.

Dix minutes plus tard, Tom Pasmore et moi remontions Eastern Shore Drive dans mon Town Car de location. Encore vingt minutes et nous avions franchi les derniers faubourgs de Millhaven, pénétré dans Old Point Harbor : un paysage de douces collines semées de nombreux chênes et mélèzes d'Amérique. Très en retrait par rapport à la route, de grandes maisons clignotaient tels des mirages au milieu des arbres.

[Après avoir lu un passage d'un de mes vieux journaux intimes, Maggie Lah m'a dit : « Tu écris ton journal comme de la fiction. » J'ai répondu : « Qu'est-ce qui te fait croire que ça n'en est pas ? »]

Très peu de panneaux indiquaient le nom des rues. C'était une de ces agglomérations qui ne souhaitent pas faciliter les choses aux visiteurs et aux livreurs. Dans sa course légèrement imprévisible, Loblolly Road croisait deux rues anonymes avant d'en traverser une plus large : Carriage Avenue. N'importe laquelle des deux premières aurait pu être Tamarack Way.

« Continue tout droit », a dit Tom. Il avait une carte d'Old Point Harbor dans la tête, ainsi que le plan d'une centaine de villes différentes, petites ou grandes. « Prends la deuxième à gauche. Tamarack Way, ce sera la suivante.

– Je la prends à droite ou à gauche ?

– Qu'est-ce que j'en sais ? Je ne mémorise pas les adresses. »

Arrivé à l'intersection dépourvue de tout panneau avec ce que mon compagnon disait être Tamarack Way, j'ai tourné à gauche et commencé de m'intéresser aux numéros figurant sur les boîtes aux lettres. Quelqu'un avait fait fortune en convainquant les riches du Midwest d'acheter de gigantesques boîtes peintes de sujets typiques de la Nouvelle-Angleterre : phares, homardiers, maisons à toit mansardé, dunes. Nous avons dépassé les numéros 85, 87, 88, 90.

« Comme aiment à le dire les serveurs du Fireside Lounge : excellent choix, a constaté Tom.

– Tu m'as l'air bien détendu.

– J'adore ce moment-là. Quand je vois si j'avais raison. »

Nous avons continué de remonter Tamarack Way en suivant la progression des numéros sur les boîtes aux lettres.

« Par pure curiosité, qu'est-ce que tu comptes faire quand on arrivera au 159 ? ai-je demandé.

– Je compte rester dans la voiture. Qui sait ? On aura peut-être la chance de le trouver dehors, à arracher des pissenlits. »

Il portait une de ses tenues caractéristiques : un pantalon à grands carreaux gris pâle, une veste bleu marine, une cravate imprimée vert forêt, les plus belles chaussures en croco que j'aie jamais vues, et de grandes lunettes de soleil rondes. On aurait dit un comte danois déguisé en architecte.

« Et qu'est-ce que tu envisages que je fasse pendant que tu resteras dans la voiture ?

– Je te le dirai quand on y sera. »

Le numéro 159 est apparu sur une boîte aux lettres typique d'Old Harbor Point, une coquille d'aluminium assez grande pour accueillir une flopée de camions jouets, ornée d'une fresque représentant une vieille église et plusieurs rangées de pierres tombales inclinées. Jolie touche. Une large allée noire décrivait une grande boucle depuis la route jusqu'à une immense maison grise à un étage. Entre les arbres, nous apercevions à peine la lueur d'une gigantesque verrière circulaire qui perçait la façade au-dessus de la porte d'entrée aristocratique. La pelouse luisait d'un vert artificiel.

« Bon, il n'est pas en train de jardiner, a constaté Tom. Rentre et va jusqu'à la maison. »

J'ai freiné.

« Il est sûrement en train de nous observer. Rappelle-toi son système de sécurité. Il a des caméras tout le long de l'allée.

– Mais toi, tu n'en sais rien. Tu es un touriste, dans une voiture de location, et tu t'es perdu en cherchant le domicile de ton cousin sur Loblolly Road.

– Tu veux que je sonne à la porte ? ai-je demandé, incrédule.

– Tu vois un meilleur moyen de l'observer de près ?

– Oui : derrière un miroir sans tain. Et s'il veut savoir le nom de mon cousin ?

– Ton cousin s'appelle Arnold Trueright.

– Oh, je t'en prie !

– Je suis sérieux. Arnold Trueright est mon comptable, et il habite au 304 Loblolly Road. »

En secouant la tête, j'ai relâché le frein et remonté la longue allée incurvée. Peu à peu, la maison nous est apparue. Moitié Manderley, moitié Bill Gates. L'énorme verrière ronde évoquait une ampoule sur une main manucurée.

Je suis descendu de voiture en sachant au moins une caméra, probablement deux, braquées sur moi, et j'ai imaginé « Ronnie » en train d'examiner mon image. C'était un moment terriblement désagréable. Quand je me suis retourné vers lui, Tom Pasmore m'a désigné la porte d'entrée qu'un attelage complet aurait pu franchir de front. Le bouton plat et doré de la sonnette brillait au centre de l'encadrement cannelé. Je l'ai pressé une fois puis, n'entendant rien, une deuxième.

La porte a pivoté brutalement. Je me suis retrouvé en train de contempler le visage impassible et les yeux intenses, vifs, d'un homme brun de grande taille, en blazer bleu, chemise blanche et pantalon de treillis. Son agréable sourire éclatant et son nez quasi retroussé lui conféraient un air amical, inoffensif, serviable. La description donnée par le professeur Bellinger au portraitiste de la police était aussi exacte que l'espérait le sergent Pohlhaus.

« Monsieur ? » a-t-il dit, avant de jeter un rapide coup d'œil à Tom, sur le siège du passager, puis de reporter son attention sur moi. Aussitôt, il a remarqué quelque chose sur mon visage ou dans mes yeux. « Qu'est-ce qu'il y a ? On se connaît ?

– Non, ai-je répondu, alarmé. Un instant, j'ai juste eu l'impression de vous avoir déjà vu. Je crois que vous me rappelez le Robert Wagner d'il y a vingt ans.

– Je suis flatté. Est-ce que je peux faire quelque chose pour vous, messieurs ? Je suis sûr que vous n'avez pas sonné à ma porte par hasard.

– Nous sommes perdus, ai-je dit. Je cherche le domicile de mon cousin sur Loblolly Road, mais je n'arrête pas de repasser devant les mêmes maisons. Je tourne en rond.

– À quelle hauteur de Loblolly Road ?

– Numéro 304. »

Il a fait *mmmmmm*. Ses yeux lumineux brillaient d'amusement. Moi, j'avais les entrailles froides et liquéfiées.

« Comment s'appelle votre cousin, au fait ? Si ça se trouve, je le connais.

– Arnold Trueright.

– Arnold Trueright, l'expert-comptable qui n'a peur de rien. Il habite sur Loblolly, c'est exact. » Il m'a donné de fort bonnes indications qui nous feraient rebrousser chemin. Puis il s'est retourné vers la voiture, attentif, et il a adressé à Tom un petit geste amical. « Et qui est votre ami si élégant ? Un autre cousin ? »

Ma hâte de m'éloigner du champ de forces réfrigérant de Ronnie Lloyd-Jones m'a fait dire une bêtise :

« Un autre comptable, en fait.

– Les comptables n'ont pas cette allure-là. Votre

ami me rappelle quelqu'un... quelqu'un de plutôt connu qui habite en ville. Je n'arrive pas à me rappeler qui c'est. J'ai le nom sur le bout de la... » Toujours souriant, tourné vers Tom, il a secoué la tête. Sa propre inconséquence l'amusait. « Laissez tomber. Ça n'a pas d'importance. Bonne fin de voyage.

– Merci bien », ai-je dit avant de m'éloigner aussi vite que possible sans révéler ma nervosité.

Lloyd-Jones a disparu derrière sa porte de forteresse avant que j'atteigne la voiture.

« C'est lui, ai-je annoncé. C'est le fils de pute qui a essayé de lever le garçon dans le parc.

– Parfois, je suis vraiment contraint d'admirer mon génie », a dit Tom.

Tandis que nous dépassions la superbe imitation de manoir victorien d'Arnold Trueright, sur Loblolly Road, Tom a appelé Franz Pohlhaus à l'aide de son portable. C'était fort simple, a-t-il expliqué : j'étais tellement persuadé que la maison de Michigan Street avait un rapport avec la disparition de Mark que nous avions examiné le cadastre et étions allés voir la tête du propriétaire. Et là, miracle, ce dernier ressemblait trait pour trait au portrait-robot du mystérieux Ronnie. On tenait là un motif raisonnable, n'est-ce pas, sergent ?

De toute évidence, le sergent était parfaitement d'accord.

« On n'arrête pas les riches de la même manière que les pauvres, m'a déclaré Tom. Il va leur falloir des heures pour tout préparer. Mais ils finiront par l'avoir. Ils arriveront avec un mandat de perquisition et ils mettront cette baraque sens dessus dessous. Lloyd-Jones sortira avec les menottes aux poignets. Aussi fort que puissent hurler ses avocats, il va être arrêté, enfermé et accusé d'au moins deux meurtres, en fonction de ce qu'on trouvera chez lui. Il ne sera pas libéré sous caution. Ta Mme Bellinger reconnaîtra en lui sans l'ombre d'un doute l'homme qu'elle a vu dans Sherman Park, et tôt ou tard, la police retrouvera des cadavres. Juste pour des gens comme lui, je regrette que notre État n'applique plus la peine de mort. Quoi qu'il en soit, grâce à toi et moi, M. Lloyd-Jones va passer le restant de ses jours tout seul dans une cellule. À moins qu'il ne soit assassiné en prison, ce qui est très probable.

– J'aimerais que Mark soit là pour voir ça, ai-je dit. Seigneur ! Je me sentirais capable de courir un marathon ou de sauter par-dessus un immeuble. Qu'est-ce qui va se passer, maintenant ?

– Pohlhaus a promis de me tenir au courant. Il m'appellera une fois Lloyd-Jones arrêté, et il me préviendra si la perquisition à son domicile révèle quoi que ce soit de compromettant. Vu la tête de ce type, je pense qu'on en trouvera assez pour le coffrer.

– Pourquoi ?

– Parce qu'il est terriblement arrogant, tout simplement. Au grand minimum, je parie qu'on va le découvrir obsédé par Joseph Kalendar. C'est pour ça qu'il a acheté la maison de Michigan Street. Je parie aussi que quelque part chez lui, dans un placard, dans le grenier ou un endroit comme ça, il a un petit sanctuaire consacré à Kalendar. »

Tom, remarquant mon expression, s'est penché vers moi et m'a tapoté le genou.

« Si ça ne t'ennuie pas, je voudrais faire un petit arrêt en ville. »

Durant le trajet qui nous a ramenés à Eastern Shore Drive, je n'ai pas cessé de voir le visage de Ronald Lloyd-Jones. L'impact produit sur moi par cet homme diminuait à peine au fil des kilomètres. Il avait souri, il m'avait appelé « monsieur », et il avait vérifié ma fable. Tout en se montrant aussi serviable qu'agréable, il m'avait terriblement effrayé. Bien trop de personnes – je ne pouvais même pas en deviner le nombre – avaient eu pour dernière vision de leur existence ce visage amusé, soigné. Ronald Lloyd-Jones s'était nommé cicérone de l'au-delà, et il adorait son travail. Depuis que je l'avais rencontré, j'étais encore plus soulagé que Mark soit *ailleurs*.

Merveille des merveilles, afin de me le prouver, ou de me rassurer, ou quelque chose comme ça, mon neveu s'est montré à moi tandis que j'emmenais Tom faire sa course – laquelle consistait en l'achat d'un béret basque et d'un chapeau mou gris dans l'un des rares magasins d'Amérique où l'on trouve encore ce genre d'articles. Se procurer deux chapeaux fantaisie après avoir identifié un tueur en série, c'était là une véritable journée à la Tom Pasmore. Nous venions de nous arrêter à un feu rouge, au coin d'Orson Street et de Jefferson Street, juste en face du petit parc où, le premier jour, j'avais observé deux adolescents s'étant révélés être Mark et Jimbo. À cet instant précis, juste avant que le feu ne passe au vert, s'est produit l'événement remarquable auquel je viens de faire allusion, celui qui m'a rendu la bonne humeur que je conserve encore à ce jour.

Sans rien observer de particulier, laissant simplement mon regard dériver alentour, j'ai fini par poser les yeux sur la vitrine d'un Starbucks noir de monde. Des jeunes installés à de petites tables lisaient le journal ou tapaient sur leur ordinateur portable. Mon attention a tout de suite été attirée par la beauté quasi irréelle et l'authentique richesse d'un caractère chaleureux qui luisaient en un mélange étourdissant sur le visage d'une jeune femme assise à une table proche de la rue. *Aussi longtemps que tu vivras,* a dit une voix dans ma tête, *tu ne verras plus jamais rien d'aussi beau.*

Une sorte de picotement électrique a remonté le long de mes bras. Un garçon – un jeune homme – penché au-dessus de la table, parlait à la jeune femme. J'ai remarqué qu'il portait deux T-shirts superposés, comme Mark, avant de constater que *c'était* Mark. En l'espace d'une demi-seconde, comme il tournait la tête vers la vitrine, vers moi, deux choses me sont apparues avec une éblouissante clarté : il était devenu plus adulte, et il était formidablement heureux.

C'était un cadeau. Pas le seul, mais le premier. Mark et sa « Lucy Cleveland » dont je connaissais le véritable nom, avaient quitté leur *ailleurs* assez longtemps pour se montrer à moi dans toute la plénitude de leur nouvelle vie. Après tout, *ailleurs*, c'était la porte à côté.

Le feu a changé de couleur. Des klaxons ont mugi derrière moi, et je me suis forcé à repartir doucement en direction du Pforzheimer et de Grand Avenue. Une grande boucle sur Prospect Avenue puis Eastern Shore Drive nous ramènerait chez Tom. Une part du transcendant bonheur que j'avais observé résidait désormais en moi, et j'ai songé qu'elle y demeurerait pour l'éternité. Ce que j'ai vu, cette gloire, flamboyait dans ma mémoire. Ce que j'ai vu à ce moment-là, à cet endroit-là, sur Jefferson Street, à environ seize heures trente, brûle encore en moi alors qu'assis dans le grand salon excentrique de Tom Pasmore, j'attends des nouvelles du sergent Pohlhaus ou d'un de ses subordonnés.

Dieu bénisse Mark Underhill, répété-je dans les chambres d'écho de mon cœur et de mon esprit. *Et Dieu bénisse aussi Lucy Cleveland, quoique ces deux-là soient déjà tellement bénis qu'ils ont eux-mêmes le pouvoir de me bénir.*

Et il y avait une autre bénédiction – que je gardais secrète depuis le jour où Philip m'avait appelé pour m'accuser de donner asile à son fils dans mon loft.

J'aurais pu dire : « En fait, deux jours après sa disparition, Mark m'a envoyé un e-mail », mais certains détails dudit e-mail m'avaient incité à garder le silence au moins jusqu'à mon arrivée à Millhaven. Ses lignes « De » et « Objet » auraient soulevé des questions auxquelles il m'aurait été impossible de répondre, voire conduit Philip et les autorités à douter de son authenticité. Et certains *autres* détails du message, toujours demeurés dans un coin de mon esprit, m'avaient guidé dans mes recherches. Philip et le sergent Pohlhaus l'auraient considéré comme un faux, aussi l'avais-je gardé pour moi jusqu'à cet instant. Après cet incroyable cadeau, toutefois, je n'ai pu résister. Je devais partager ce que je savais. J'ai donc montré l'e-mail « posthume » de Mark à Tom Pasmore.

Le détective nous avait servi un verre. Nous étions vautrés sur les canapés, dans la portion de la grande pièce labyrinthique où règne la chaîne stéréo. Tom, renversé en arrière tel Henry Higgins [1], les yeux fermés, écoutait ce qu'il avait mis dans son lecteur de CD. Des sonates pour piano de Mozart, peut-être. Mitsuko Uchida ou Alfred Brendel, je ne sais pas : je ne prêtais aucune attention à la musique ni à ce qu'il m'en disait. Pour ce que je l'entendais, ç'aurait aussi bien pu être Little Richard en train de jouer Mozart. Un rugissement d'ailes d'anges m'emplissait les oreilles.

« Tu vas trouver ça complètement dingue », ai-je prévenu. Tom a ouvert les yeux. « Quand on s'est arrêtés à Cathedral Square, j'ai vu Mark à travers la vitrine du Starbucks. Il était avec Lucy Cleveland.

– Tu veux dire Lily Kalendar ?

– La manière dont elle se fait appeler n'a aucune importance. J'aurais voulu que tu la voies.

– Aussi belle que Mark l'a décrite à son copain ?

1. Personnage principal de *My Fair Lady. (N.d.T.)*

– Tu n'as pas idée.

– Si tu avais dit quelque chose sur le moment, j'aurais pu les voir aussi.

– Je ne crois pas que j'aurais pu dire quoi que ce soit. J'étais trop abasourdi, et ensuite trop reconnaissant.

– Tu es sûr que c'était Mark ?

– Je ne pourrais pas me tromper là-dessus, Tom.

– De quoi avait-il l'air ?

– Un peu plus vieux. Plus expérimenté. Très, très heureux.

– Je suppose que cette... *vision*... n'est pas un hasard.

– Il voulait que je les voie. Il voulait que je les sache heureux. »

Tom m'a alors déclaré une chose étrange :

« Tu as peut-être l'impression que tout va bien parce que le Tueur de Sherman Park est en train de se faire arrêter. » Quand il s'est rendu compte que je ne comprenais pas sa remarque, il a ajouté : « Parce qu'il peut nous dire où il a mis les cadavres.

– Désolé, ai-je dit. Je ne te suis vraiment pas.

– Les histoires de dernier repos, et tout ça. Un enterrement dans les règles. Plus d'incertitude pour les familles. Tout le monde peut entamer le processus de deuil.

– Je n'ai pas besoin de faire mon deuil de Mark, ai-je insisté. Je le verrai encore, ici et là. Il est possible qu'à présent, je ne le voie plus avant des années, mais je le reverrai. Il peut se montrer à moi n'importe où. Et il sera toujours avec Lucy Cleveland.

– Je suppose que c'est vrai, a dit Tom. Tu pourrais le voir n'importe où.

– Ce qui signifie qu'il n'a pas été victime du monstre auquel j'ai parlé aujourd'hui. Il n'a été ni maltraité ni torturé. Il n'a pas été soumis aux désirs de ce salopard de psychopathe. Ce qui est arrivé à Shane Auslander, à Dewey Dell et à tous les autres n'est pas arrivé à Mark Underhill. Son nom ne figure pas sur cette liste-là.

– Je vois, a dit Tom, ce qui signifiait qu'il ne voyait pas.

– Tu finiras par voir, ai-je assuré. Je veux te montrer quelque chose. Ça t'ennuierait qu'on retourne dans la pièce des ordinateurs ?

– Tu veux me montrer quelque chose sur un ordinateur ? a-t-il demandé en se levant déjà.

– Je veux te montrer quelque chose sur *mon* ordinateur. »

Il m'a précédé dans l'escalier. Une fois dans la pièce, il en a fait le tour pour allumer les lumières.

« Est-ce que je dois utiliser une machine spécifique ou est-ce que ça n'a pas d'importance ? ai-je demandé.

– Sers-toi de celle avec laquelle j'ai cherché l'adresse. »

Je me suis assis devant le clavier et j'ai tapé gotomypc.com, l'adresse d'un site qui permet de se connecter à son propre ordinateur depuis un autre.

Arrivé à bon port, j'ai entré mon nom d'utilisateur et mon mot de passe. L'affichage, bien plus vite que sur l'ordinateur de Mark, grâce au haut débit, s'est modifié pour me demander un code d'accès que j'ai tapé à son tour.

Sur le superbe écran dix-neuf pouces de Tom, mon écran de dix-sept pouces est apparu, un peu plus petit et un peu plus flou qu'à l'ordinaire, mais néanmoins semblable à lui-même.

« Fascinant, a commenté le détective. Et tu te sers de tous ces programmes ?

– Bien sûr que non », ai-je répondu avant de cliquer sur l'enveloppe qui représentait Outlook Express.

Les trois quarts des en-tête de messages en caractères gras étaient des spams. **Allongez votre pénis – Gagnez 50 000 dollars en trois jours chez vous – Les autres célibataires de votre région – Viagra gratuit.** J'ai pris un moment pour les effacer.

« Et maintenant, regarde celui-là. » J'ai cliqué sur **Objet : garçon perdu fille perdue. De : Munderhill.** « Tu vois la date ?

– Mmm, a fait Tom. On dirait que ç'a été envoyé le dimanche 20 juin.

– Deux jours après la disparition de Mark.

– Seigneur. » Il s'est penché vers l'écran, une main devant la bouche. « Tu as raison. Extraordinaire. »

L'e-mail suivant est apparu sur mon ordinateur et sur celui de Tom.

```
De : munderhill
À : tunderhill@nyc.rr.com
Envoyé : Vendredi 20 juin, 4 :32
Objet : garçon perdu fille perdue

tu c que tu as a c travaillé

repose-toi, vieil écrivain

On est ensemble

Dans 1 autre monde
La porte à côté

m
```

« Imprime ça, a dit Tom.

– Si je le faisais, ça sortirait sur mon imprimante, pas sur la tienne. »

Le détective a fait la grimace. Si gentil qu'il soit, il n'aime pas être contrarié.

« Repose-toi, vieil écrivain ?

– Il me dit de ne pas m'inquiéter pour lui.

– Tu c que tu as a c travaillé ? Qu'est-ce que ça veut dire ? Que tu dois arrêter d'écrire ?

– Que j'en ai assez fait pour lui. J'ai fait tout ce que j'avais à faire.

– Il n'y a pas de nom de domaine, a remarqué Tom. D'où a-t-il envoyé ça ?

– D'où ils sont, où que ce soit.

– C'est stupéfiant – deux jours *après*...

– À New York, avant de savoir que la mère de Mark s'était suicidée et que je serais obligé de venir ici, j'ai vu *garçon perdu fille perdue* tagué sur le trottoir. À la peinture noire. Et quand j'ai regardé à nouveau, ça avait disparu.

– Ces trucs-là, c'est de la publicité.

– Je sais. Je te dis juste ce que j'ai vu. Et je n'en ai même jamais parlé à Mark.

– Je pense que la phrase t'a plu. Je pense que tu l'as vue sur le trottoir et qu'elle t'est restée dans la tête. D'une manière ou d'une autre, tu en as bel et bien parlé à Mark. C'est comme ça que tu fonctionnes. C'est comme ça que fonctionnent tous les écrivains.

– Tu ne sais pas tout », ai-je dit.

Tom a mis les mains dans les poches de sa veste et courbé la nuque. Les yeux fixés sur ses chaussures, il a froncé les sourcils.

« Tim... » Sa voix était aussi douce et détendue qu'un vieux gant. « Est-ce que ce truc est réel ?

– Aussi réel que possible », ai-je répondu.

Lors d'un après-midi humide et ensoleillé de juin, Mark Underhill était assis au pied d'un escalier, dans une maison vide qu'il savait ne pas être vide. Elle ne l'avait jamais été, songeait-il. Une présence l'habitait depuis le début. Une présence féminine venue pour lui, dont l'arrivée dans la maison, naguère le théâtre d'horreurs indicibles et sacrées, l'avait fait tomber de son skateboard et enraciné au beau milieu de Michigan Street. Alors qu'il vivait ce qui lui semblait maintenant être les derniers jours de son enfance, elle l'avait arrêté net. Elle avait chuchoté à son esprit, à son cœur, et sans l'entendre, il l'avait entendue.

Un bruit léger résonnait au-dessus de lui. Des pas s'élevaient doucement à l'étage – dans la chambre ou le couloir secret qui la flanquait, songea-t-il.

Une porte s'ouvrit ou se referma. Mark se crispa puis se détendit. Il lui sembla entendre un rire lointain.

Lorsqu'il songea au lit du géant, à deux pièces de là, toute la maison s'emplit de chaleur et de lumière. L'affreuse mansarde qui renfermait la couche résonna et vibra d'une note profonde, sonore, encore fondue la seconde d'avant aux matériaux du sol et des murs. On avait frappé sur un gigantesque diapason. Voilà pourquoi il avait été appelé, se dit Mark : pour être témoin de cela, de cette chose colossale qui avait déjà disparu à la vue. Les grandes plumes de ses ailes puissantes battaient l'air, et dans le tumulte de son sillage, chevauchait un deuil infini. Le cœur du garçon se gonfla.

Mark écouta les pas légers descendre un escalier parallèle au sien, mais plus étroit, plus raide, et entièrement clos. Lorsqu'elle se montrerait enfin – si elle le faisait, cette fois –, elle sortirait par la porte du placard, à trois mètres de lui, sur sa gauche. Les pas sonnaient comme de petits coups de brosse. C'était comme d'entendre quelqu'un se frayer un passage au sein de sa propre tête.

Le 3323 North Michigan Street se contractait et, comme s'il en avait partagé la substance, il se sentit se contracter autour de sa propre agitation. Les coups de brosse descendirent encore quelques marches, arrivant au même niveau que lui.

Ce son de battement d'ailes... le sang qui lui battait aux oreilles ? Non, songea-t-il : de véritables ailes, celles d'oiseaux qui n'étaient pas là et qui, de toute façon, n'étaient même pas des oiseaux.

Mark n'avait aucune idée de ce qui allait lui arriver. Il s'était mis dans cette situation et, à présent, il allait devoir en accepter les conséquences. Si la soudaine conscience glaçante que sa vie allait subir une totale métamorphose lui apportait le moindre réconfort, c'était grâce à la certitude de n'avoir pas été placé en ce moment de manière aléatoire, par la chance ou le hasard. Ce moment, il l'attendait depuis que la maison s'était dressée devant lui à la manière d'un château au milieu d'une plaine.

Tremblant, il se tortilla, releva les genoux et fixa la porte du placard. Le son feutré d'un pas léger, le premier cliquètement à peine audible d'une poignée qu'on enserre et qu'on tourne... Durant le quart de seconde qui précéda l'ouverture de la porte, pour Mark Underhill, le temps s'arrêta.

La poussière elle-même se figea dans l'air immobile.

S'éleva un son, d'abord très faible, impossible à identifier. Comme il s'amplifiait, l'adolescent songea qu'il s'agissait d'un écho jailli d'une contrebasse, suspendu dans l'air alors que la note elle-même s'était évanouie....

Puis il crut entendre le chaleureux bourdonnement métallique d'un millier de cigales. Un roulement instinctif, rapace, pénétrant... y avait-il des cigales à Millhaven ?

Des cigales ? songea-t-il. *Je sais même pas à quoi ça ressemble, une cigale !*

À trois mètres sur sa gauche, la porte pivota et, libéré de quelque vieille antichambre de sa mémoire, l'odeur des cookies aux pépites de chocolat dériva vers lui – sa mère les avait mis au four et, à présent, ils gonflaient, gonflaient, gonflaient sur la lèche-frite, débordant de leurs limites, poussant vers le haut, vers l'avant, vers l'extérieur. Une fine silhouette se glissa dans la pièce.

Ce jour-là, elle lui dit son nom.

Le lendemain, elle se débarrassa des vêtements simples qu'elle portait, puis le déshabilla et l'entraîna jusqu'au canapé couvert d'un drap. Mark, ensuite, se sentit comme marqué au fer rouge. Elle le prit par la main pour le guider jusqu'au terrible lit du géant, lui apprit à loger ses membres dans les creux et sillons qui la recevaient elle aussi, si bien qu'ils semblaient presque refaire la couche sous eux tandis qu'ils y évoluaient.

Il n'avait pas pu dire à Jimbo : *Je portais son corps comme une deuxième peau.*

Est-ce que c'est réel ? demanda-t-il.

Aussi réel que possible, dit-elle. *Aussi réel que je puis le rendre réel.*

Le temps changea son antique, antique nature et leur montra son visage primitif. Une unique heure passa telle une fusée en un mois paresseux. Il n'y avait pas de temps.

Maintenant, va réfléchir, dit-elle. *Quitteras-tu ton monde avec moi ou d'une manière moins glorieuse ? Car tout ce qui l'habite doit, à son heure, le quitter.*

Elle dit : *Hâte-toi hâte-toi le soleil nage en rond le Ténébreux arrive. Mais tu peux venir avec moi.*

Quand il retrouva son meilleur ami, Mark sut que cela n'arriverait plus jamais. Il entra dans le parc par un soir d'été et s'assit sur un banc familier. La première vague fraîcheur de la nuit à venir lui effleura la joue. La brise disait *Hâte-toi hâte-toi.* Bientôt, il se leva et s'éloigna.

23

« Apparemment, il veut te parler, dit Philip. Tu le sais, je te l'ai déjà dit.

– Ça serait sympa de savoir pourquoi. »

Philip s'engagea sur un parking, à un pâté de maisons du quartier général de la police où, quelque dix-neuf heures plus tôt, on avait pris les empreintes digitales et la photo de Ronald Lloyd-Jones, lequel avait ensuite été dépouillé de ses affaires personnelles et officiellement accusé de plusieurs homicides. Selon les policiers de service, Lloyd-Jones avait supporté ces humiliations avec une bonne humeur déstabilisante. Il s'était refusé à toute déclaration hors de la présence de son avocat, mais devinez quoi ? Ledit avocat était en vacances, un stage de golf à St. Croix, et ne serait pas de retour avant deux ou trois jours. Compte tenu des circonstances, il avait requis la dignité d'une cellule privée, de repas réguliers, et demandé à ce qu'on lui procure de quoi écrire, afin de pouvoir, selon ses propres termes, « commencer à organiser ma défense ». Et, ah oui, au fait, son arrestation avait-elle le moindre rapport avec les deux messieurs passés chez lui en voiture cet après-midi-là pour lui demander la direction de Loblolly Road ? Les six premiers agents qu'il avait croisés n'en savaient rien et, dégoûtés par ce colossal prisonnier souriant, seraient restés muets même s'ils avaient pu lui répondre. Le septième policier rencontré au cours de cet après-midi bien rempli, avait été le sergent Franz Pohlhaus – qui avait affirmé ne pas avoir le droit d'aborder ces détails.

« Alors, dites-moi, avait insisté Lloyd-Jones, puisque vous estimez sûrement avoir de bonnes raisons de m'arrêter, agissez-vous sur la base d'une identification opérée à l'aide d'un portrait-robot ? »

Le sergent avait admis qu'un portrait-robot jouait un rôle dans les événements de l'après-midi.

« Votre témoin serait-il la vieille femme bizarre qui a voulu m'aborder dans Sherman Park alors que je discutais innocemment ?

– Tout est possible, monsieur.

– Voilà qui sonne comme un oui. Et l'homme venu chez moi voulait me comparer au portrait-robot effectué grâce à la description de cette femme ?

– Je ne peux pas vraiment vous répondre, monsieur.

– Il n'est pas venu seul. Si je ne m'abuse, le monsieur qui l'accompagnait était M. Thomas Pasmore ?

– Vous ne vous abusez pas, avait dit Pohlhaus.

– Je suis vraiment très honoré. »

Ç'avait été tout pour la soirée. Ronald Lloyd-Jones avait eu sa cellule individuelle, un dîner qu'il avait refusé, et de quoi écrire. Le lendemain matin, le sergent l'avait retrouvé dans une salle d'interrogatoire. Comme le prisonnier se plaignait de ne pouvoir se laver, Pohlhaus avait expliqué qu'il n'en aurait pas le droit avant la fin de la procédure initiale. Sauf s'il était disposé à passer aux aveux immédiatement, sa douche devrait attendre l'arrivée de son avocat.

« Si c'est comme ça que vous voulez jouer, avait soupiré Lloyd-Jones. Mais à votre place, je ferais tout ce qui est en mon pouvoir pour m'accorder le plus grand confort possible.

– Vous me paraissez jouir d'un confort tout à fait acceptable », avait répondu le policier.

Son interlocuteur lui avait alors déclaré avoir un peu réfléchi, principalement à propos de Thomas Pasmore.

« Je lis les journaux comme tout le monde, voyez-vous, et j'ai une petite idée de la manière dont M. Pasmore accomplit ses miracles. Il se sert énormément des archives et des documents publics, n'est-ce pas ?

– Ce n'est pas un secret.

– Il me semble qu'un type versé dans les ordinateurs, les codes et les mots de passe peut s'attirer beaucoup d'ennuis. S'il s'écarte de la légalité, beaucoup de pièces à conviction deviennent inadmissibles, n'est-ce pas ? »

Voilà qui avait mis Pohlhaus mal à l'aise. Le policier n'avait aucune idée du nombre de frontières légales qu'avait pu franchir Tom Pasmore.

« Accepteriez-vous de me révéler qui était l'autre homme, celui auquel j'ai parlé ?

– Vous le saurez dès que votre avocat se montrera, de toute manière, donc je peux vous le dire. Il s'appelle Timothy Underhill.

– L'écrivain Timothy Underhill ?

– Oui, c'est ça.

– Vous me faites marcher. »

Polhaus avait lancé à son prisonnier un regard furieux qui aurait brûlé les cils d'un homme ordinaire.

« Oubliez tout ce que j'ai dit, avait continué Lloyd-Jones. Faites venir Tim Underhill, parce que je veux lui parler. Je veux lui parler tout de suite. Je ne parlerai à personne d'autre avant. »

« Je crois qu'il vous connaît, dit Pohlhaus tandis que

tous les trois traversaient un labyrinthe de couloirs. Vos livres, je veux dire.

– Qu'est-ce qui vous fait penser ça ?

– Sa réaction à votre nom. »

Tim était un peu essouflé de leur course. Dans sa hâte, il n'avait remarqué que l'agitation du sergent et, épinglées aux tableaux d'affichage qu'ils dépassaient, les habituelles cartes de visite offrant les services d'avocats spécialisés dans les divorces. Pohlhaus s'arrêta devant une porte verte marquée B.

« Il veut vous parler seul à seul, dit-il. Votre frère et moi, ainsi que le lieutenant de la Brigade criminelle, nous vous observerons à travers un miroir sans tain. Un magnétophone à activation vocale enregistrera tout ce que vous direz.

– Qu'est-ce que vous attendez de moi ? demanda Tim.

– Laissez-le parler. Voyez si vous pouvez lui faire dire quoi que ce soit à propos de votre neveu. Vous pourriez lui poser des questions sur Joseph Kalendar. Avec de la chance, il révélera l'endroit où il a mis les cadavres. Que puis-je vous dire ? Plus il parlera, mieux ce sera.

– Il est déjà là-dedans ? »

Tim éprouva un instant de terreur irrationnelle. En dépit de sa curiosité, franchir ce seuil était la dernière chose qu'il avait envie de faire.

Pohlhaus hocha la tête.

« Laissez-moi vous présenter dans les règles. »

Durant une seconde, quand il ouvrit la porte, Tim crut sentir un parfum âcre, piquant, amer. Puis le policier entra dans la pièce et l'odeur disparut. Combattant l'impulsion qui voulait lui faire tourner les talons et s'éloigner, l'écrivain suivit dans la salle d'interrogatoire la grande et mince silhouette, raide comme un passe-lacet, de son compagnon. L'homme qui se trouvait de l'autre côté d'une large table métallique verte s'était déjà levé et le contemplait avec un sourire impatient. Sans la lumière dans ses yeux et sa comique expression de dépit, il aurait pu s'agir d'un admirateur attendant son tour de se faire dédicacer un livre.

« Vous vous êtes déjà rencontrés, dit Pohlhaus. Tim Underhill, Ronald Lloyd-Jones. »

Lloyd-Jones sourit et tendit une main rose ferme que Tim serra avec répugnance.

« Monsieur Lloyd-Jones, je crois utile de vous rappeler que vous êtes observés et que votre conversation sera enregistrée. Une nouvelle fois, tout ce que vous direz pourra être utilisé contre vous. Et j'aimerais vous entendre confirmer que vous avez renoncé à la présence de votre avocat pour cet entretien.

– Bobby aura son tour plus tard.

– En ce cas, je vous laisse. »

Dès le départ de Pohlhaus, Lloyd-Jones désigna la chaise qui lui faisait face et déclara :

« Nous pouvons aussi bien nous mettre à l'aise. »

Peu soucieux d'abandonner si tôt la maîtrise de la discussion, Tim répliqua :

« D'abord, je voudrais satisfaire ma curiosité. Pourquoi avez-vous demandé à me voir ?

– J'aime vos livres – quelle autre raison pourrais-je avoir ? Vous êtes un de mes auteurs favoris. Asseyez-vous, je vous en prie. »

Ils prirent possession de leurs chaises.

« Mon ami, il faut changer votre photo d'auteur, dit Lloyd-Jones. Si le sergent ne m'avait pas dit qui vous êtes, je ne vous aurais jamais reconnu. De quand date cette photo, d'ailleurs ?

– De trop longtemps, je suppose.

– Assurez-vous que votre éditeur vous paye un bon photographe, un photographe avec du style. Vous avez un visage intéressant, vous savez. Vous devriez en tirer le maximum. »

Comme tu as tiré le maximum du tien, pensa Tim.

Ce qui était exactement ce que Lloyd-Jones voulait lui faire penser, réalisa-t-il. L'homme ne s'intéressait pas réellement à Timothy Underhill : il voulait s'amuser. Ça n'était pas une vulgaire incarcération qui l'empêcherait de pratiquer ses petits jeux.

« Je suis vexé de ne pas avoir reconnu Tom Pasmore avant votre départ. L'un des habitants les plus célèbres de Millhaven, ça n'est pas votre avis ? »

Tim hocha la tête. Cet entretien commençait à lui faire craindre d'être très bientôt contraint de s'allonger.

« Je suppose que c'est M. Pasmore qui a eu l'idée de me rendre visite. Pour me comparer avec le portrait-robot, veux-je dire.

– Oui, confirma l'écrivain.

– Quelle était exactement sa raison de s'intéresser à moi ?

– Votre nom est sorti. »

Lloyd-Jones lui lança un sourire très amical. La lumière dansait dans ses yeux légèrement rapprochés.

« Creusons un peu la question. J'ai cru comprendre en m'informant sur votre ami qu'il trouvait une bonne partie de ses... disons, de ses inspirations, en parcourant les archives publiques. J'ai toujours jugé cela très intelligent. Si vous vous en souvenez, il m'intéresserait énormément de savoir si c'est un détail découvert dans les archives publiques qui a porté mon nom à l'attention de M. Pasmore. Et à la vôtre, bien sûr.

– Oui, en effet.

– Du Tom Pasmore tout craché ! Et de quelles archives s'agissait-il, Tim ? Celles des impôts, quelque chose de ce genre-là ?

– Nous voulions découvrir le propriétaire de l'ancienne maison de Joseph Kalendar, dit Tim. C'était vous. »

Lloyd-Jones cligna les yeux, et une partie de sa joie réprimée disparut de son visage. Il se reprit presque instantanément.

« Oh oui, bien sûr. J'ai acheté cette petite maison à titre d'investissement, mais je n'en ai jamais rien fait. Passons à quelque chose de nettement plus important pour moi.

« Me voilà donc identifié par vous comme la personne qu'une vieille dame a décrite au portraitiste de la police après qu'une bêtise a attiré son attention sur moi. Elle s'est offusquée d'une discussion innocente que j'avais avec un délicieux jeune homme dans Sherman Park. J'admets volontiers être l'homme représenté sur le portrait-robot, car c'est bien moi qui discutais avec le garçon. Mais je pense qu'on ne peut pas aller plus loin, n'est-ce pas ? »

La pièce semblait plus chaude d'un ou deux degrés, un peu plus sombre, plus oppressante, comme si l'intensité du plafonnier avait baissé.

« Dans quel sens ?

– Pour l'identification. Une femme me voit dans le parc, un dessinateur trace un portrait-robot, vous découvrez une ressemblance entre moi et le portrait... » Lloyd-Jones regarda le miroir situé derrière Tim. « Et qu'est-ce que ça prouve, sergent ? Rien du tout. Ce n'est sûrement pas la raison de mon arrestation, n'est-ce pas ? À moins que discuter avec les gens dans un parc ne soit soudain devenu un crime.

– Je suppose qu'ils ont autre chose. »

Il considéra Tim comme il eût regardé un élève charmant mais un peu attardé.

« Et pourquoi diable M. Pasmore et vous étiez-vous intéressés par cette petite maison de Michigan Street ? »

L'écrivain sortit de sa poche une photo que lui avait confiée Philip. Il la fit glisser vers Lloyd-Jones qui leva ses sourcils expressifs et la regarda avec affabilité.

« Beau garçon. Votre fils ?

– Mon neveu. Mark Underhill. Est-ce qu'il vous paraît familier ? Est-ce que vous l'avez déjà rencontré ?

– Laissez-moi voir. »

Attirant la photo à lui, il se pencha pour l'observer. L'idée qu'il pourrait la prendre en main rendait Tim malade.

Lloyd-Jones sourit et, délibérément, du bout des doigts, la repoussa de l'autre côté de la table.

« Je ne crois pas l'avoir jamais vu, mais c'est difficile à dire. Particulièrement avec une vieille photo comme celle-ci.

– Mark était fasciné par ce que vous appelez cette petite maison de Michigan Street. D'après son meilleur ami, il est allé jusqu'à s'y introduire par effraction pour la visiter. Il y a trouvé toutes sortes de choses intéressantes. Et il ne lui a pas fallu longtemps pour en apprendre l'histoire.

– C'est vraiment regrettable. J'en suis désolé.

– Pourquoi ça, monsieur Lloyd-Jones ?

– S'il vous plaît, appelez-moi Ronnie. J'y tiens. »

Imaginer Franz Pohlhaus en train de l'observer derrière le miroir poussa Tim à acquiescer.

« Si vous voulez.

– Parfait. Bien entendu, ce que je trouve regrettable, c'est que votre neveu se soit introduit dans ma propriété. Et puisque vous me l'avez avoué, je dois vous dire que, quoique je ne l'aie pas reconnu sur ce cliché, j'ai bel et bien remarqué un adolescent qui rôdait autour de chez moi.

– Comment se fait-il que vous l'ayez remarqué, Ronnie ?

– De l'intérieur, bien sûr. Par la fenêtre. De temps

en temps, je me servais de cette maison pour m'évader un peu. J'aimais m'y rendre afin de mettre de l'ordre dans mes pensées. Elle est extraordinairement paisible. Je restais assis dans le noir et je suppose qu'on pourrait dire que je méditais. L'attention permanente de votre neveu était une terrible distraction. Une nuit, son ami et lui sont allés jusqu'à braquer une torche sur la fenêtre. Puisque j'étais là, je me suis plus ou moins *montré*. Ça a flanqué une trouille de tous les diables à ces petits fouineurs.

– Y a-t-il eu d'autres occasions où vous vous êtes délibérément *montré* à mon neveu ? »

Un sourire étira les coins de la bouche de Ronnie.

« Oui, quelques-unes. Une fois, je suis resté debout en haut de la rue, en lui tournant le dos. J'ai fait ce genre de choses à une ou deux reprises. J'espérais que ça l'effraierait un peu et que ça le tiendrait à l'écart.

– Êtes-vous jamais allé chez lui ? Le jour des obsèques de sa mère, êtes-vous entré dans sa cuisine ? »

Il parut choqué.

« Permettez-moi de vous présenter mes condoléances pour le décès de votre belle-sœur. Mais non, bien sûr que non. Je n'aurais jamais fait une chose pareille.

– Pourquoi pensiez-vous que lui tourner le dos serait effrayant ?

– À cause de Joseph Kalendar, bien sûr. Il avait l'habitude de tourner le dos aux photographes. Il le faisait à la moindre occasion. Je suppose que la fixation du garçon sur ma propriété venait de Kalendar.

– Vous-même vous intéressiez à lui, n'est-ce pas ?

– La plupart des habitants de cette ville se sont intéressés à lui, à une époque.

– En 1980, peut-être. Plus maintenant.

– Je n'en suis pas si sûr, Tim. Les gens ont-ils oublié Jack l'Éventreur ? On se rappelle bien après leur mort les auteurs de réalisations frappantes, vous n'êtes pas d'accord ? »

Les murs de la pièce semblaient rapprochés, l'air vicié. La rage et la dépression qui émanaient du souriant Ronnie Lloyd-Jones donnaient à Tim l'impression d'être enfermé avec lui dans une caverne. Il aurait pu le croire debout sur sa poitrine.

« Je suis d'accord, jusqu'à un certain point.

– Je suis extrêmement heureux de l'entendre. J'ai une proposition à vous faire. »

L'écrivain savait en quoi allait consister la « proposition » et cette simple idée le rendait malade.

« Puis-je être franc, Tim ? Il n'y a rien que j'aimerais plus qu'être franc avec vous.

– C'est ça, soyez franc. Moi, je serai dollar. »

Tim contemplait fixement un point situé entre ses mains aux doigts écartées. Les muscles de son cou et de ses bras commençaient à lui faire mal. Il y avait bien longtemps, quelqu'un s'était servi d'un canif pour graver un slogan sur le plateau de la table. MAUR AU FLICS.

« Vous êtes un écrivain remarquable, Tim. Vous comprenez les choses. Vous avez de l'intuition. Et vous êtes un grand conteur.

– Ne jouez pas à ça.

– Nous pourrions nous faire énormément de bien mutuellement. Je veux que ce soit une association. À la seconde même où j'ai appris que vous étiez l'homme s'étant présenté chez moi hier, j'ai compris pourquoi vous étiez venu. Vous êtes la seule personne au monde capable de rendre justice à mon histoire. » Avant que l'écrivain n'ait le temps de réagir, Ronnie Lloyd-Jones se pencha au-dessus de la table et, comme par magie noire, le força à le regarder dans les yeux. « Comprenez-moi bien... je n'avoue rien du tout. Je vous précise cela à vous et pour que ce soit enregistré. Étant on ne peut plus innocent des meurtres de Sherman Park, je ne peux pas avouer les avoir commis. Ce que je peux faire, en revanche, et cela pourrait se révéler utile à tout le monde, c'est décrire une certaine situation hypothétique. Voulez-vous que je vous la présente ?

– Je ne vois pas comment vous en empêcher.

– Je vais faire semblant d'être le Tueur de Sherman Park. *Si* j'étais coupable de ces crimes, je pourrais vous donner tous les détails de chaque meurtre, en remontant à une époque où nul ne savait seulement qu'il y avait un tueur dans Sherman Park. *Si* j'étais coupable de ces crimes, je vous livrerais l'accès à tous les aspects de ma vie. Et toujours d'un point de vue hypothétique, je vous dirais exactement où trouver les cadavres. Tous. Je vous assure qu'il y en aurait un bon petit nombre.

– Impossible, dit Tim.

– Et tout ce que je demanderais en échange, c'est un récit qui présenterait mon point de vue hypothétique. Ce qu'il faut, c'est de l'impartialité. Il faudrait que Joseph Kalendar joue un rôle. Le rapport spirituel, l'étendue de son œuvre. L'étendue de la *mienne*, plus une étude en profondeur du fonctionnement de ma psyché.

« Je vais vous faciliter les choses, Tim. Si vous acceptez, je vous garantis une compensation d'un million de dollars, quoi qu'il arrive. Et je vous en donnerai le double si le livre est aussi bon qu'il devrait l'être. Cette somme viendra en sus de l'avance que pourraient vous verser les éditeurs. Ils vont faire des bonds, vos éditeurs. Vous vous rappelez Mailer et *Le Chant du bourreau* ? Je peux faire de grandes choses pour votre carrière.

– Je ne supporte plus ces conneries, dit Tim en regardant le miroir par-dessus son épaule. C'est horrible. Je veux sortir d'ici. »

Quelques secondes plus tard, le sergent Pohlhaus entrait dans la pièce et déclarait :

« Cet entretien est terminé. »

Quand Pohlhaus eut accompagné Tim hors de la salle d'interrogatoire, Philip bondit vers son frère.

« Qu'est-ce qui ne va pas chez toi ? Il allait te dire où il a enterré mon fils !

– Monsieur Underhill ! » fit Pohlhaus. Son ton autoritaire réduisit immédiatement Philip au silence. « Il est extrêmement improbable que Lloyd-Jones aurait dit la vérité. Il aurait raconté une fable après l'autre en s'amusant comme un petit fou.

– Je suis désolé de vous avoir laissé tomber, dit l'écrivain, mais je ne pouvais pas accepter de collaborer avec lui. Je ne pouvais même pas faire semblant.

– Vous avez fait de l'excellent travail, assura le sergent. Je suis très content de la manière dont les choses se sont déroulées.

– Je n'avais encore jamais vu quelqu'un refuser deux millions de dollars, dit Philip. Ça t'a plu de balancer tout cet argent par les fenêtres ? »

Tim ne put s'empêcher d'éclater de rire.

« Il n'y a pas de millions de dollars, dit Pohlhaus. Cet argent était un appât, comme les CD qu'il promettait aux adolescents. M. Lloyd-Jones sait qu'il va passer le reste de sa vie en prison, et il essayait de se prévoir un hobby. Sans compter tout ce qu'il pourrait tirer d'autre du fait que votre frère écrive un livre sur lui. Entrons là-dedans, vous voulez bien ? »

Il ouvrit la porte de la pièce où il avait reçu les parents des garçons disparus.

« Je crois que nous avons terminé, sergent, objecta Philip.

– Faites-moi plaisir, monsieur Underhill. »

Une fois à l'intérieur, ils reprirent leurs places de la

fois précédente, Pohlhaus en bout de table, les deux frères assis à sa droite.

Le policier se pencha vers Tim.

« Avez-vous remarqué à quel moment Ronnie s'est troublé ?

– Quand je lui ai demandé s'il était jamais entré chez Philip ?

– Et à quoi ça rimait, ça ? » rugit ledit Philip.

Pohlhaus l'ignora.

« Quand vous lui avez dit que Tom Pasmore avait découvert qu'il était propriétaire de la maison de Joseph Kalendar.

– Qu'ont trouvé vos hommes chez lui ? demanda l'écrivain. Des photos de Kalendar ?

– Des photos, des articles, des coupures de journaux, et même des vêtements ressemblant à ceux de Kalendar... Une des pièces est un véritable musée Kalendar.

– On ne peut pas condamner quelqu'un pour ce genre de motif, dit sèchement Philip.

– La condamnation ne posera aucun problème, assura le sergent. On a trouvé des photos de garçons qui avaient l'air drogués, d'autres attachés, et d'autres visiblement morts. Il est clair que, selon M. Lloyd-Jones, on ne perquisitionnerait jamais chez lui. Il conservait des portefeuilles et des montres, des vêtements.

– Vous avez trouvé les vêtements de Mark ? demanda Philip.

– Pour le moment, nous n'en avons identifié aucun, dit Pohlhaus. Cela viendra, bientôt. Mais il n'y a pas que les vêtements et les photos. Ronnie avait la chaîne stéréo la plus sophistiquée que vous puissiez imaginer et il possédait bien un millier de CD. Mais ceux qu'il gardait près de sa platine avaient tous été gravés sur un ordinateur portable équipé d'une caméra. Ce sont un peu des films d'amateur. Celui que j'ai vu montrait des adolescents en train de supplier qu'on leur laisse la vie.

– Est-ce qu'il les a tués dans la maison de Old Point Harbor ? demanda Tim.

– Oui. Elle est assez isolée.

– Ce qui nous laisse avec la question : qu'est-ce qui le dérangeait tellement dans le fait qu'on sache qu'il possédait l'ex-domicile de Kalendar ?

– Exactement, dit Pohlhaus. J'ai l'intention d'aller y fouiner un peu. Si vous promettez de bien vous tenir, vous pouvez venir. Promettez juste de ne toucher à rien et de ne pas me gêner.

– Maintenant ? demanda Tim. Ma foi, pourquoi pas ?

– Vous plaisantez, non ? dit Philip.

– Vous êtes invité aussi, monsieur Underhill. Dans les mêmes conditions.

– C'est parfaitement ridicule.

– Très bien, conclut Pohlhaus. Rentrez chez vous. Votre frère pourra passer vous voir plus tard s'il a quoi que ce soit à vous apprendre.

– Philip ? interrogea Tim.

– Je me fiche de ce que tu fais », dit l'intéressé, qui sortait déjà de la pièce.

Extrait du journal de Timothy Underhill, 28 juin 2003

Cette petite visite à Michigan Street avec le sergent Pohlhaus a été une des excursions les plus étranges de ma vie. Les toxines de Ronnie Lloyd-Jones n'avaient pas encore totalement déserté mon organisme : j'avais sans cesse l'impression que la voiture banalisée était de la taille d'un kart, que Pohlhaus et moi étions deux nains fonçant dans un tunnel souterrain. D'avoir été en contact avec cet homme, je me sentais déprimé, sale, bloqué de toutes les manières possibles. Je suppose que c'est là une manière de définir le mal : la capacité de donner aux autres l'impression qu'ils sont souillés, éteints. Par rapport à Philip, je me sentais à peine mieux, quoique j'aie plus que jamais vu en lui le pauvre petit garçon perdu, paralysé par la brutalité aveugle de Pa.

Pohlhaus s'est garé dans la petite allée, nous sommes descendus de voiture et passés derrière la maison. J'ai imaginé Omar Hillyard perché sur sa causeuse, observant nos moindres mouvements. Ses yeux perçaient littéralement des trous dans mon dos.

Comme Mark, nous sommes entrés par la porte de derrière, mais je n'ai rien ressenti de ce qu'il avait éprouvé lors de sa première visite chez Kalendar. C'en était presque décevant. Je m'attendais à moitié aux toiles d'araignée ectoplasmiques, à la terrible odeur et au champ de forces expulsant les intrus. Au lieu de cela, tout ce qui est arrivé, c'est que le sergent et moi avons pénétré dans une cuisine vide.

« Ronnie n'a pas tellement séjourné ici, a remarqué Pohlhaus. Il disait avoir essayé d'effrayer les garçons, non ? On se demande pourquoi.

– Il y a peut-être quelque chose qu'il ne voulait pas leur laisser voir, ai-je dit.

– C'est mon opinion.

– Mais Mark a visité toute la maison et il n'a rien trouvé, sauf ce que Joseph Kalendar a laissé.

– Eh bien, voyons un peu ce qu'a laissé Kalendar. »

Au contraire des garçons, nous avons commencé par la pièce surnuméraire et ce que Mark appelait « le lit du géant ».

« Seigneur, c'est affreux, a commenté Pohlhaus.

– Kalendar avait une fille, ai-je dit. Il a raconté à tout le monde que sa femme avait fait une fausse couche, et il a gardé l'enfant au secret dans la maison. Quand elle avait trois ou quatre ans, elle a essayé de s'échapper. Ensuite, il a ajouté cette pièce et monté cette espèce de lit pour la torturer.

– D'où est-ce que ça sort, tout ça ? Il n'avait pas de fille.

– Pas officiellement, non. Mais elle existait bel et bien.

– Et nous n'en avons jamais rien su ? C'est difficile à croire.

– Si vous voulez entendre toute l'histoire, adressez-vous à un nommé Omar Hillyard. Il habite en face depuis 1955. »

Pohlhaus m'a jeté un regard interrogateur.

« Je crois que je le ferai », a-t-il dit en tâtant à l'aide d'un stylo-bille les liens attachés au lit.

Mark et « Lucy Cleveland » me sont apparus avec force : ils avaient copulé ici pour vaincre le souvenir des tortures subies par la fillette ; ou bien dans quelque but plus sombre, quoique toujours réparateur. Ce qu'on ne peut convertir, on peut parfois l'incorporer exactement tel quel – ou du moins est-ce là ce que je me suis retrouvé en train de penser. D'une manière ou d'une autre, on le fait sien.

Ensemble, le policier et moi avons exploré la maison dans ses moindres recoins. J'ai vu l'endroit où s'était tenu Mark quand il avait découvert l'album de photos ; j'ai vu le trou dans le plâtre pratiqué à l'aide de sa pince-monseigneur ; comme lui, j'ai arpenté les étroits couloirs et les escaliers secrets entre les murs. Au salon, j'ai vu les empreintes dans la poussière, celles de Mark et de Jimbo, et d'autres qui devaient appartenir à Ronnie Lloyd-Jones. Il m'a aussi semblé apercevoir les petites empreintes à la haute voûte plantaire des adorables pieds nus de Lucy Cleveland.

Pohlhaus est demeuré abasourdi devant les passages

secrets. Tout cela était nouveau pour lui. Les modifications apportées par Kalendar à sa maison n'avaient jamais figuré dans les rapports officiels de ses crimes, car elles étaient demeurées inconnues jusqu'à ce que Mark en dégage l'accès.

Dans le sous-sol, un véritable terrier, la vieille chaudière à charbon d'origine voisinait avec une chaudière à fioul installée dans les années 1950. Le système de chauffage le plus moderne était relié aux tuyaux de l'ancien.

Nous avons découvert le conduit vertical et la table d'opération en métal décrits par Mark à Jimbo, les paniers à linge sale vides et la cantine emplie de chevelures féminines – le legs de la folie de Joseph Kalendar.

« C'est ça qui excitait Ronnie », ai-je dit.

Pohlhaus a acquiescé. Contournant avec précautions la chaudière, les yeux baissés, il examinait l'une après l'autre les taches anciennes qui marquaient le sol. Je l'ai vu se pencher au-dessus d'une zone claire, contempler une plume de sang noirci comme s'il s'était attendu à ce qu'elle s'assoie pour lui parler. Une fois lassé des vieilles taches, il s'est redressé pour aller se poster devant la plus archaïque des chaudières, dont il a ouvert la lourde porte. D'une poche de sa veste, il a tiré une torche de la taille d'un stylo-bille et en a fait jaillir le faisceau entre les mâchoires béantes.

« Bien propre », a-t-il constaté.

En me disant qu'il avait tout à fait un comportement de fonctionnaire, j'ai fait de mon mieux pour jouer son jeu.

« Est-ce que Kalendar n'a pas brûlé certaines de ses victimes, là-dedans ?

– Si, certainement. »

Pohlhaus a refermé la porte de la chaudière et réédité son numéro de je-traverse-le-champ-de-tulipes-sur-la-pointe-des-pieds avec les vieilles taches de sang.

Quand il a braqué sur elles sa lampe de poche, elles ont semblé devenir pourpre sous le fin faisceau lumineux, comme fondues à cœur.

« On n'imaginerait pas que du sang vieux de trente ans aurait encore une telle couleur, ai-je dit.

– Il n'est pas si vieux que ça, a répondu le sergent. Certaines des taches peuvent dater de dix ans, mais la plupart sont bien plus récentes.

– Comment est-ce possible ? ai-je interrogé, sans comprendre.

– Ce n'est pas Joseph Kalendar qui a répandu ce sang, a répondu Pohlhaus. C'est votre ami Ronnie. Il a amené ici certains des garçons qu'il a enlevés. Votre frère soupçonnait que nous trouverions quelque chose comme ça. Voilà pourquoi il n'a pas supporté l'idée de nous accompagner. »

J'ai contemplé le sol avec horreur.

« La question suivante, c'est : où a-t-il enterré les corps ? »

Les visages des garçons morts m'ont contemplé, enfouis à quelques centimètres sous le ciment.

« Pas ici, a repris Pohlhaus. Toute cette surface est uniforme et intacte. Il va falloir chercher dehors. »

Je devais avoir l'air secoué, car il m'a demandé si je me sentais bien.

On est ensemble, me suis-je rappelé.

Le sergent a tiré son téléphone portable pendant que nous remontions l'escalier. La moitié de ce qu'il a dit était en code, mais j'ai compris qu'il demandait qu'une unité spécialisée soit envoyée sur Michigan Street, ainsi que deux agents en uniforme.

« Vous n'avez pas vraiment l'air dans votre assiette, a-t-il dit ensuite. Si vous avez envie de rentrer chez votre frère pendant que je règle ça, je comprendrai. Ou bien si vous voulez retourner au Pforzheimer. Un de mes hommes pourra vous déposer. »

J'ai répondu que j'allais très bien, ce qui était tellement loin de la vérité qu'elle n'était plus visible.

« Si vous êtes toujours disposé à m'aider, je ne vous renvoie pas, a repris Pohlhaus, mais compte tenu du fait que votre famille est mêlée à l'affaire, ça risque d'être dur pour vous.

– Mon neveu va bien.

– Votre frère n'a pas l'air de partager cette opinion. »

Il m'a examiné de ses yeux de chasseur. Il n'avait pas le moindre doute quant au sort de Mark, j'en étais sûr.

« Philip a abandonné tout espoir dès la disparition de Mark. Il ne supportait pas l'angoisse de se demander s'il était encore en vie. Alors, il a cessé de se le demander.

– Je vois.

– Il a enterré son propre fils. Je ne le lui pardonnerai jamais.

– Si votre neveu va bien, où est-il ?

– Je n'en ai aucune idée », ai-je avoué.

Nous nous tenions en haut des marches menant au sous-sol, juste devant la porte de la cuisine. Une partie des empreintes qui trouaient la poussière appartenaient à Mark, le reste à quelqu'un d'autre.

« Sortons dans le jardin », a décidé Pohlhaus.

Nous avons descendu le perron délabré. Des insectes bourdonnaient dans les hautes herbes.

« On a des chiens capables de renifler des cadavres, mais pour le moment, voyons ce qu'on trouve tout seuls, d'accord ?

– Regardez ces herbes, ai-je dit. Personne n'a été enterré là. En tout cas, pas récemment.

– Vous avez peut-être raison, monsieur Underhill. »

Le sergent s'est avancé dans l'enchevêtrement de mauvaises herbes et de ronces qui lui montait à la taille.

« Mais il a tué ici au moins une partie de ses victimes. Compte tenu de son adoration pour Joseph Kalendar, je pense qu'on peut quand même parier qu'il y a quelque chose dans ce jardin. »

Je me suis avancé à son côté et j'ai fait mine de savoir ce que je cherchais.

La piste irrégulière qu'avaient tracée Mark et Jimbo, puis Mark seul, reliait les marches en bois et la porte de la cuisine à la pelouse, du côté sud de la maison. Aucune autre trace de passage à travers le jardin n'était visible.

« S'il avait transporté les cadavres ici, il y aurait des herbes piétinées, une espèce de chemin.

– Ne renoncez pas si vite », a dit Pohlhaus.

Il a desserré sa cravate et s'est épongé le front de son mouchoir. En dépit de ce geste, il paraissait toujours insensible à la chaleur. Moi, j'avais les cheveux collés sur le crâne par la transpiration.

« Vous connaissez le moyen infaillible de déterminer si quelqu'un a caché un cadavre quelque part ? » Je l'ai regardé sans répondre. « Plantez une pelle. Avec un bâton, ça marche tout aussi bien. Tout ce qu'il faut, c'est une ouverture. L'odeur se concentre sous la terre, prête à vous sauter dessus.

– D'accord, ai-je dit. Mais je pense toujours qu'il n'a rien pu enterrer par ici. On verrait quelque chose. »

Pohlhaus s'est mis en marche vers le fond du jardin et le mur gigantesque, lentement, gardant les yeux baissés. Moi, je traînais les pieds çà et là, sûr de ne rien trouver. Au bout d'un petit moment, je me suis rendu compte que le sergent avançait en ligne droite sur environ deux mètres, puis tournait les talons et couvrait à nouveau le chemin qu'il venait de parcourir. Il créait en fait un quadrillage qui pourrait être relié à d'autres, jusqu'à ce que le moindre centimètre carré de terrain herbu ait été inspecté.

« Vous pouvez partir, si vous voulez. D'ici deux minutes, ça va grouiller de flics, ici. »

J'ai répondu que s'il n'était pas prêt à abandonner, moi non plus.

À l'arrivée de l'équipe d'experts criminalistiques, Pohlhaus, après m'avoir présenté à ses membres, est rentré dans la maison pour leur montrer le sous-sol et les taches de sang. Quand les agents en uniforme ont débarqué à leur tour, ils se sont vu assigner la tâche d'entourer la propriété de ruban jaune et de contenir les curieux.

« Maintenant, vous feriez mieux de rester à l'écart, monsieur Underhill », m'a dit le sergent.

Deux policiers en uniforme que je me rappelais avoir vus dans Sherman Park se sont partagé la moitié avant du jardin. Ils perdaient leur temps, je le savais. Je voulais entendre Pohlhaus admettre qu'il s'était trompé.

Un expert criminalistique du nom de Gary Sung, qui m'avait été présenté comme un stagiaire de Singapour, a jailli par la porte de derrière, attiré l'attention de Pohlhaus et eu avec lui une brève conversation au cours de laquelle il a tendu plusieurs fois la main en direction du mur. N'ayant aucune idée de ce dont ils parlaient, je les ai ignorés, appuyé contre le mur latéral de la maison, juste à l'orée du jardin à l'abandon.

Les deux agents que j'avais croisés dans le parc, Rote et Selwidge, ont regardé quelque chose puis appelé le sergent. Ce dernier, s'étant approché d'eux et ayant observé leur trouvaille, m'a fait signe de les rejoindre. Une fois sur place, j'ai découvert ce que la hauteur des herbes avait jusque-là dissimulé. Quelqu'un avait décidé de dégager sur toute la longueur de la propriété, d'une clôture à l'autre, une bande large d'environ un mètre. En cet emplacement la terre avait été brisée mille fois, retournée, aérée, pour donner naissance à une belle et large bande brune, à travers laquelle ne commençaient à ressortir que de rares brins d'herbe. Ce petit terrain-là avait été cultivé.

« Je me demande, ai-je dit. Si c'est bien ça, comment a-t-il...

– Si je ne me trompe pas sur ce que m'a dit Gary Sung, on ne va pas tarder à le voir sortir de terre exactement... *ici.* »

Pohlhaus venait de trouver exactement ce qu'il avait cherché.

« De terre ? » ai-je répété.

Puis j'ai compris : je savais désormais ce que lui savait depuis vingt minutes.

Un grondement a retenti, puis un bruit de terre et de cailloux s'effondrant dans un trou. À l'endroit exact que désignait Pohlhaus, un trappe couverte d'herbes et de ronces a pivoté puis s'est abattue, révélant un visage trempé de sueur et souriant.

« Il fait *noir*, là-dedans ! » a lancé Gary Sung.

Sa tête émergeait par étapes successives, tandis qu'il gravissait les marches creusées dans la terre. Je me suis avancé.

« Vous vous rendez compte ? » Il a sauté hors du trou en agitant un outil de terrassement. « Ce malade a creusé un tunnel et l'a caché derrière une porte dérobée. »

Mark n'avait pas remarqué la porte dans la paroi du sous-sol. Le sergent Pohlhaus et moi ne l'avions pas vue non plus. Seul, Gary Sung l'avait repérée, et il en était transporté de plaisir.

« Maintenant, on sait, a-t-il repris. Il faut être prudent.

– Très prudent », a admis Pohlhaus. Il s'est retourné vers moi. « C'est notre Brigade des matériaux dangereux qui s'occupe de ces choses-là. Je vais l'appeler. Il faudra sans doute abattre cet horrible mur pour nous donner un peu de liberté de manœuvre. »

Il a remonté la bande de terre qui évoquait une portion de champ temporairement négligée.

« Gary, passez-moi cet outil, s'il vous plaît. »

Sung a parcouru les trois mètres qui les séparaient et le lui a tendu, le manche en avant.

« Venez par ici », m'a lancé Pohlhaus.

Je l'ai rejoint. Posté au-dessus de la large étendue brune ménagée au milieu du jardin, il a glissé l'outil dans la terre meuble, dont il a ôté une pelletée, puis une autre.

« Là », a-t-il dit.

En me penchant, j'ai senti la puanteur qui s'échappait de la petite ouverture ainsi ménagée ; mort et pourriture et ammoniac, l'odeur d'un processus primordial. En une seconde, elle a paru recouvrir toute ma peau.

J'écris depuis plus d'une heure et je suis incapable de continuer. De toute façon, l'espèce de machine à remuer la terre qui est en train de remonter l'allée fait autant de bruit qu'une bande de motards.

Tim posa son stylo et se demanda ce qu'il allait bien pouvoir faire à présent. Vêtu de sa tenue à la Principal Battley, costume gris, chemise blanche et cravate, Philip avait annoncé n'avoir aucune envie de « rester planté » dans le jardin et de « lorgner » les policiers pendant qu'ils abattaient le mur en parpaings et creusaient le terrain à la recherche de cadavres. Tandis que son frère rédigeait son journal, il avait erré dans la maison, allumant et éteignant la télévision, prenant en main des magazines pour les reposer aussitôt. Aux alentours de quinze heures, il était monté à l'étage d'un pas lourd. Il réapparut dix minutes plus tard, sans sa cravate.

« J'espère que tu ne vas pas sortir regarder », dit-il.

Sans cravate, il avait l'air étrangement nu, comme un homme qu'on voit pour la première fois sans ses lunettes.

« Ils vont juste abattre un mur, dit Tim.

– Je voulais dire : après. » Il était visiblement angoissé et, tout aussi visiblement, n'avait aucune idée de la manière dont gérer cette émotion. « N'importe qui peut abattre un mur. Moi, je pourrais. Même toi, tu pourrais abattre un mur. Ce qui compte, c'est ce qui se passera après. Tu as peut-être envie de guigner ça, mais pas moi. Je suis sérieux.

– Guigner ? répéta Tim.

– Avec toi, il faut s'attendre à de la frivolité, hein ? »

Philip s'enfonça dans son bureau tel un taureau furieux.

« Je n'avais encore jamais entendu ce mot-là, dit l'écrivain pour lui-même. Mon frère refuse de guigner. »

Un peu de la tension du discours et du départ contrarié de Philip parut subsister dans le salon. Tim avait envie de bouger, d'aller quelque part, mais il ne voulait pas laisser son frère seul, ne fût-ce que parce que cela lui serait plus tard compté. Soudain, il se rappela que l'ordinateur de Mark – celui-là même avec lequel l'adolescent avait envoyé des e-mails à son oncle Tim – était toujours à l'étage, n'attendant que d'être utilisé. Grâce à ce bon vieux gotomypc.com et au portable de son neveu, il allait pouvoir guigner ses e-mails, voir si quelqu'un d'intéressant lui avait écrit, et éliminer le spam avant d'en être trop envahi. Ce serait un moyen de tuer le temps : du spam considéré comme une distraction.

« Philip, lança-t-il à la porte obstinément fermée. Ça t'ennuie si je monte relever mon courrier sur l'ordinateur de Mark ? »

Son frère répondit qu'il pouvait bien faire ce qu'il voulait.

À l'étage, Tim s'assit devant le bureau et ouvrit le portable. Il se sentait légèrement coupable, comme s'il avait violé l'intimité de Mark. Instantanément, l'écran revint à la vie. Des icônes soigneusement rangées apparurent sur un champ vert sombre. Tim, cliquant sur l'une d'entre elles, se fraya un chemin à travers d'inévitables commandes et délais avant de réussir à se connecter.

Son programme opérait avec une lenteur désespérante à travers le modem 56k, et le serveur était en outre dans une mauvaise journée, accumulant les erreurs. Après trois tentatives, l'écrivain parvint cependant à joindre son ordinateur, chez lui. Utilisant la souris de Mark, il amena le curseur au-dessus de l'icône d'Outlook Express, sur son propre écran, et cliqua. Il eut alors l'impression d'observer le Mississippi décrire une large boucle : tout nageait au gré d'un courant brun paresseux. Les caractères gras des nouveaux messages apparurent. Il en apparut cinq, puis six, puis une rapide colonne ascendante qui, malgré la machine intermédiaire, s'affichèrent avec la rapidité du pop-corn à micro-ondes explosant dans un sac. Le nombre figurant au bas de l'écran de Tim passa de 24 à 30 puis à 45 et à 67. Tout le pop-corn ayant explosé, il s'y fixa.

Tim parcourut avec lassitude la colonne « De », sautant **Dépravé**, **Docteur pour PC**, et **Affaires virtuelles**, ainsi que les prénoms de femmes qu'il ne connaissait pas parce qu'elles n'existaient pas, puis il lévita presque littéralement au-dessus de sa chaise en découvrant un nom familier mais totalement inattendu : **munderhill**. Ledit **munderhill** avait envoyé à son vieux conseiller et confident, tunderhill, un message qui portait l'objet **c a voir.** Il n'y avait pas de date.

Tim, ayant sélectionné le message d'un clic de souris, maudit la lenteur du modem, celle du serveur, et la paresse du programme.

Enfin, le message apparut dans la large fenêtre, en bas à gauche de l'écran.

```
De : munderhill
À : tunderhill@nyc.rr.com
Envoyé :
Objet : c a voir

chair mon onc
vieil écrivain
essaie ce lien
lostboylostgirl.com
c a voir par toi 1 fois
é tu sauras
qu'on t'aime et t'aimera toujours
m & lc
```

Hésita-t-il, réfléchit-il seulement ? Il fit valser le curseur sur le texte bleu souligné et double-cliqua, double-cliqua, double-cliqua.

Un autre épisode brun façon Mississippi submergea les deux moniteurs, le sien sur Grand Street, à New York, et celui de Mark à Millhaven. Tant qu'il perdura, Tim Underhill, alias tunderhill, demeura penché en avant, assez près pour embuer l'écran de son souffle s'il avait respiré. Sur sa machine, puis sur celle de Mark, apparut la fenêtre habituelle d'Explorer, portant l'URL du lien.

Au sommet de la grande fenêtre intérieure se déroulèrent les mots AVEC LES COMPLIMENTS DE `lostboylostgirl.com`. En dessous, s'afficha la mention : `disponible 1 fois seulement`. Le rectangle de Windows Media Player s'ouvrit sous cet avertissement – s'il s'agissait bien d'un avertissement – et, sans l'habituel délai de chargement, s'emplit de lumière et de couleur. Tim allait donc visionner un petit film. La ligne qui bordait le bas du rectangle lui apprit que ledit film durait quatre-vingt-deux secondes, dont une avait déjà glissé dans le néant. Une longue plage dorée ornée de palmiers voûtés, devant un océan d'azur, occupait la petite fenêtre. Un film ? Les images d'une webcam ? Une webcam qui émettait pour un public d'une seule personne, depuis un monde où il n'y avait pas de webcams, songea Tim. Il entendit vaguement le bruit de douces vagues et du vent qui agitait les feuilles des palmiers. Son cœur se serra.

Le ciel clair s'assombrit au-dessus de l'eau. Une tête blonde, puis une autre, brune, arrivèrent sur l'écran par l'angle inférieur gauche. « Lucy », *lc*, et Mark, avançant main dans la main dans le champ de la caméra, abandonnant sur le sable les empreintes de leurs pieds nus. Ils donnaient un tout petit peu l'impression d'être pressés. Un froufroutement de feuilles s'échappait des enceintes. À gauche, de lourds nuages noirs s'assemblaient au-dessus de la mer ; une lumière rougeâtre radieuse s'étendait sur la portion de ciel encore découverte. Hâte-toi hâte-toi la terre tourne. Le vent agitait et faisait claquer les rares vêtements des deux jeunes gens, à peine plus que des haillons – mais de très jolis haillons. Marchant vite, quoique sans courir, ils occupèrent brièvement le centre du rectangle de Windows Media Player, puis partirent vers la marge de droite. Une bouillonnante obscurité envahissait le ciel dans le lointain, surmontée d'une fourche lumineuse d'un rouge cru, encore lointaine mais ne cessant de se rapprocher. Selon le chronomètre, il restait une minute et deux secondes.

Ils s'arrêtèrent, les amants, au milieu de la plage, et se tournèrent vers la tempête qui surmontait les eaux en train de s'assombrir, qui roulait vers eux. Oh, restez ; oh, hâtez-vous.

prenez garde, mes très chairs

Leurs superbes jambes fines se soulevèrent pour se mettre à courir ; leurs haillons s'envolèrent.

Puisqu'ils étaient de dos, Tim ne voyait pas leurs visages, mais il les connaissait. Ils étaient inoubliables. Ce visage de déesse bouleversant aperçu à travers la vitrine du Starbucks, il n'avait pas besoin de le revoir pour se le rappeler.

Le ciel tout entier devenait noir, à présent, parsemé d'un rouge des plus sombre. Encore trente-deux secondes. Une éternité, semblait-il. Ces trente-deux – non : trente et une maintenant – secondes luxueuses lui dureraient le reste de sa vie. Mais le chronomètre accélérait cruellement sa course, et celle du garçon perdu, de la fille perdue, les menait vers le bord de la petite fenêtre. Tim Underhill se projeta *vers* eux, comme s'il avait pu, lui, pauvre vieux abandonné, absorber chaque particule, chaque parcelle et cellule des secondes de leur départ, lesquelles étaient au nombre de quatorze, de treize, de dix, de six. La tête de Mark se tourna, et son torse se tordit, pas même d'un quart de tour, mais assez pour qu'apparaisse son sourire éclatant et que ses yeux rencontrent ceux de `tunderhill` avec la force d'une explosion souterraine étouffée – quatre secondes, la pluie leur martelait la tête ; deux, ils s'élancèrent dans le non-visible ; zéro, ils avaient totalement disparu.

C'était à couper le souffle, à donner le frisson.

Le rectangle de Media Player, avec ses boutons et ses touches, disparut dans le néant sous le fond d'écran vert sombre de Mark. Tim cliqua sur le petit x dans le coin supérieur droit des deux machines. Le site web aurait dû s'effacer pour révéler la fenêtre d'e-mails. Au lieu de cela, il s'effondra sur lui-même, n'abandonnant derrière lui que l'impression d'avoir contemplé une implosion. L'écran de l'écrivain luisait du bleu terne et angoissant des accidents de disque dur et des visites au génie de l'informatique local ; la couleur se maintint encore une seconde, peut-être, puis elle disparut, cédant la place à une grisaille d'inactivité, comme si un fusible avait sauté.

Un instant, Tim continua de presser la touche « Entrée » et de double-cliquer un peu partout. Puis il remarqua que la bande verte de gotomypc.com s'étendait toujours en haut et en bas de l'écran de Mark. Tentant de maîtriser son affolement, il parvint à sortir du programme et à déconnecter l'ordinateur de son neveu.

Par la fenêtre close de la chambre, lui parvenaient un bruit de métal raclant la pierre et des hurlements mécaniques. Il gémit, se prit sa tête à deux mains, se pencha sur le clavier, gémit à nouveau. Son besoin d'effets dramatiques satisfait, il se déplia avec peine et s'approcha de la fenêtre. Juste derrière la clôture en bois affaissée, une pelleteuse jaune presque aussi large que la ruelle poussait ce qui restait du mur de Joseph Kalendar. Les parpaings que rencontraient les bords de l'énorme pelle se brisaient en éclats pulvérulents ; les rangées supérieures vacillaient, semblaient gonfler, puis se brisaient, s'effondraient sur l'engin et dans la ruelle. À travers la poussière, une partie de la bande de terre nue devint visible.

L'écrivain pêcha son portable dans la poche de sa veste et composa un numéro du 55 Grand Street. Tous les occupants de l'immeuble étant des amis proches et, passant des heures les uns chez les autres, savoir qui allait répondre était presque sans importance. Le numéro s'avéra être celui de Vinh ; ce fut Maggie Lah qui décrocha. Tim lui demanda de monter chez lui, de jeter un coup d'œil à son ordinateur et de le rappeler sur son téléphone de bureau. Quand elle le fit, ce fut pour lui apprendre que sa machine paraissait morte. Défunte. Pas le moindre signe de vie. Il demanda alors à sa correspondante d'appeler Myron, le sorcier voisin, et de lui dire qu'il avait une urgence provoquée par gotomypc.com, le programme que ledit Myron avait installé sur son ordinateur.

Dans la ruelle, la pelleteuse ramassait les parpaings brisés et les déposait à l'arrière d'un pick-up qui s'affaissait peu à peu sur ses roues. Des policiers en uniforme, quatre hommes en scaphandre spatial jaune et des inspecteurs en veste sport s'activaient dans le jardin de Kalendar et dans la ruelle. Le sergent Franz Pohlhaus observait l'éviction du mur depuis le jardin de Philip, juste derrière la clôture. Tim eut la grande surprise de reconnaître Philip lui-même auprès de lui.

Myron l'appela alors pour lui dire qu'il était en train de monter l'escalier du 55 Grand Street.

« T'es un chef, le complimenta l'écrivain.

– Tu es encore en voyage, hein ?

– Oui.

– Bon, je suis dans ton appartement, dit Myron. Nous y voilà. Tu es sûr qu'il est branché, cet ordinateur ?... D'accord, il est branché. Tu étais en train d'utiliser le programme que j'ai installé ?

– Oui. Je veux retourner sur le dernier site web que j'ai visité. Là où j'étais quand l'ordinateur a planté.

– T'excite pas. Laisse-moi déshabiller ce machin-là et voir ce que je trouve. »

Durant une minute et demie, Myron mania le tournevis puis ôta le boîtier de la tour.

« Alors, maintenant, tournons un peu tout ça... Oh, putain, Maggie, regarde-moi ça. »

Tim entendit Maggie éclater d'un petit rire.

« Qu'est-ce qu'il y a de si drôle ?

– Ton disque dur, mec. Il s'est... comment dire ? Éjecté de son support. Je pourrais presque le tirer comme ça, mais il est, je sais pas... tout tordu. Et il est chaud ! Qu'est-ce qui a provoqué ça ? Ce n'est pas le programme.

– Je sais. J'ai juste dit ça pour que tu te magnes de monter chez moi. »

Myron accepta d'installer un nouveau disque dur avant que Tim rentre à New York le lendemain.

« C'est quoi, ce site où tu voulais retourner ?

– Aucune importance. On en parlera demain, d'accord ? »

L'écrivain raccrocha et revint à la fenêtre. Il se sentait secoué et étrangement dépossédé par ce qui venait d'arriver. Mark, Lucy : s'enfuyant de la tempête, à peine couverts, tels Adam et Ève. Même dans ce monde-là, semblait-il, la sécurité était fragile et se payait. Pourtant, leur joie avait crevé l'image affichée sur le moniteur asservi, leur joie et leur accord absolu. *Ciel rouge du soir, marin, prends espoir,* se rappela Tim. *Ciel rouge du levant, marin sois prudent. L'Almanach du Vieux Fermier* avait négligé le ciel rouge du milieu d'après-midi, sous lequel le bel Adam dépenaillé et la belle Ève dépenaillée se hâtaient, se hâtaient.

Tim regarda la pelleteuse soulever puis déposer dans le pick-up surchargé les restes du mur de trois mètres bâti par Joseph Kalendar. Aussi docile qu'un prisonnier libéré sur parole, Philip Underhill demeurait au côté de Franz Pohlhaus.

Tim laissa claquer derrière lui la contre-porte. Philip tourna la tête pour lui lancer un regard de capitaine à un chef de peloton arrivant en retard pour un briefing. Ce qu'il avait vu devrait rester son secret, réalisa son frère.

Le rouquin obèse qui occupait la cabine du bulldozer s'écria :

« Excusez-moi, sergent ! Sergent ! S'il vous plaît.

– Désolé, fit Pohlhaus. Oui ?

– Est-ce que je m'attaque au terrain, maintenant ? On a assez d'espace.

– Allez-y tout doucement. Et puis je veux un gars de la BMD. Thompson ! Prenez une pelle et mettez-vous au travail à côté de Dozier, vous voulez bien ? »

L'un des hommes en combinaison spatiale jaune et bottes encombrantes s'avança.

« Les autres, tenez-vous prêts à intervenir dès qu'on trouvera quelque chose », continua Pohlhaus. Il lança à Tim un regard indéchiffrable. « Un petit bulletin d'informations. » Il semblait totalement replié sur lui-même, telle une créature enveloppée de ses propres ailes. « Lloyd-Jones s'est suicidé. » La colère l'auréolait à la manière d'une brume rouge. « Il est hors du coup.

– Oh, non », souffla l'écrivain.

En constatant la macabre satisfaction de Philip, il comprit que ce dernier était déjà au courant.

« Il y a environ une heure, Lloyd-Jones s'est tué dans sa cellule. Il a déchiré sa chemise en deux, il a noué le bout d'une des moitiés autour de son cou, l'autre à un de ses barreaux et il s'est laissé tomber de sa couchette. On n'imagine pas que ça puisse marcher, mais ç'a été le cas.

– Il s'en est sorti trop facilement, intervint Philip. Cette espèce de salopard. De malade.

– Je suppose qu'il a compris que votre frère n'écrirait pas un livre sur lui », dit Pohlhaus.

La pelleteuse renifla et s'arrêta brutalement, oscillant sur ses chenilles.

« Sergent ! On en a un ! » s'exclama Thompson, qui marchait à reculons devant la machine, tandis qu'elle découpait avec délicatesse une fine couche de terre.

Les trois hommes qui attendaient au fond du jardin de Philip Underhill enjambèrent la clôture démolie pour s'avancer dans la ruelle. L'agent Thompson ratissa le terrain à l'aide de sa pelle puis se pencha. De son gant d'astronaute, il attira une main humaine gris-vert, puis tout un avant-bras couvert d'une manche blanche.

« Ce n'est pas le bras de Mark », dit Philip.

Pohlhaus fit signe aux deux frères de reculer. Se postant à la limite de la propriété, ils regardèrent le premier des adolescents morts entamer le voyage qui le hissait à la lumière du jour.

Remerciements

Pour leur assistance professionnelle dans l'écriture de ce roman, je remercie les stylos Visconti (Van Gogh et Kaleido), les blocs Boorum & Pease (900-3 R), et Kathy Kinsner (quatre-vingts mots par minute) ; pour leur soutien moral et émotionnel, je remercie avec chaleur Lila Lalinich et Susan Straub ; pour ses corrections, sources d'inspiration, mes plus profonds remerciements vont à l'extraordinaire Lee Boudreaux.

Table

transcontinental
IMPRESSION
IMPRIMERIE GAGNÉ

IMPRIMÉ AU CANADA